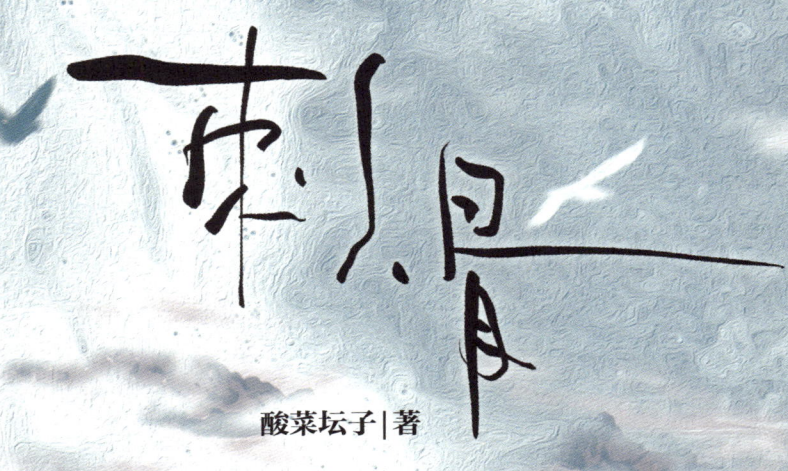

酸菜坛子 | 著

U0450750

长江出版社
CHANGJIANG PRESS

图书在版编目（CIP）数据

刺骨 / 酸菜坛子著. — 武汉：长江出版社，2024.5
ISBN 978-7-5492-9343-8

Ⅰ.①刺… Ⅱ.①酸… Ⅲ.①长篇小说 – 中国 – 当代
Ⅳ.①I247.5

中国国家版本馆CIP数据核字(2024)第029683号

刺骨　酸菜坛子 著
CI GU

出　　版	长江出版社
	（武汉市解放大道1863号　邮政编码：430010）
市场发行	长江出版社发行部
网　　址	http://www.cjpress.cn
责任编辑	钟一丹
印　　刷	北京盛通印刷股份有限公司
	（地址:北京市大兴区亦庄经济技术开发区经海三路18号）
版　　次	2024年5月第1版
印　　次	2024年5月第1次印刷
开　　本	880mm×1230mm 1/32
印　　张	9.875
字　　数	240千字
书　　号	ISBN 978-7-5492-9343-8
定　　价	45.00元

版权所有，侵权必究。如有质量问题，请与本社联系退换。
电话：027-82926557（总编室）027-82926806（市场营销部）

目录
CONTENTS

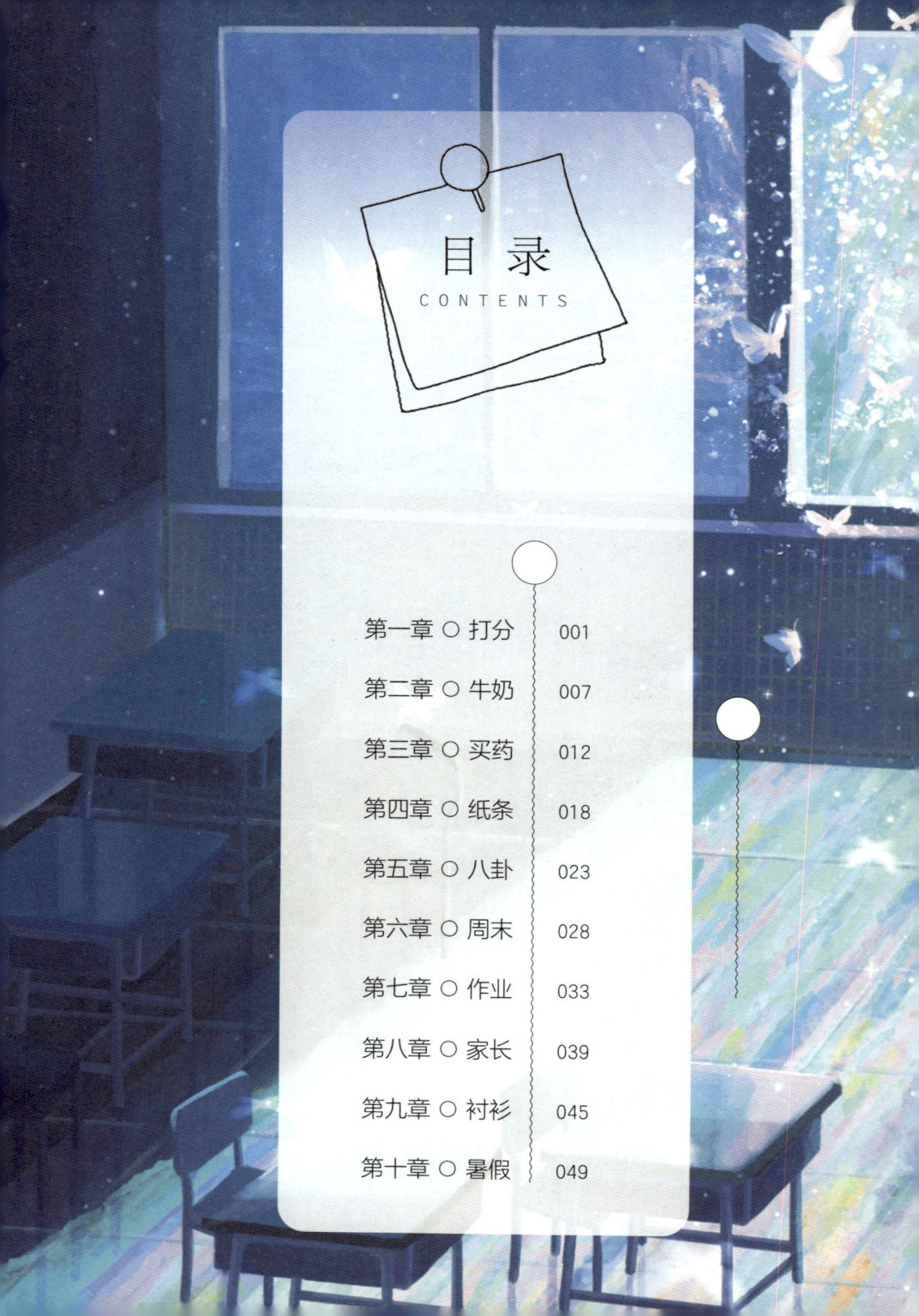

第一章 ○ 打分　001

第二章 ○ 牛奶　007

第三章 ○ 买药　012

第四章 ○ 纸条　018

第五章 ○ 八卦　023

第六章 ○ 周末　028

第七章 ○ 作业　033

第八章 ○ 家长　039

第九章 ○ 衬衫　045

第十章 ○ 暑假　049

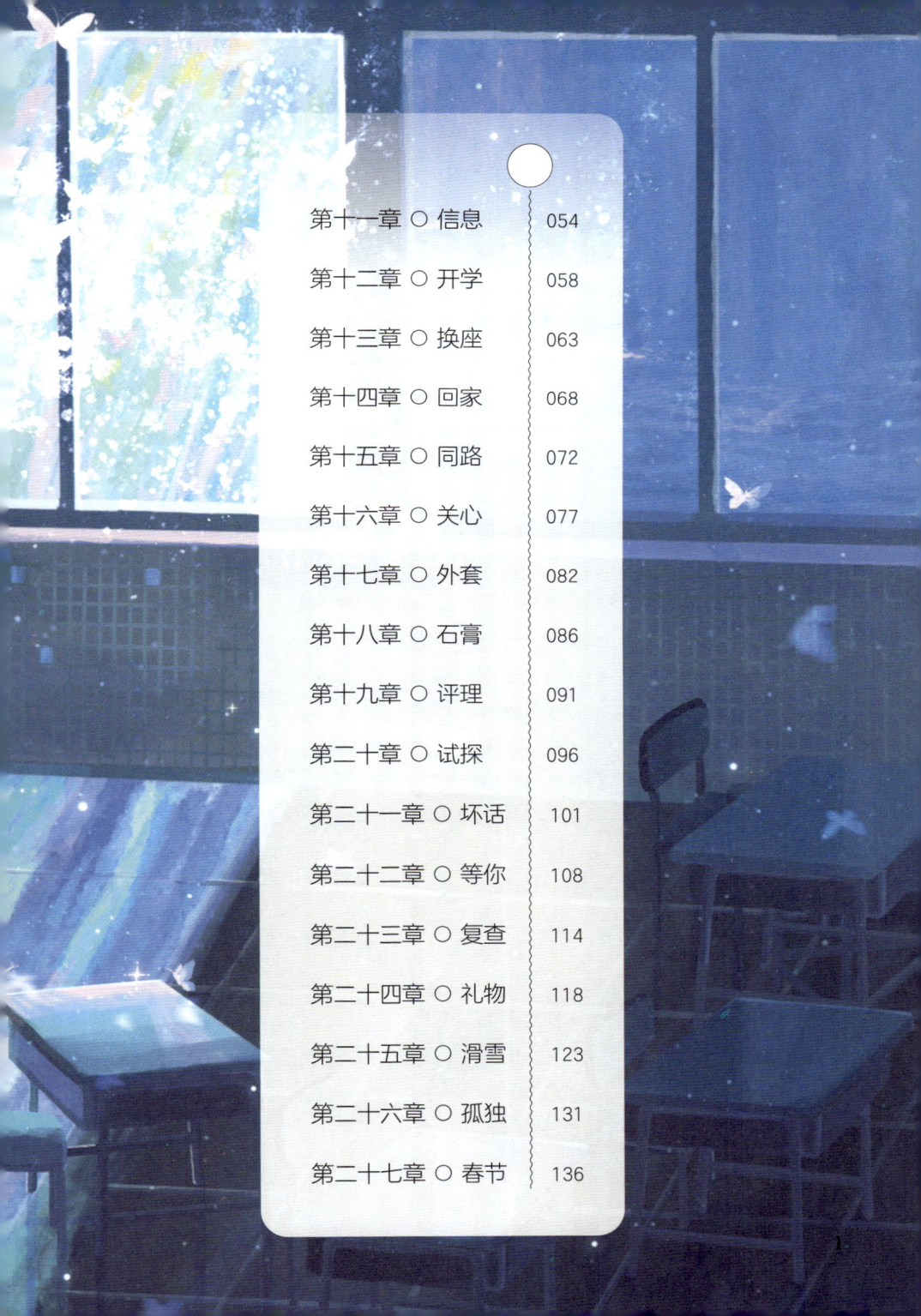

第十一章 ○ 信息	054
第十二章 ○ 开学	058
第十三章 ○ 换座	063
第十四章 ○ 回家	068
第十五章 ○ 同路	072
第十六章 ○ 关心	077
第十七章 ○ 外套	082
第十八章 ○ 石膏	086
第十九章 ○ 评理	091
第二十章 ○ 试探	096
第二十一章 ○ 坏话	101
第二十二章 ○ 等你	108
第二十三章 ○ 复查	114
第二十四章 ○ 礼物	118
第二十五章 ○ 滑雪	123
第二十六章 ○ 孤独	131
第二十七章 ○ 春节	136

第二十八章 ○ 请假	140
第二十九章 ○ 电话	145
第 三 十 章 ○ 胃疼	156
第三十一章 ○ 期末	161
第三十二章 ○ 毕业	172
第三十三章 ○ 流感	178
第三十四章 ○ 回来	183
第三十五章 ○ 矛盾	195
第三十六章 ○ 喂猫	202
第三十七章 ○ 恐惧	211
第三十八章 ○ 未来	220
第三十九章 ○ 出口	228
第 四 十 章 ○ 寄读	245
第四十一章 ○ 微光	255
第四十二章 ○ 体检	268
第四十三章 ○ 泪崩	276
第四十四章 ○ 奖励	284
第四十五章 ○ 转折	300

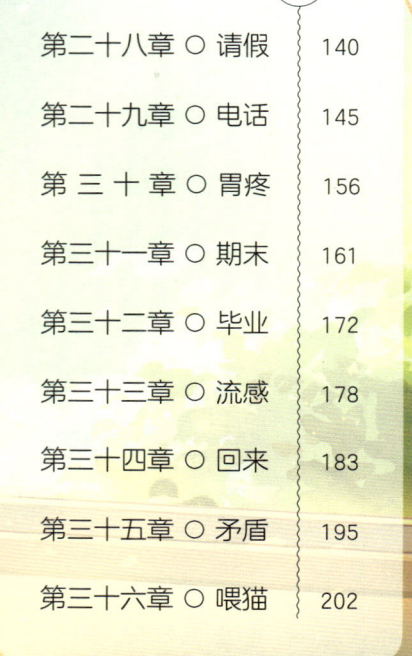

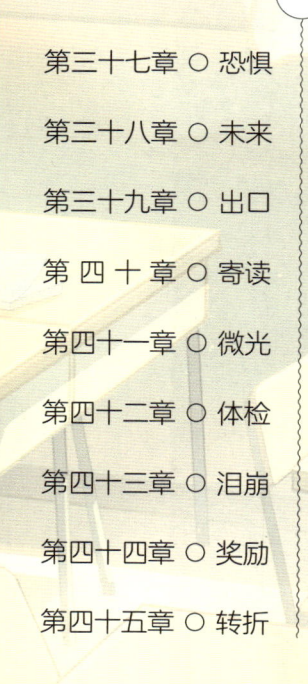

第一章 ○ 打分

"西顾啊,早知道你要来,叔手续都给你办好了。"教导主任亲切地拍了拍林西顾的肩膀,笑得一脸和蔼,"到这儿了有啥事就跟叔说。"

林西顾礼貌道谢:"谢谢尹叔,给您添麻烦了。"

"客气啥,我跟你爸什么关系,你还跟我瞎客气。"尹主任一直把林西顾送进高一三班,当时恰好是班主任的课。

"周老师啊,先停一下。我给大家说一下,这是咱们三班新来的同学,等会儿做个自我介绍。"他拍了林西顾一下,林西顾冲班主任周成点了点头,走到讲台上。

尹主任冲周成招了下手,把人叫到走廊里说了几句话。

当着这么多人说话林西顾还是有点腼腆,他简单说了下自己名字就走下来了。尹主任在门口跟他说:"挑个空位置坐吧。"

林西顾悄悄环视了一圈。其实他身边不远处就有个位置,第二排,旁边是个看起来很文静的女生,再有几个都是后面了。林西顾慢慢往后走着,最后坐在了倒数第二排靠墙的一个位置。

他的同桌皱着眉,一脸不善。

林西顾看着他,小声问:"同学这里有人坐吗?"

前座女生回过头来,向他打手势,示意他别坐这里。林西顾友好地

刺骨

对她笑笑,还是看着身边的男生。

那男生看了他一眼,把头转到一边,没答他的话。

林西顾问前座的女生:"这里有人坐吗?"

女生摇摇头,小声回他:"没有,但是我还是建议你换个位置。"

林西顾道谢,摘下书包,拿出笔盒和一个笔记本。

周成进了教室视线先落在中间第二排那个位置,没见到林西顾还有点惊讶,最后找到他坐在哪里的时候想了下说:"行,你先坐那儿吧,回头再调一下。"

林西顾点头,心说我就坐这儿挺好的。

其实他刚才一进门就看到身边这个男生了,他低着头坐在那里,看不见他的眼睛,但露出来的那半张脸就足够好看了。刚刚坐下之后看到他的眼睛,林西顾更不想走了。

因为林西顾是个十足的"颜控",喜欢一切颜值高的事物和人。

身边这个男生凶是挺凶的,但是顶顶帅。这么好的座位简直就是给他留的,不坐都说不过去。

班主任是教数学的,林西顾成绩一般,数学倒是还行,一节课下来也都听懂了。下课之后周成招手让他出来,林西顾一路跟着他去了办公室。

周成简单了解了下他的情况,然后跟他说:"尹主任提前跟我说过,前面那个位置是特意空出来给你留的,你怎么还坐后面去了?等会儿回去挪过来吧。"

"不用不用,谢谢周老师。"林西顾赶紧摇头,"我就坐那儿吧,我那什么,我有点远视,坐太近了看不清黑板。"

"这样啊?"周成想了想,"后面位置也还有,要不你换到靠窗那行吧。"

"真的不用,不麻烦老师了,我坐哪儿都一样。"

"你不懂情况,库潇那孩子性格不太好,你坐那儿怕时间长了你俩有矛盾。"周成还在劝着,但林西顾对于性格这事儿真无所谓,他自己本身很随和,所以别人性格好点差点也不会闹什么矛盾。

林西顾笑着说:"没事老师,我性格挺好的,不会有矛盾,您放心。"

周成都让他给说笑了,之前尹松特意打过招呼,让关照一下新来的同学,哪想到新来的同学脾气这么犟,铁了心要坐库潇那里。

周成有点头疼。

库潇算是他们学校出了名的问题学生,不到一年的时间,打了三场架。平时基本听不到他说话,一双眼睛从来都是冷冰冰的,也没见他和哪个同学有接触,之前还有个年轻的实习老师开玩笑说不敢跟他对视,因为他的眼神总是恶狠狠的,让人瘆得慌。

但是库潇智商很高,这也是学校三番五次妥协的原因。学校舍不得这个升学名额,毕竟这是个状元苗子,所以他只要不做太出格的事,学校都能睁只眼闭只眼。

林西顾回到教室的时候下节课已经开始了,是节历史课。他们班是理科班,高一的历史课就是给同学放松用的,相当于自习课。林西顾礼貌地跟老师问了好,回到自己座位。

他的同桌正趴在桌上睡觉,脸扣在胳膊上,林西顾的角度只能看到他一只耳朵。

库潇。林西顾刚才从班主任那知道了他同桌的名字,但还不知道具体是哪两个字,这个姓还真是挺少见的。

班主任说他性格不好,林西顾心说这跟我有什么关系,我也不招惹他,再说长得帅本来就什么都可以被原谅啊。

之后两个人的相处间，林西顾内心始终充斥着这一条。

长得帅做什么都可以被原谅啊。他长成这副样子，你还有什么好生气的。

所以每次只要林西顾心里有一点愤怒的时候他都这样想，然后觉得也对，有什么好生气的。

林西顾正低头整理着上节课的笔记，余光看到身边的人站了起来，他仰头问："你要出去吗？"

库潇皱着眉看他，一句话也不说。

林西顾认命地站起身，俩人同桌了也有好几天，他没听库潇跟他说过一句话。要不是听见他接过电话，林西顾差点以为这是个哑巴。

库潇从他身边走过的时候，衣服刮到了他的本子，林西顾的笔记本随着他的动作掉到了地上。这人跟没这回事一样，头都没回就走了。

林西顾看着自己的笔记本，弯腰捡了起来，一边嘟嘟囔囔念叨着："不要生气，他多好看啊，息怒林西顾。"

"好看也不能不道歉啊，他是哑巴吗？他很没有礼貌。"

"可是他好看。"

他自言自语的声音很小，离他最近的李芭蕾也听不清。林西顾坐下拍了拍笔记本，拍掉上面的浮灰，长叹了口气："……行吧他好看，林西顾你真是肤浅。"

林西顾再次妥协给了库潇的脸。

不过话说回来，库潇也是真的帅，不夸张地说，那是林西顾目前为止见到最合他审美的男生，只是面相上看起来总觉得有些凶，阴沉沉的。可能是因为那双眼睛。

他不是传统美男子那种浓眉大眼，相反的，库潇眼睛不大，有点内双。眼尾处阔得很开，而且因为皮肤太白了，显得眼尾总是有点发粉。

那看起来……还真是有点楚楚动人的意思。

要是性格不这么差就好了。

林西顾再次叹了口气，这人要是稍微开朗那么一丁点，俩人上课聊个天什么的，那多好啊。

正琢磨着，库潇回来了。林西顾自觉地站起来让位置，库潇从他身边面无表情地进到了里面。

林西顾鼻子是很灵的，他瞪大了眼睛看着库潇："你……"

库潇侧过头挑眉看着他。

那眼神死沉沉的，林西顾也就收了音。

他闻到库潇身上有烟味。

这无疑让林西顾在心里给他外貌上打的120分又扣了15。本来这些天断断续续地扣，就只剩40了，扣完这15库潇在林西顾心里只剩25分了，再扣两次该得出负数了。

"25"。

两人间第一次说话已经是同桌五天之后了。

这五天林西顾已经适应了库潇的沉默，他也不指望能听见库潇跟他说话了，他没事就在心里念叨念叨，偶尔自言自语两句，这样挺好的。

结果库潇突然跟他说话的时候，林西顾半天都没反应过来，直到库潇皱着眉又在旁边重复了一次，林西顾才受宠若惊地坐直身望过去说："你……你说什么刚才？"

"我说，换一下。"这已经是他第三次说了，他把自己的书放到了林西顾桌子上。

"哦哦好的！"林西顾其实早就这么想了，因为库潇不跟他说话，所以每次要出去的时候都是在旁边站着，林西顾又很容易陷入自己的思绪中拔不出来，所以偶尔他看到的时候库潇已经在旁边站半天了。

"对不起啊,我刚没听清,"林西顾把自己抽屉里的书拿出来,放在库潇那边,"嗯换一下挺好的,这样你能方便点。就是……哎就是那个什么,我要是下课出去的话可能要麻烦你。"

这正正经经是新同桌第一次跟他说话,林西顾稍微有那么点小雀跃。刚才库潇说话的时候,林西顾看到他的小白牙,他牙可真好看啊,那么白那么齐。

加5分吧,30了。

林西顾掏出小本,写了两个数字。

"30"。

30挺好,再翻个番就60了,60就够及格了。

挺好挺好。

第二章 ○ 牛奶

李芭蕾是林西顾转校过来交的第一个朋友，也就是他前座的那个女生。有很长的头发，长得也挺漂亮，眼睛很大很大。

她的这个名字听起来有点特别，林西顾第一次听的时候就夸她了："你这名好听啊。"

"你这是夸我呢还是损我呢？"李芭蕾眨眼的时候显得眼睛格外大，她看着林西顾说，"没事，我都习惯了。"

"我真的觉得很好听。"林西顾神情很认真，把李芭蕾说得还有点不好意思了。

"那你会跳芭蕾吗？"林西顾问她。

"会一点，都叫这名了我肯定得学啊，但是我也没啥天分，也吃不了苦，跳得也不好，后来不学了。"李芭蕾喝着牛奶，跟林西顾聊着。

两人正说着话，库潇回来了。林西顾下意识往里缩了缩，整个人贴在墙上。李芭蕾看见库潇，跟林西顾吐了吐舌头，也转过去了。

库潇这人身上自带低气压，坐他旁边就不太敢说话。

下节课是数学课，班主任周成的课。林西顾拿出书和练习册，库潇稍微歪着点头在桌斗里翻着书，在林西顾的角度刚好能看到他一个下巴尖。

有点好看，林西顾一个没忍住就跟他说了话："这儿呢。"

他小心翼翼伸出手，在库潇桌斗最底下抽出本书，轻轻放在他桌上。

库潇看了眼放在他桌上的书，还是一声没吭。

林西顾给人拿完书就又缩回墙边了，心里还有点后悔。你怎么那么欠？用着你了？你欠啥？

周成一进门先让课代表发了上节课的随堂测验卷子，林西顾拿到手一看，87。他来回翻了翻，有马虎的，也有真不会的。他眼睛往左瞄了瞄，桌上库潇的卷子上挺大挺大的120。

随堂小卷满分也就120，林西顾挠了挠鼻尖，真是……哎，这人真是挺酷的。

上课的时候老师点评上次的小考，皱着眉对测试结果不太满意："这题不算难吧？你们怎么答的？"

底下鸦雀无声，周成发起火来是很可怕的。

"就这么个小破卷子我以为平均分怎么还不得110？结果就一个库潇满分了，再就隋盛118，剩下连115以上的都没有了？我批到后来以为我答案错了呢。月考你们还想不想考？咋考？就这么答卷平均分还不得倒数啊？"

周成发火的时候讲话语速很快，林西顾有时候都听不清他说了什么。他盯着自己的卷子又开始神游，不知道想什么去了。

"来都看卷子，都低头！梁启明你瞅窗户能瞅出啥来，你就得63还有心思望景呢？外边有题啊？有喜鹊能给你讲题啊？"

底下有人笑起来。

梁启明是班里一个倒霉蛋，成绩不好是肯定的，长得肥头大耳的，哪个老师心情不好都喜欢挤对他两句。这人也不生气，笑嘻嘻的没记性。

他抬头看了眼周成，蔫了吧唧地转着笔。

"这笔转这花花，我说没说过不让转笔？你是上课呢还是耍杂技呢？你那笔再不给我搁下我给你手指头掰下来啊，好好琢磨琢磨你那63分的卷子得了！我要是你我嘴里都得起泡，一天天不知愁！"

周成其实平时并不是那种话特别多的人，但偶尔要是真说起来那基本就收不住了。这节课他足足念叨了大半节课，题没讲几道，话倒说了不少。

也可以理解，周成身为数学组长，上次期末考试他们班的数学成绩在年级才第三。这有点打破他的纪录了，周成带的班数学成绩历年来都是第一的。

他们这届学生让他有点愁得慌。

下课铃响，卷子一半都没讲完。周成粉笔往讲桌上一扔："行了！下节自习也别上了，上数学，讲卷子！"

下面有小声叹气的，相比起班主任的课，大家都更喜欢上自习。

林西顾倒是不太有所谓，他上什么都一样。

这是这天的最后两节课，上完周成的两节数学就放学了。林西顾背着书包慢慢走回家，耳朵里戴着耳机，手机揣在兜里，里面都是慢吞吞的歌。

回到家，桌子上摆好了三个菜和一道汤。挺丰盛的，就是家里没人。

林西顾一点不觉得一个人孤单，自己吃饭，然后自己把碗刷好，自己看会儿书，洗澡睡觉。

他从初中开始过的就是这样的生活，都快忘了家里有人的感觉是什么样的了。他爸妈在他小学的时候就离了婚，林西顾判给了父亲，他父亲工作实在太忙了，小时候林西顾多数时间跟保姆一起住，后来他就一直是一个人了。

到现在他是真的觉得自己生活挺好的，自由自在。

他晚上开着电脑跟他妈妈视频了几分钟，也没说什么有意义的内容，就互相问了几句。林西顾说转学过来挺好的，这边老师同学都很好。

他妈妈纪琼在视频那头对他说："那你就好好上学，有什么事儿赶紧跟我说，跟你爸说也行，别自己憋着。"

"哎我知道，好了不说了啊妈，我睡了。"

林西顾关了电脑，把自己扔到床上滚了一圈。他的头埋在枕头上，不禁又想起了自己转学过来的原因。

其实也没什么特别的，就是兄弟反目了。他以前有个十分要好的朋友，从小学到高中始终关系很近。后来因为一些事跟林西顾闹了些别扭。

后面这个事慢慢不知道怎么传出一些不好的流言，学校的人都开始有点远离林西顾。搞得他怪尴尬的。

虽然林西顾爸妈都不怎么在身边，但是对他可以说是很惯着了，既然在那边上学不太开心那不如就转个校。

第二天林西顾到教室的时候，库潇已经来了，正趴在自己桌上睡觉。林西顾有些犹豫，库潇睡着他究竟该不该叫醒他让自己进去，叫醒了好像有点尴尬，不叫醒的话自己在旁边站着好像也不是很好看。

于是林西顾走到他们桌子旁边的时候，轻轻敲了敲库潇的桌子。

他敲了三遍库潇才皱着眉抬起头。

林西顾看见他的时候吓了一跳，他眼睛太红了。

"对、对不起啊，打扰你睡觉了哈。"林西顾咧嘴笑着说，因为跟库潇不熟，神情里透着点不自在。

库潇狠狠盯着他，那眼神让林西顾心里直打哆嗦。这人太凶了，这跟他长相严重不符。等会儿得扣5分，大清早的瞪啥人呢。

库潇站起身，盯着林西顾的头顶，看着他从自己身前一步步挪进去。

林西顾毕竟吵醒他睡觉了，有点过意不去。他从书包里掏出盒牛奶，插上吸管递过去，小声说："你早上吃饭了没啊？喝牛奶呗？"

他把牛奶放库潇眼皮底下："我放这儿了啊。"

库潇看都没看，伸手推了回来，脸上表情是十足的不耐烦。他推的劲儿有点大，牛奶倒了，还洒出来几滴。

林西顾看着桌上的几滴牛奶，叹了口气，抽了张纸巾擦了。他把牛奶捡起来自己喝了一口，然后摆在桌上，深呼吸在心里念叨着："别生气，他有病，他帅，他牙白。"

林西顾翻出练习册来，一边在心里反复想着库潇有病，一边做起了数学题。

刺骨
C I G U

第三章 ○ 买药

这天排到了林西顾值日,和他一组的是他们班的体委岳涛。早课开始之前,这俩人抬着垃圾桶慢悠悠出了教学楼。

垃圾投放点在学校西门,要跨过整个操场。林西顾是第一次参与值日,还有点找不到地方,只能问岳涛:"咱们得倒在哪儿啊?远吗?"

"不远。"岳涛看他一眼,笑了下说,"你是不是累了?来你撒手吧,我自己来。"

"不用不用,没累,我主要是不太认路。"林西顾其实跟岳涛一起抬垃圾桶真的很吃力,岳涛身高一米九二,林西顾矮他将近一头。他们抬的又是那种很大的垃圾桶,林西顾胳膊直不开也弯不下来。

岳涛手上用了点劲,林西顾就脱了手:"哈哈没事,我自己来OK的,之前跟我一组的是林茜,林茜你知道吗?咱们班第二的那个女生,我跟她一组的时候都是我自己倒垃圾。我这傻大个儿,也难为你们了。"

林西顾有点不好意思了,但看岳涛也没费什么劲就没再多说,挠了挠头:"嗯,你的确……的确挺高的。"

岳涛笑了笑,问:"你之前在哪个学校啊?我看教导主任陪你过来的,你认识他?"

"也说不上认识,我都没见过。我之前不是咱们市的,也是头一次来。"

俩人一路聊着，没多会儿就到了。趁着岳涛在倒垃圾的时候林西顾跑着去买了两罐红牛，回来递给岳涛一瓶。

岳涛看着他说："干吗啊？劳动费？"

"没，请你喝水。"林西顾"嘿嘿"一乐，擦了擦下巴。

"成，那我就喝了啊，下回我请你吧。"

林西顾点头说："好嘞。"

他们提着个空桶，绕回前门的时候还有十分钟上早课，门口学生很多，也不知道是因为库潇是他同桌还是这人本来就显眼，林西顾一眼就看到了他。

他背着书包，戴着个黑色的鸭舌帽，正好低头迈进学校大门。他头也不回，但他身后有几个看起来不像是学生的人站在门口始终看着他，其中有一个正拿着电话在打。

林西顾看了几眼，就被岳涛催促着进了教学楼。

"少看热闹。"岳涛小声对他说。

林西顾抿着唇点头。

他洗了手回教室的时候库潇已经坐在座位上了，他站在库潇旁边，低头说："进一下……"

库潇一言不发站起来。

林西顾从他身边蹭进去，本来转头想说声"谢谢"，结果话没等说先愣住了。

库潇头上耳后的位置有一道寸长的伤口，还在渗着血。

"我天……"林西顾想起了早上跟在库潇后面那几个社会人士，一时间不知道该说什么。要是别人他肯定要问问的，但他跟库潇之间没话说，没什么问的必要，问了也得不到回答。

刺骨

林西顾不算是特别多事的人，他原本想当没看见的。但厍潇坐在他左边，他一抬头就能看得见，那伤口看起来就特别疼。

连林西顾看着都觉得疼，但厍潇就像没这回事一样。

中午林西顾吃完饭，原本该回教室趴桌上睡会儿的，但也不知道犯了什么邪，脚步一转去了医务室。

后来林西顾想想那天总觉得自己傻，像脑残剧里面爱心泛滥的圣母。

其实他当时是没想太多的，就是觉得厍潇毕竟是自己同桌啊，就算没怎么说过话也不至于就看着他的头受伤而置之不理啊。

这么长的伤口在头上，在林西顾看来都该去医院了。但他不可能去劝厍潇就是了，只能买了药和纱布，揣在兜里回了教室。

午休时间将近三个小时，多数学生都不在教室，该回家的回家，该回宿舍的回宿舍。教室里加上林西顾只有三个人，厍潇就是进来的第四个。

他进来就趴在桌上，一副睡觉的架势。

他这么趴着，林西顾能把他的伤口看得更加清楚。林西顾悄悄把兜里东西掏出来，纱布叠了个方形，用胶带粘好，然后翻过来把药倒在上面。

他手心端着药布片，看着厍潇的脑袋，深呼吸了好几口气，然后小心翼翼地伸出手，把纱布挨到厍潇的伤口上。

厍潇几乎是一瞬间就坐了起来，林西顾觉得眼前一花，回过神的时候已经被厍潇掐着脖子按在墙上，他红着眼瞪着自己，眼里尽是戾气。

班里另外两个人也被他们的声音吓了一跳，都看了过来。

"咳……我给你贴个药。"林西顾脖子被掐得很疼，晃了晃手里还没能贴上去的纱布，一双大眼睛看着厍潇，被吓着了眼睛看起来水亮亮的。

库潇盯着他看了半晌,才松了手。

林西顾冲班里另外两位同学摆了摆手,示意自己没事,其中一个女生打手势告诉他走,别招惹库潇。林西顾对她笑了笑。

既然刚才已经被掐过了脖子,林西顾这会儿反倒放得开了,他伸手把药片直接贴在库潇头上。库潇往旁边侧了下头想躲,没躲过去。林西顾在他旁边小声说:"我就给你贴个药,你别躲。"

库潇侧过头来看他,林西顾也直视他的眼睛,很简单干净的眼神。

库潇皱起了眉,不知道是不是药碰上了伤口激得他太疼,反正他看着人的眼神很凶。林西顾也不怎么怕他,其实刚被吓了一跳,心里也还是有气的。他抿了抿唇说:"你看我干啥,我也就是看你好看才管个闲事儿。你反应那么大呢?吓我一跳。"

库潇看了他一会儿,还是一言不发,只是掏了下兜,扔了五十块钱在林西顾桌子上,然后就趴下睡了。

林西顾看着那五十块有点无语。

后来他还是收了那五十,然后把中午买的药都放进了库潇的书包。

这是他们俩之间还算交流得比较多的一次互动,毕竟林西顾说了好几句话。后来的一个月他们之间都没什么沟通了,对话只限于"进一下谢谢","出去一下谢谢"。还有一次是林西顾提醒库潇:"刚你没在,收作业了,我帮你交了。"

林西顾长这么大也是第一次见库潇这种人,是真的真的不爱说话。两人同桌一个多月,他唯一听见库潇对他说的一次话就是那次的"换一下"。

刚开始他还琢磨着让库潇跟他说两句,后来就习惯了,不惦记了,心如止水了。

刺骨

反正他只爱看脸，声音无所谓。库潇头上那道伤口已经愈合了，但留了条疤，可能过个一年两年才会消失。偶尔林西顾发呆的时候会无意识地盯着那里，看那条浅粉色的疤痕和库潇耳朵上那颗红色的痣。

小红痣就在耳垂上面一点点，不大，很红，很好看。

林西顾月考成绩在班里排了四十八，总共六十个人。这肯定是没考好的，他成绩一般，但不至于这么差。周成拿着成绩单找他谈了次话，逐科分析了下他的情况，还跟他说别太担心，到了新环境成绩有浮动是正常的。

林西顾倒没怎么担心，他没有压力。别的同学考砸了还担心回家没法交代，他压根就不用惦记这个，因为根本不会有人问他，他的家长甚至连他有考试都不知道。

晚上他爸来电话的时候说："儿子，爸下个月有空，过去陪你几天。"

林西顾说："那挺好啊。"

他爸问："想你爹没？"

"哪能不想我爹啊，"林西顾笑着回话，"就等着你来呢。"

俩人又笑着聊了几句，临挂电话之前他爸说："对了，我昨天往你卡上打了点钱，缺啥买啥吧。"

林西顾"嗯"了声："我卡里的钱已经够我花挺久了，不用总打钱。"

他爸无所谓地说："那你就留着吧。"

很少有学生能像林西顾这么豪气了，经济上非常宽裕。但他平时也没什么花钱的地方，除了正常开销之外没什么额外支出了，连玩都不出去玩，偶尔往游戏里充点钱买套装备，再就有时候买几张CD，其他的没有了。

幸亏林西顾是自控力挺强的孩子，要真是个品性坏的，像他们家这么放养，还不定最后得成什么样。

林西顾躺在床上想，自己的确挺好的，也挺听爸妈话。要不是这次跟方之远之间闹的别扭，他也不至于还折腾他爸给他转校，不过转校也挺好的，新环境，他适应起来很快。

一想起这个，林西顾就情不自禁想起库潇来，想起他耳朵上的小红痣。

第四章 ○ 纸条

林西顾的父亲这次说话还挺算数的,说来真的来了。他陪林西顾住了一个礼拜,周末俩人还去农家乐住了两天。

林西顾被爹妈这么散养,平时身边连个人都没有,但是心里也没什么怨的。他爸妈虽然陪他的时间不多,但是这不代表他们不在乎他了,他们觉得他孤单,所以平时林西顾犯了什么错在他们那里都能原谅。

哪怕是当初被学校通知林西顾在学校有点状况,班主任在电话里说学生们之间有些关于林西顾的传言,怕学生之间有矛盾,给林西顾心理造成什么伤害。林西顾的父亲林丘荣用了一整晚的时间,坐在林西顾房间里跟他谈。第二天一早,就着手开始安排转学的事。

林西顾长得不太像他爸,他爸是那种很英气的长相,浓眉大眼,线条很重。

他临走那天林西顾对他说:"放心吧,我自己在这边挺好,不用惦记我啊,好好做你的生意,该出差出差,反正天天都打着电话呢,怕啥。"

林丘荣按着他的头晃了晃,笑着问:"别人家小孩儿跟爸妈分开时候都抹两滴眼泪,你再看你,是不就等着我走呢?"

"哪能啊,"林西顾撞了撞他爸的肩膀,笑嘻嘻的,"我这不是怕你担心我嘛,没事的,我好着呢。"

林丘荣看着自己儿子稚气未脱的脸，叹了口气："自己住别弄乱七八糟的。"

林西顾瞪起眼睛："什么叫乱七八糟的？爸你天天都怎么琢磨我？你看我像那种能弄出乱七八糟的人吗？"

他爸乐了，扯了一把他的耳朵："行了我就那么一说，没有就没有。"

"本来就没有。"

林西顾早起要上学，他爸也要赶飞机，俩人一起吃了个早饭就分开了。

其实林西顾也就是当他爸面说得轻巧，等人真的走了就乐不出来了。再怎么懂事儿也就是个孩子，还没成年呢，一月俩月都自己过也就那么地了，但中间家人过来一趟再走，这心情多少有点失落。

不过他倒也习惯了，调整一天就过去了，第二天照样嘻嘻哈哈没心没肺的。

"来吧吃巧克力，我爸给我拿的，"林西顾扔了两盒巧克力在李芭蕾怀里，"他还拿我当小孩儿呢。"

"哇，都给我啦？"李芭蕾抱着两大盒巧克力像抱着全世界，虽然她不认识但是看起来就很高级，一时间看着林西顾的眼睛都亮了。

"嗯，都给你，好像也就你们小姑娘爱吃这些。我吃了一块儿，毕竟我爸拿来我总不能一口不吃就送人。"林西顾多贵的东西送出去眼都不眨，总之对他来说是没有用。

"你你……你真是帅啊，我好感动啊！"李芭蕾摸着巧克力盒子，觉得林西顾的魅力值快要爆表了。

林西顾笑着伸手说："那你快还我吧，别啊。"

李芭蕾抱着巧克力一个转身就躲过去了说："别抢，我就那么一说！"

　　林西顾看着她把巧克力都塞在书包里，缩回身又贴墙上去了。库潇下课没出去，还在他旁边坐着，这人在椅子上一靠，眼睛盯着书，但估计他没有在看上面写了什么。

　　上节课库潇还被点到站起来回答问题了，语速慢慢的，他的声音和他的脸其实是不匹配的，至少跟林西顾脑补的不一样，当初第一次听的时候他就有些惊讶。总觉得库潇这种长相，声音应该更脆一些，更温和一些。而不是这样低沉的，还有些哑。

　　也不知道是不是太优秀的人都有些……嗯，特殊，林西顾觉得库潇的性格有些问题。太孤僻了，这样的人心理应该不那么健康，正常人没这样的。而且库潇的防备心很重，每次林西顾不小心碰到他，他会立刻瞪过来，眼神很凶。

　　所以他在的时候林西顾多数都贴在墙上，离他远远的。但倒是没想过换座，他都在这儿坐习惯了，而且也真的挺好的。库潇这个人就活在自己世界里，他对其他的都不在意，他的书和卷子林西顾随便用，他不会的题就去翻翻看库潇是怎么做的。作为回报，林西顾会帮他收拾东西，书和练习册分类放好，非常规整。

　　林西顾侧着头看了看旁边的人，他好像又受伤了，颧骨看着有些肿。

　　"上课了同学们，上课了上课了。"生物老师在前面拍着手，圆圆的脸笑盈盈地看向大家，"来把生物书都拿出来，讲新内容啦。"

　　林西顾拿完自己的书，见库潇没动，在他桌斗里拿出生物书放他桌上。库潇看了他一眼。

　　林西顾感受到他的视线，小声说："上课了，别发呆了。"

　　库潇又转开视线，林西顾替他把书翻到要讲的那一页，自言自语:"也不知道毕业之前咱俩能不能再有一回对话,我看是够呛了。"

林西顾的生物成绩还不错,这个圆脸的女老师人也很亲和,不怎么发脾气。小组讨论的时候她走到林西顾身边还问他:"新环境感觉怎么样啊?"

林西顾笑着说:"挺好的,谢谢老师。"

"有什么不会的就来问我,不上课的时间我都在办公室。"老师在他卷子上看了看,指点了他两道题,然后走了。

林西顾对她印象很不错,这老师对学生挺好的。上回他小考做错了一道题,老师还画了个圈,告诉他要注意这种类型的错误。

李芭蕾背过手放了个纸条过来,她后面正对着的是库潇,库潇看了那纸条一眼,林西顾赶紧伸手拿过来,不打扰学霸神思。

——我刚光顾着巧克力了,对了隔壁班我一个朋友问我你电话号呢,我给不给啊?长得倒是挺漂亮。

林西顾看着纸条,有点无语。

——就说我没有电话,谢谢。

李芭蕾的纸条又传了过来。

——真的没有???

——你还能不能听课了。

林西顾把纸条扔回李芭蕾桌上,看着库潇又长长地叹了口气。

库潇的颧骨看起来比之前更肿了,隐隐发青。这肯定是又打架了,不用怀疑。

果然,下午最后一节课上到一半,库潇被教导主任叫走了。

教导主任看到林西顾和库潇坐在一起还有点惊讶,不过什么都没说,对林西顾笑了下,把库潇带走了。

一直到放学了库潇都没回来,林西顾把库潇桌面上东西都收拾好摞在一起，有发的作业，也有晚上回去要写的练习册。他还写了个小纸条，把黑板上各科留的作业都抄了一下，放在书的最上面。

算起来这还算是两人之间第一次写的小纸条，林西顾把字写得工工整整——

语文卷一张，明早交，作文不用写。

昨天的数学卷做完。

英语练习册第六单元做完，明天上课讲。

物理明天讲新课，要预习。

明天见。

第五章 ○ 八卦

林西顾在纸条上写了"明天见",但第二天他没能见到库潇。准确地说是接下来的三天他都没见到库潇。

这人被教导主任带走之后就再没来过,倒是听到一些同学小声聊,说他这次犯的事挺大的,学校可能要开除他。

林西顾不愿意相信这个,开除了库潇他身边少了道风景啊,一起坐了这么长时间其实也没什么矛盾和摩擦,都习惯了。但的确这次跟以往不一样,都三天了学校还没个说法。

数学课上完,林西顾从后门出去,截住要回办公室的班主任。周成看着他:"怎么了?"

林西顾笑了下:"周老师我想问下,库潇怎么不来了?"

周成没直接答他这话,反问他:"你俩也同桌这么长时间了,你觉得库潇怎么样?"

林西顾想了想,说:"挺好……的啊,反正我们也不怎么说话,不过也没有矛盾。"

"嗯,他成绩好,也能带带你。"周成说着话踢了从他们旁边走过的学生一脚,"我说多少次了走廊里别捅咕你那个破手机,头顶上都是监控,扣分儿扣分儿的就记不住是吗?"

那学生没想到这个时间周成还能在走廊里,赶紧把手机往背后一藏，笑嘻嘻的："知道了知道了成哥，我错了！"

他走了之后，周成回过头对林西顾说："行，你先回去吧，我正跟学校交涉呢，他是有挺多问题，但是我的学生我肯定得尽量保，回去好好上课，别太分心。"

林西顾听他这么说还放了点心，至少说明周成没有放弃他，库潇成绩实打实的好，再有班主任说情，情况应该会好很多。

林西顾转过身，临走之前犹豫了下还是问出口："库潇他……犯的什么错误啊？"

这个问题周成的回答只是叹了口气，他当时的眼神挺复杂的，惋惜库潇一个好苗子，也愁怎么跟学校交涉，更多的还是对库潇这个性格太无奈了。

就算成绩再好，总这样以后出了校门也是难发展。

三天没来桌上的卷子就积了一摞，林西顾都给收拾好了整整齐齐放一边。

"林西顾你太'贤惠'了啊，其实我也不明白你，库潇也不跟你说话你还给他收拾东西？我要是你其实我早挪地儿了，天天拉个脸跟个衰神似的。"

"哎别乱说话，"林西顾冲她比了个"嘘"的手势，"别背后讲究人，小姑娘。"

"我哪有你那么高的觉悟？我就是个酷爱八卦的少女，非常肤浅。"李芭蕾凑过来小声说，"我上节课间出去，听八班几个女的说，库潇打人了……"

林西顾摇摇头说："捕风捉影的事儿别瞎说。"

"说是对方家里没报案，就要钱。"李芭蕾一脸聊八卦特有的神秘感，"我之前就感觉他天天这么个作法，迟早得出事儿，真的，上学期他把二班几个刺儿头……"

"哎哎，怎么越说越来劲儿呢？"林西顾失笑，"你这么漂亮要跟普通女生分离出来，你得拔高你的气质，咱要从内在就脱离八卦少女这个群体，不在背后讲人。"

李芭蕾眨眨眼，叹了口气说："唉，也就是你吧，鄙视我都能把话说得让我生不出气来，还挺美滋滋。"

林西顾笑了笑，摆摆手让她转过去。

虽然八卦少女们的话不能全信，但是这次学校这么重视，说不定也还是有点真实成分在的。林西顾看了眼库潇空着的位置，又把刚发的卷子整理了一下。

长那么好看，却是个暴力少年。

这事两天之后就不再神秘了，有人闹到了学校里。林西顾拿着抹布去办公区做值日擦窗台，刚走近就听到了女人大吵大嚷的声音。

"学校就是不会给说法了呗？"女人的声音很尖，加上拔高的语调，听起来有些刺耳，"什么叫跟学校无关？怎么无关了？不是你学校的学生吗？你们张口闭口一句跟学校无关就能撇清关系了？真当谁家里没人是吗？我告诉你，谁都不是好欺负的！"

林西顾本来想走的，站校长室门口听墙脚这实在不礼貌。但是他直觉这事可能跟库潇有关，所以犹豫了一下还是没走。

办公室关着门，校长说话的声音基本听不见，但是刚才那个女人的声音却能听得很清楚，可想而知她究竟喊得多大声。

"家长我肯定是要找的，但学校就没责任了？你们怎么教育的学生，敢情你们学校教出来的都是这种社会渣滓？出手就伤人的？"

林西顾撇了撇嘴。虽然他不知道具体情况是怎么样的，但是根据这段时间对库潇的理解，估计对方也没好到哪儿去，很大可能是他先

惹了厍潇。

"放屁！我儿子怎么惹他了你有证据？你们是学校你们了不起，脏水盆子想都不想就往我儿子头上扣？我儿子现在还跟医院躺着呢，那个小流氓不还好好在家呢吗？"

她的声音实在太尖了，林西顾听了会儿都觉得脑壳疼。

他拿着抹布把办公区几个窗台都擦干净，过程中又听她骂了半天，走出办公区的时候林西顾呼出口气，光是听着她喊都觉得喉咙痒。

不过他也差不多都听清楚了。

厍潇的确打伤了人，打得是有些重，家长去厍潇家里闹完又来学校闹，认准了学校不想把这事闹大，两边都想敲一笔。

林西顾不想太阴暗，但是光听着这蛮不讲理的样子，也能想象到她儿子好不到哪里去。厍潇也是倒霉，沾到这种人。

不过厍潇招来了这么个泼妇在校长室里闹，就不知道校长是什么脾气了，如果脾气差点的一怒之下开除厍潇也真是挑不出毛病来。

好不容易有个看得上眼的，要真以后都看不着了还挺可惜。

这天是周五了，上完最后一节课就又是个周末。没有学生不喜欢过周末，即使林西顾家里就他一个人，他也依然喜欢不上课能睡懒觉的日子。

本来林西顾跟体委一组，之前已经值过日了，但今天班里有个男生有事没来，林西顾平时跟他关系还过得去，就顶了他一天。同组的是个女生，林西顾让她先走了。

他去水房慢吞吞洗了拖把回来，正低头慢慢拖着地，就听见身后有脚步声。他下意识回头看过去，有点愣住。

竟然是厍潇。

厍潇也看见了他，眼睛落在林西顾身上，跟他对视了几秒才挪开。

林西顾一周没看见他,这会儿突然看到了人还觉得挺意外的。

"你……你怎么样了?"

库潇没答他话,径直走到自己座位。

"发下来的东西我都帮你收了,要不你拿回家看看……"林西顾跟在他后面,看着库潇脖子上贴了块纱布,估计是又伤着了,"快要期中考试了,你还能考吗?"

库潇一言不发,把林西顾给他收拾好的书和卷子都装进了书包里。他没穿校服,穿着普通的白T恤和牛仔裤,显得腿很长,也比平时更好看了。

他装完东西就要走,林西顾还在问着:"学校有说法没呢?你下周能来上课吗?"

其实他问这些也压根没期待库潇能给他什么答复,这人就不会跟他说话,林西顾也没指望着。

不过这次库潇却顿了下脚步,稍微侧了侧头,"嗯"了一声。

意外来得太突然了,林西顾也没个心理准备,这会儿是真愣住了。

库潇竟然回他话了?哪怕就是个单音节,但这也是质的飞跃了。真不是他听错了?

等他回过劲来库潇早都走了,林西顾站在门口看了一眼,库潇走的方向看起来是去办公区的,不知道是去校长室还是哪儿了。

林西顾看着他的背影,这才猛地有了反应。

啊,刚才库潇真的跟他说话了,同桌数日自己终于有了存在感吗?同桌向他抛出了友谊的橄榄枝,这是值得纪念的一天,非常非常美好。

第六章 ○ 周末

林西顾的周末是有些无聊的,很少出去玩,也就是在家打打游戏。阿姨中午过来给他做饭,还带了很多水果过来,洗好切好放在林西顾旁边。

"谢谢周阿姨,"林西顾甜甜地笑,"辛苦了。"

"不辛苦,你多吃点水果,太瘦了,中午阿姨给你炖汤喝。"周阿姨自家孩子都二十多岁要结婚了,身边很久没有小孩子,所以每次见了林西顾都格外喜欢,给他做饭收拾东西都很尽心。

林西顾笑笑说:"不用太麻烦,简单就好,我也吃不了太多。"

"哪能啊,你这么大正是应该多吃的时候,还没长完个儿呢。"阿姨把林西顾的校服拿走,打算等下洗了,嘱咐他,"多吃点水果。"

林西顾点头说:"好的。"

周阿姨做完饭收拾好就走了,晚饭的时候才会再来。林西顾自己在家睡了个午觉,下午刚准备拿了钱包出去转转,就听见有人敲门。

"谁?"

门外有人说:"你好我是楼上的,想借个凳子。"

林西顾开了门,门口站着个年轻的男生,看着跟自己差不多大。

"你好,我就住在楼上,我姓谢。"他笑着挠了挠头,"家里有聚会,吃饭人多坐不下,方便借两个凳子吗?"

林西顾说："椅子行吗？家里没有凳子，就有四个椅子，要是行的话我帮你搬上去。"

对方想了下说："椅子也成，你别麻烦了，我自己搬就行，俩就够了。"

"好那你等一下哈，我搬出来。"

林西顾帮着那男生把椅子送到楼上，放在门口。男生还邀请他进屋坐坐，林西顾站在门口都能听见里面闹哄哄的很多人，赶紧摆手走了。

这还是林西顾搬过来以后第一次跟邻居有交流，他倒也见过这个男生，好像一起搭过电梯，不过没说过话就是了。

但凡是周末，能逛逛的地方人就不会少。林西顾手揣在兜里，耳朵里插着耳机，漫无目的四处逛着。他住的地方就离市中心挺近的，也算是繁华区域了，离得不远就有条路，两边都是梧桐树，枝繁叶茂，地面上都是树影。

林西顾很喜欢这条路，抬头看看都被树遮得严实，只能透过缝隙看到细碎的天空。他觉得这条路特别漂亮，地处繁华地段却因为这些老树而有了些老街的既视感。

揣着手走过这条街，最后去逛了超市，买了三大兜的零食和饮料。他喜欢有很多囤粮放在家里的感觉，其实他不怎么太爱吃，但是喜欢看，喜欢囤着。

晚上谢扬来还椅子的时候，林西顾刚洗完澡，头发还没有吹干。他穿着T恤和短裤去开门。

"那什么，椅子给你送下来了，我都擦干净了你放心。"谢扬把椅子放在林西顾门口的毯子上，手上还递过来一个小酒坛子，"我朋友家自己酿的樱桃米酒挺甜的。"

林西顾接过来，笑着说："谢谢，都是邻居，不用这么客气的啊。"

谢扬又挠了挠头，有些局促地说："对了，我叫谢扬，飞扬的扬。你也在实验上学吧？我见你穿过校服，我在高二九班，你要有什么事儿就去找我。"

林西顾点头说："原来还是校友，我刚转过来不长时间，你要进来坐会儿吗？"

"不了，家里还有人。"谢扬跟他笑了下就顺着楼梯间跑了，林西顾把椅子搬进去，笑着关了门。

他拧开小酒坛子的盖子，闻了闻，甜甜的樱桃味道。还挺想尝一口的，但是还不是时候，于是只能盖好放进冰箱，本来打算有时间尝尝的，结果放在冰箱里就忘记了，很久都没能想得起来。

周日晚上林西顾睡前突然想起来，明天就是周一了啊。

之前库潇说过下周能来上学的，想到这他又难免想到那个可贵的单音节。太不容易了，到现在想想都觉得心里还怪激动的。这不是仅仅一句回应的事，要知道最初是他自己选定了这个位置就不顾库潇的意愿坐在那儿了，库潇是不愿意让他坐的。

这么个小小的回应多少也能说明，至少在库潇心里已经有点接受自己是他同桌这个设定了。

也不枉费自己给收拾了这么长时间的书桌。

林西顾就带着这么点小心思睡过去了，第二天闹铃一响他赶紧坐起来，想快点去学校，有点担心库潇究竟还能不能上学。

林西顾到教室的时候不算早，因为早上匆忙忘带了个作业，中途又回去拿的。他到时只差五分钟就上课了，然而库潇并没有来。

"今天怎么这么晚啊？"李芭蕾回头小声问他。

林西顾说："今天出门晚了，库潇来了吗？"

李芭蕾用力点了下头，一脸要聊八卦的兴奋，说："来了来了！

我早上在校门口看见他了,他脖子后边还粘块纱布呢,不过没进教室就直接被周成拦走了,好像在他办公室。哎对了,生物卷子快点给我抄一下,快点我忘写了!"

林西顾一听库潇真的来了才算放下了心,压下心头那阵微小的雀跃,从书包里拿出作业给李芭蕾。

哎,真的能看见库潇了啊?

林西顾盼了两节课,终于在第二节大课间的时候把库潇盼来了。库潇单手提着书包,依旧没什么表情地坐在了林西顾旁边,他身上还带着淡淡的洗衣液味道,有点香香的。

林西顾激动得深吸了口气,自己缓了会儿才扭头跟他说:"你来了啊。"

库潇看了他一眼,没说话。

"上周的笔记我都记好了,你看吗?我记笔记反正就是有点啰唆,你要看的话我等下都给你。"林西顾小声说着话,压了半天还是觉得开心,"下周就期中考试了,要不你还是看看笔记吧。"

库潇关了手机,低着头眨了下眼睛,淡淡道:"不用。"

他眨那一下眼睛让林西顾整个人都愣了一下。库潇的睫毛那么长,有点翘,懒懒慢慢眨这一下眼,让林西顾回不过神了。

"那不用……就算了吧……"林西顾也不知道为什么就突然觉得脸热。库潇只是眨了下眼睛而已啊,他眨眼跟你有什么关系?

林西顾真的觉得自己没救了,要命了。

甚至他都是过了小半节课才反应过来,库潇又跟他说话了啊。不是单音节,是俩字,非常正式地回他的话。虽然这俩字是拒绝的意思,但是那有什么关系。林西顾让库潇那一个慢眨眼给弄得,只顾着愣神和脸了。

正常来讲林西顾应该问问库潇的脖子是怎么了，但是库潇回答他一句之后他反倒不太好意思问了。

周成在班里上课的时候还特意说了一下库潇的事："我发现最近咱们班学生这嘴特别不消停，叨叨儿的，挺能唠。要是有那闲工夫吧，就好好背背古诗，再不你做两道数学题，别一到考试让我在组里臊得慌！别人的事儿跟你们都没啥关系，别跟个村妇似的这班那班乱窜去互通那点消息，多大了？小孩儿啊？

"我话撂这儿了，没用的话少说，外班的人少给我勾搭，你们现在主要任务就是学习，学习，学习。再让我听见谁再瞎说没用的，你看后边我怎么收拾你，不信试试。"

林西顾知道他是不让大家在背后讨论库潇，这段时间的确是都讨论得有点过火了。林西顾觉得周成有时候特别高大帅气，男子气概特别足，当然如果他能把他那辆大二八自行车换一换就更好了。

那个的确是有点不怎么酷的。

库潇头都不抬，手上一直没停地在算一道大题。草稿纸上写满了一页，林西顾觉得看库潇做题都是挺享受的事。

他的手骨节分明，修长白皙。唯一的遗憾就是他手背接近手腕的位置有一个疤，圆的，看起来像烟疤。

第七章 ○ 作业

——第二次回话，加30。

94分了。

——有疤，减10。

84。

林西顾看着自己本上给库潇的评分，笑了下。其实之前分都快降到负数了，每天就靠着颜值涨个5分8分的，勉强维持在0分以上。结果那天库潇"嗯"了一声，林西顾一激动直接加了60，所以现在扣起来也慷慨，要还按之前那样一个烟疤顶多扣3，没办法，扣多了就没了啊。

最后一节课上课前，各科课代表一起涌上讲台，去抢占黑板上的位置来留作业。林西顾按照作业整理好晚上要带的书，然后默不作声把库潇的也整理好了。

库潇回来，看了眼桌上整理好的书，最后一节课低头写了整节课的作业。他都不用翻，该写的林西顾都摆在一边了。

一天下来他脖子后面贴的纱布边缘有点不黏了，开了一个边。

林西顾隐隐约约看到了里面不规则的伤口，好像是缝了针。

林西顾在心底叹息一声，伤口长在他身上总是格外让人心疼。

纱布在库潇脖子上贴了很久，将近两周才摘了下来。摘下之后库潇的脖子上留了一个带着拐角的厚痂，像是个三角形。上面缝过针，连带着针脚一起也留了疤。

之前他耳后的那个疤还在,这又加了一个。

期中考试成绩发下来,林西顾比之前的月考进步了不少,上次四十八,这次排了三十二。

库潇依然是他们班霸气的第一,这没得说。库潇在全校成绩也是稳在前十的,从没出过前十的线。

林西顾的家长会他爸实在是出差赶不回来,最后派了个助理过来。家长会的时候家长要坐在自己孩子的位置上,林西顾从门口看了一眼,助理旁边坐了个很美的阿姨。

原来库潇长得像妈妈。

林西顾看一眼就知道那是库潇的妈妈,长得很像,尤其是眼睛。她坐在那里看起来很从容,也优雅。她散着头发,一侧的头发别在耳后,低头在看库潇的成绩单。

家长会结束之后助理会直接离开,林西顾跟他不算熟,也就不用在学校等。他绕到后门想从这边回家,本来是低头在听歌的,感觉到视线里有个人,不经意抬头看了眼,瞬时顿住脚步。

库潇斜靠在车棚的栏杆上,慢吞吞吐出烟雾,目视前方,眼里什么也不看。明明穿着校服,长得也那么干净,像个听话的少年,可偏偏脸上眼睛里都是不屑和叛逆。

不知道是不是脑子抽了,林西顾总觉得这样的库潇看起来有些落寞。这个词压儿根不适合库潇,他独来独往惯了,应该根本不知道什么叫落寞。

可是林西顾就是说不上原因的,看着这样的库潇,觉得心上像扎了根小刺一样,细弱微小地疼了一下。

但林西顾也不能一直跟傻子似的站在那儿,他犹豫了下,还是低着头走了，没过去打招呼。

库潇应该是在等他妈妈吧，不然这个时间他早走了。

说起来应该没人比林西顾自己更寂寞了，早出晚归，什么时候都是一个人。林西顾掏出手机，给他妈妈挂了个电话。

"哈喽，妈妈。"林西顾的语气还挺轻松的，跟电话那边问好。

"没怎么，走路呢，为了不让自己看起来太寂寞于是今天提前打电话。今儿开家长会了啊，我爸没时间，让钟哥来的。"

"啊，等会儿回去就吃饭，不用惦记我，你也好好吃饭。"

"行了，没什么事儿了，挂吧，想你哈。"

林西顾对着电话亲了一下，然后才挂了电话。揣起手机接着听歌，不知道今晚阿姨做了什么菜，昨天煎的鱼饼还挺好吃的。

家长会之后消停了一大拨学生，平时喜欢嘚瑟的沉寂了不少，估计一个家长会让他们伤着元气了。

发作业的语文课代表平时就挺欠的，嘴比较损，叫徐正。他看不上库潇，每次到库潇这都有意无意地撞个桌子碰个书什么的。这次发作业的时候倒很老实，脸上冷冷落落的，可能回家挨批了。

"林西顾，你的。"他隔着库潇把作业递给林西顾，林西顾笑着说了声谢。

"有啥好谢的，瞎客气什么啊，你说谢谢我说不客气，他说谢谢我还得不客气，要发每个作业都回一句我还不得累死。"其实他这句话倒没什么恶意，纯粹就是心里有火没处发，得着机会就抱怨两句。

林西顾笑笑没再搭茬。

李芭蕾的同桌是个比较寡言的男生，平时不怎么主动说话，但偶尔气氛到了聊嗨了，还是能聊一会儿的，林西顾跟他关系也不错。

"方小山，你的。"

"好，谢……"显然前面也听见了他刚才嘟囔的话，方小山"谢"字还没说完，想了想又吞了回去。

"谢还有谢一半的啊，你这半拉谢谢我是回还是不回？"

方小山看了他一眼，没愿意搭理。

"你可以说'不客'。"李芭蕾低着头说，"他说一半你也说一半呗。"

下一份作业正好是李芭蕾的，徐正把作业往李芭蕾桌上一放，扔了一句："你的，李芭。"

这人嘴的确是有点欠，小姑娘通常没有男生能忍，皱着眉抬头问他："你嘴缺碴子了？"

"你教的啊，一半一半说。"发到别人的作业，徐正转过身想从后排绕过去，李芭蕾脾气上来不管太多，拿起本书往他身上抡了一下。

徐正当时正侧着身要从厍潇旁边过去，这么一抡他胳膊一歪，手松了。手上抱着的一摞作业一点没糟践，全砸正趴桌睡觉的厍潇头上了。

"哎！"林西顾在旁边看得心里"咯噔"一下，他下意识伸手去拦，但其实不可能接住。

其他的都还好，最让林西顾受不了的是他眼睁睁看着两本练习册竖着要落在厍潇脖子上。开玩笑，厍潇脖子上缝的针痂还没掉利索呢，这么砸下来谁能受得了。书角往痂上一杵，肯定要出血。

林西顾手反应得还挺快，手心贴上厍潇的脖子，把他的伤处捂住了。

书砸在头上身上的时候厍潇跟平时条件反射一样，瞬间坐起来。他第一时间扭头看林西顾，林西顾的手还捂在他脖子上，被厍潇这么瞪着。

厍潇坐起来，俩人的姿势就好像林西顾在揽着他。

林西顾手心贴着库潇那个伤处，硬痂刮着他的手心，有点痒痒的，林西顾愣住。

库潇抬头去看徐正，他的眼神让徐正一哆嗦。虽然他平时总是欠，贱兮兮地招惹库潇，是因为他知道那种小来小去的动静库潇不会理他。现在库潇一声不吭地死死盯着他，是个人都要害怕。

这是谁啊这是库潇啊，手黑到能把人打飞！

"不、不好意思啊，不是故意的。"徐正蹲下身去捡落在地上和桌上的作业，心里战战兢兢，表面装得还挺淡定，库潇什么都没做，只是瞪着他。

全教室的人这会儿都看了过来，林西顾才想到自己的手还放在库潇脖子上，迅速抽回手。

刚那两本书也是真把他砸疼了，林西顾低头看了看，手背都红了，有个书角磕在手上磕得还有点要破皮。林西顾揉着手，心说徐正是真不讨人喜欢啊。库潇睡好好的，你从他身边走的时候不能小心点吗？李芭蕾打你还不是因为你嘴贱？

库潇睡梦中惊醒猛地坐起来看他的时候，眼睛还是红的，眼角也红着。

林西顾皱眉看着徐正说："你小心点成吗？"

库潇睡那么好你惊着他了⋯⋯你弄醒他干吗啊，让他睡啊。

"我也不是故意的。"徐正嘟囔了一句。

"不是故意的你道歉啊。"林西顾依然皱着眉。

徐正当着这么多人的面有点挂不住面子，只能嘴硬着说："我不说了不好意思了吗？还得怎么道歉啊？用不用上医院拍个片？"

李芭蕾"哟"了声："咋这么横呢？你砸了人还挺牛哈？"

徐正瞪了她一眼，转身要走。

厍潇胳膊一抬，林西顾紧张得不行。他立刻按住厍潇的手，小声在他耳边说："不要理他！"

　　厍潇看着他。

　　徐正从他们身边走过去了，厍潇挣开林西顾的手，揉了揉脑后。

　　啊……原来不是要动手。

　　林西顾有点不好意思了，笑了下，回过身接着揉自己的手去了。还好刚才那一下没真的砸在厍潇的脖子上，不然结了痂再流血，过后留的疤就得更深了。

第八章 ○ 家长

——被惊醒没发火,加10。

94。

库潇猛地坐起来看着自己的那个眼神,林西顾回味了好几天。眼角红红的看起来那么可怜,哎,真让人心疼啊。

受不了。

又是一个周末,林西顾又去那条街上乱转,回来的时候正好碰见提着东西的谢扬。

"嗨,干什么去了?"谢扬主动过来打招呼。

林西顾笑着说:"就没事儿闲逛,你去买东西了吗?"

"啊,对,"谢扬跟林西顾并肩往回走着,"去趟超市。"

林西顾看他两手拎满了东西,接过来一袋帮他拎着。

谢扬问他:"对了我还不知道你叫什么。"

"林西顾。东走西顾的西顾。"林西顾把耳机摘下来揣进兜里,和谢扬有一句没一句地聊天。林西顾上学比正常早了一年,他们俩差了两岁,还算挺有共同语言的,不至于冷场。

"你平时打篮球吗?"谢扬问他,"我没在球场见过你,估计是不玩?"

"嗯,我运动都不太行。"林西顾笑了笑,"没长运动神经。"

谢扬一笑，说："没事的时候可以多跑跑跳跳，身体好一些，你太瘦了。"

林西顾应了一声。

到了电梯里，谢扬邀请林西顾晚上一起去他家吃饭，林西顾婉拒："不啦，阿姨做好了饭，我不吃就浪费了。你平时无聊可以下楼来玩，我家里只有我自己，随时欢迎哈。"

谢扬挠了挠头说："我还真的没见过你家其他人，也没好意思问。"

林西顾笑笑说："没什么的，就是我爸妈工作都挺忙，所以我自己在这边住。"

"那行，以后我就多下来找你玩了啊，别嫌我烦就行。"

"怎么会。"林西顾跟他摆了摆手，进了门。

桌上是照常丰盛的三菜一汤有荤有素，林西顾自己吃完饭，把碗刷干净，然后躺在床上发呆。他对游戏之类的不是特别沉迷，像周末这种时候让他玩一会儿还行，如果一直玩的话他就没什么兴趣了，长时间盯着屏幕也头疼。

两天的周末过下来还真是挺没意思的。

林西顾甚至想着，要不然招个室友进来，房租给不给无所谓，有共同语言就行。不过这也就只能是想想，林西顾不愿意跟别人同住，陌生人住同一屋檐下多不方便。何况肯定不能招女生，但是男生能让他松口的也实在少。

如果要是库潇……

林西顾强迫自己把思绪从库潇身上转到其他东西上，比如床单是不是该换个深颜色，明天是不是应该出去吃点好吃的，周一要不要给库潇带一盒牛奶，上周给他牛奶他没有拒绝啊，插着吸管喝奶的样子真是坏萌坏萌的。

各种各样乱七八糟的情绪。

现在天气热了起来，校服的外套平时几乎都不穿了，男生女生都是白色的短袖衬衫。女生的衬衫要比男生的厚一些。

库潇看着瘦，但是脱了宽大的校服外套之后看起来也不像林西顾以为的那么瘦，感觉还挺结实的。只是他实在是太白了，皮肤也好。一写字的时候，白胳膊就在林西顾眼皮底下，白衬衫显得库潇更白了。

周一上学林西顾给李芭蕾带了盒巧克力，给库潇带了盒牛奶。

他插上吸管递到库潇眼皮底下，小声说："你喝吧。"

喝吧，多喝牛奶就更白了，皮肤也更好，对胃也好，快喝。

库潇看了看那盒牛奶，没说话，只是拿过来咬住吸管喝了。他不是一小口一小口地喝，几乎就是一口气喝光一盒。

他连喝牛奶的样子看起来都像坏小子。

喝完牛奶还要拿起桌上的水喝一口。

林西顾在他旁边念叨着："之前我看你笔记忘给你了，昨天我才发现让我带家去了，对不起啊，你这两天没要看吧？我给忘了。"

库潇翻着英语书，语气像之前一样淡淡的："没事。"

尽管最近库潇偶尔会回他话，库潇声音有点哑，一个字两个字往外冒话。

周成夹着卷子走进来，让课代表发下去，敲敲黑板，等班里都安静下来了才说："上周那个小考，咱班考得都挺好啊，别看我平时损你们，但该夸我也得夸。自从开了家长会，咱班这个学习氛围真是不错，我看咱们有必要每个月都开一次，我给你们告告状，回家你们挨顿批，我能省心挺长一阵儿。"

周围的学生都在笑着嘘他，一个月开一次家长会真是要人命了。

不过林西顾不怕家长会，他平时也没什么事儿，不怕老师告状，再说就是真的告了状也没人批他。

这天上午过得挺平静愉快的，中午吃饭的时候林西顾看着满眼的白衬衫，没挑出一个能把衬衫穿得比库潇还好看的。库潇天生就适合穿白衬衫，整个人干净得都快泛光了。

也不是，他穿什么都好看。

然而到了下午林西顾就惊讶了，库潇总是干干净净的白衬衫上，有了一个大脚印，袖口也撕坏了一处。

他顿时呼吸都急了，那大鞋印就在库潇后背上，很明显这是……让人踢了。

林西顾一想想有人踢库潇他就受不了，虽然这人武力值不用他惦记，但是这么白的衬衫这么白的库潇都有人能下得去脚？

"你……又打架了啊？"林西顾小声问他。

库潇看他一眼，没说话。

"你不要总是打架啊，"林西顾恨铁不成钢，又不敢表现出来，"你上次……不还背着处分呢吗，你现在是留校察看，万一你再犯了事儿就得开除你了。"

上次库潇差点让学校开除了，最后学校没舍得放弃这么个好苗子，给了他一个开除学籍留校察看的处分。这处分也就听着唬人，其实没什么事，只要不再犯大错基本等于没有。

但是库潇太不稳定了，三天两头打一架，林西顾心都提起来了。

果然，放学的时候林西顾看到了四班的几个刺头站在后门那里闲晃。他故意拖了几分钟才出来的，库潇在他身后，那几个人眼睛就盯在库潇身上。

一二三四五，五个人，真不要脸啊。

库潇就自己。

林西顾不会傻到自己冲上去替库潇挨拳头,那没有用。自己夹在这里面半个人都算不上。他回头看了库潇一眼,库潇永远都是面无表情,酷是挺酷的,可这会儿他马上要吃亏了,还这么不急不慢的,林西顾就很想抓着他的肩膀把人晃醒。

林西顾想了想,掏出手机给教导主任打了个电话。

教导主任接了他的电话还有些惊讶,态度十分地好:"西顾?怎么了?"

林西顾低声说:"尹叔,后门这边好像有人要堵我,是不是想管我要钱啊?我给不给啊?我不知道是不是咱们学校的,我身上没多少啊,他们会不会信我。"

尹主任一听急了,吼着:"你别动别动,站那儿等叔!"他跑到走廊窗户朝学校后门那边看了一眼,的确看到林西顾背着书包,他前面站着几个人,太远还看不清是谁。

他挂了电话就往学校保卫室拨了一个,当初他可是跟林西顾他爸那里保证了好几次,绝对把宝贝儿子照顾得妥妥当当的,这要是真在学校里挨了打,他以后还怎么好意思面对他了!

林西顾把手机揣到兜里,站在原地不动了,库潇走过来的时候他伸手拦了一把。库潇条件反射抬胳膊用力挡了一下,林西顾的胳膊被他打开,也没在意,只是叫了他一声:"库潇。"

库潇抿了抿唇,看着林西顾。

"你等等我啊,我那什么,我作业好像不小心夹你书包里了。"林西顾没敢再碰库潇,只是抓着他的书包不让人走。

库潇还是看着他,也不动。

林西顾突然想起了什么,凑过去快速小声说了一句:"我拿点东西，库潇你别躲我，也别打我啊。"

林西顾看到那几个刺头已经过来了，他们冲着库潇来的，林西顾站在原地一动不动，紧贴着库潇也没走。

教导主任跑过来的时候刚好看到林西顾被几个人围起来，那几个人刚有要动手的意思。

"干什么呢！哪个班的！都给我站那儿！"教导主任冲过去照着一个刺头就踢了一脚，"在学校里就敢勒索？挺能耐啊？你是干什么的？哪有一星半点学生样！"

林西顾冲他点了点头，打了个招呼。

教导主任看着库潇，挑着眉："这还有老熟人呢？你干什么呢？"

林西顾赶紧说："尹叔他帮我的！他是我同桌！"

主任看了库潇两眼，没搭理他。

那天在场的所有人除了林西顾都被搜了身，教导主任被他们气得发狂，当时叫来了所有家长。

林西顾趁乱拉着库潇就走了。

不知道教导主任会怎么处理他们，但是一个大过肯定是少不了的。这事儿学校是明令禁止的，这事可大可小，平时抓到了也就警告几句，但是想收拾人的时候就可以借题发挥出很多。

这事儿能让那几个人消停很久，除非他们是真的不想念了。走过操场的时候林西顾看了眼旁边始终安静的库潇，他一直没说话，也不知道是不是自己多管闲事他生气了。

林西顾心说你生气就生气吧，天热穿得这么少，真的动起手来伤得也重。

"你……不要惹事了。"林西顾抿了抿唇，看着库潇，"我回家了啊，明天见。"

第九章 ○ 衬衫

"你……你校服不是破了吗？"林西顾把手里的袋子轻轻放进库潇书包里，小声说，"我问尹主任又要了两件，给你吧。"

他们每人有两套校服，原本两件可以换洗，库潇只剩一件的话估计就要晚上洗早上穿，不是很方便。校服都是提前订好的，学期中间想订还有点麻烦。

林西顾去找教导主任，说自己衬衫上弄上果汁洗不掉了。每年都有几件因为各种乱七八糟情况剩下的，他从那里买了两件库潇能穿的尺码。

库潇看着林西顾，淡淡地说："不用。"

"用吧，怎么不用？"林西顾也不听他的，小心拉上库潇书包的拉链，"一件不够换，那里就剩两件这个码我都拿来了。"

库潇看了他一会儿，然后不再理会，趴桌上继续午睡了。

安静的午间，教室里除了他们还有两三个人，干净的少年穿着白衬衫在他旁边睡觉，呼吸平稳绵长。

林西顾笑了下，他们在教室的最后面，周围没人，前面的人也都睡了。他放心大胆地凑近了库潇，看他的侧脸。长长的睫毛被他压在胳膊上了，可以想到等会儿睡醒之后睫毛像被烫过一样乱七八糟翻折的样子。

那样的库潇林西顾见过一次，睡醒了不开心，皱着眉坐在座位上。他的睫毛因为睡觉压到了而糊作一团，几根几根揉在一起。

班里人来得越来越多，他趴着睡了会儿。

他的胳膊能碰到库潇的胳膊肘，林西顾没挪开。

感觉刚刚睡着没几分钟，预备铃就响了。林西顾困劲儿还没过，拖了几分钟才睁眼。

一睁眼就跟库潇的视线撞在一起，毫无防备地四目相对。

库潇转开眼，用手腕蹭了蹭额头。

"林西顾我发现你今天特别消停啊？"李芭蕾放学之前回过头来，敲了敲林西顾的桌子，"你咋这么蔫儿？"

"有吗？"林西顾抄着黑板上的作业，抄完了撕下来放库潇那边了，继续抄自己那份，"我没觉得啊，我还感觉挺欢实。"

"欢实什么啊，你都没找我聊天。"李芭蕾盯着他看，"你有心事？"

"收起你的八卦之魂。"林西顾抄完作业开始整理晚上要带回去的书，"平时我也不找你聊啊，都是你找我。"

李芭蕾收回视线转过去了。

晚上谢扬下来敲门的时候，林西顾还在对着作业发呆。他去开了门，谢扬顶着一头的泡沫站在门口，一脸尴尬："西顾我能用下你家洗手间吗？我洗头洗一半呢没水了……"

林西顾没忍住笑了，赶紧点头让他进来："快来啊，怎么能突然没水了？"

"水卡忘充钱了吧。"谢扬用手抹了把额头上的泡沫，跟着林西顾到了浴室，"不好意思啊，你睡了吗，我没打扰你吧？"

"没呢，没打扰。"林西顾给他拿了条毛巾，看他身上穿的衣服也有点湿，笑了下，"你是不是洗澡洗一半啊？要不你在这儿洗吧，我都洗过了，也不用浴室，你慢慢洗。"

谢扬的确是洗一半就穿衣服出来了，顶着一头的泡沫身上也没怎么擦，这会儿也没跟林西顾多客气，想了想说："那行，我就在你这儿冲一下，刚洗头的时候水流身上我还没来得及冲就停水了。"

"嗯，你洗吧，浴液在柜里呢你自己拿，毛巾用我刚才给你拿的那条就行，是新的我没用过，那你洗吧。我先出去了。"

"好嘞。"谢扬答应着。

浴室的水哗哗流着，林西顾听着这声终于趁着这时间赶紧把作业写完。

谢扬洗完澡把浴室收拾得很干净，地上的水都擦干了。他没穿上衣，毛巾搭在肩膀上，对林西顾笑着说："这毛巾我用了，我就拿走了啊。"

"嗯，你不吹吹头发吗？"林西顾问他。

"不了，我不习惯吹头发，等会儿就自然干了。那你早点睡吧，我上去了。"谢扬拿着自己的上衣开门走了。

林西顾看着他的后背，才发现原来谢扬身材挺好，可能因为经常运动吧，看着真结实，但是有点黑，应该是打篮球晒的吧。

林西顾想想厍潇的白胳膊，好奇为什么厍潇就晒不黑呢。

这天他一边小声跟他妈妈聊着电话，一边背着书包往学校走着。

"我都说了你不用担心，你那边现在什么时间啊你就给我打电话？你不忙？"

"忙你就忙你的啊，我这边有什么情况我肯定第一时间告诉你，我不会骗你的。"

"同桌什么样人？我想想怎么说……反正就是成绩好，长得好，性格……性格一般吧……"

林西顾想起库潇的性格来，有点想笑。那何止是一般啊，那是很差了。

正说着话，林西顾脚步一顿，他看见库潇了。

库潇在他前面，背着书包正往学校的方向走着。林西顾挂了电话，加快速度跑过去。

"库……唔………"林西顾没控制住，刚伸出手要挨到库潇的肩膀，库潇一个肘击就把林西顾击退好几步。

林西顾捂着肚子蹲下身，那一下正好打在他的胃上，一瞬间他汗都下来了。他蹲在那仰头看着库潇，苦着脸说："对不起啊，我应该提前打招呼再碰你……"

库潇眉头皱得紧紧的，他蹲下身，脸上的表情很明显就是生气了。

"你先走吧……我缓缓再走。"林西顾感觉自己的胃整个都在抽筋，只想这么窝着。他以前一直知道库潇武力值挺高的，现在看来自己还是低估了他。

"你下次先……"库潇的声音听起来还是哑，他犹豫了半天伸手抓住林西顾的胳膊，手心很凉，他的指尖按在自己胳膊上的触感让林西顾头脑一片空白，"先叫我一声。"

林西顾眨眨眼，还没抽出神回应，就听见库潇接着问他："你……哪儿疼？"

他看到库潇长长的睫毛忽闪了一下。

第十章 ○ 暑假

林西顾低头深呼吸了一口:"我不疼,我哪儿都不疼。"

库潇还是皱眉看着他,脸上的表情很严肃。

林西顾蹲在那儿缓了一会儿,不那么疼了才站起来,干干地笑了下:"对不起啊,你是不是不太习惯别人碰你啊?我下次肯定记得提前打招呼。"

库潇也跟着他站了起来,收回手,声音沉沉地说:"嗯。"

这是他跟库潇之间友情的一个突破性进展,库潇跟他说了那么长的话。

他手怎么那么凉,大六月的天。

俩人一起去学校的路上,林西顾努力跟上库潇的步子,肩并肩一起走着。他突然想到,幸好刚才提前挂了电话,不然让他妈妈听见他让库潇一胳膊肘怼蹲那儿了,估计就得更担心了。

她儿子身边坐着一个暴力分子……

林西顾趁着去厕所的工夫,看着自己隐隐发青的肚子,惊诧于库潇那一胳膊的杀伤力。万一以后同桌之间闹了什么矛盾,他可能一招之内就得被库潇打倒,数五个数都起不来那种。

回到教室,李芭蕾正等着他,见他回来了跟看到救星了一样:"西顾西顾!快快快!昨晚数学卷子给我快点!我忘写了。等会儿周成来了，要看见我没写还不得折磨我！"

"好的，我找找。"林西顾在书包里翻着，翻了半天也没找到，"你先别急啊，反正中间还有一节课呢，我找到给你。"

"你快点啊！"李芭蕾同桌倒是写了，但是李芭蕾嫌弃他的字，从来不抄他的作业，多数时候都是抄林西顾的。

"嗯，你等等。"林西顾确定自己写了也带了，但怎么就找不着了呢？

"奇怪啊……"林西顾皱着眉翻着数学书，他明明记得自己就夹在书里了。

语文课都上了小半节了，李芭蕾还没拿到林西顾的卷子，她回头恶狠狠地问："林西顾你是不是故意不给我！"

"没有，我真找不着了。"林西顾看了眼库潇，眼睛动了动，小声在他旁边说，"库潇我拿个东西，你别打我。"

这是他第二次说这话了，自己说完都有点想笑。

他把库潇书包放在自己身上，低头翻出卷子来递给李芭蕾："给你，你抄库潇的吧，我再找找。"

李芭蕾刚才一直盯着他的动作看了，接过卷子视线还在俩人身上转了转，他冲林西顾挑了挑眉毛道："我跟山子关系这么好，我都不能随便翻他书包，你们连话都不说，你就随便翻他东西？他不揍你？"李芭蕾看着林西顾的脸上写满了惊讶。

林西顾在库潇旁边自己动手丰衣足食惯了，他拿东西如果不碰到库潇的话基本是不打招呼的，就像他给库潇收拾东西也一样。库潇也不是很在意这些，这种小事应该不存在于他的世界中。

不过现在经李芭蕾这么一说，好像一般的同桌之间是不能这么翻书包的。

林西顾把书包拉好，重新放回库潇身后。

两人之间因为库潇那一个肘击，相处的状态似乎比之前顺畅了一些。库潇回复他的次数多了起来，说话的字数也越来越多。

虽然一直到学期末，两人除了对话多一点都没什么额外的进展，但是林西顾非常满足。他压根儿没想过别的，哪怕库潇每天就只是跟他"嗯"两声，都能让他保持着小雀跃的心情直到晚上睡着。

但也因为库潇说过的那么几次长句子，林西顾发现了点问题。库潇几乎没有一句话是顺畅说下来的，中间总要停顿。最开始林西顾觉得他就是那样的，讲话比较慢，但后来感觉好像不是。

像是有点……结巴。

这个词林西顾不愿意提更不愿意想，光是这两个字安在库潇身上都让他觉得不舒服，心疼。

库潇明明就是那么完美。

再说他回答问题的时候语速虽然慢，但还是正常的。所以林西顾更愿意相信是自己想多了。

他把早上带来的保温杯放在库潇桌上，笑了下说："这是阿姨做的果茶，我放冰箱里冰过的，特别好喝，你喝。"

库潇看了他一眼，摇了下头。

"没有特别甜，你放心。"林西顾打开盖子，递到库潇手上，"你尝尝啊，凉的。"

库潇最后还是喝了一口。

林西顾笑眯眯地盖好盖子，说："我觉得你会喜欢才带的，你是不是挺爱吃水果的？你那么白。"

"嗯。"库潇的回应依然只有这个单音节。

林西顾已经习惯了他的"嗯"，缓了会儿没话找话说："马上考试了……"

这句库潇就不回了,虽然他现在回复的次数多,但也不是句句都回。

林西顾第一次不是那么期待放假。放假了他就不能天天见到库潇了,他连库潇家住哪里都不知道。他自己可能也要回他爸那边,好不容易放假了怎么也该陪陪老爸。

说不定假期时间长的话他还得去一趟他妈妈那边。

他侧头看了一眼库潇,库潇正低头看着书,他这个人向来都是安静的,虽然他不说话,可是他坐在旁边林西顾就觉得安心。

期末考试之前,林西顾复习得还挺用心,连续熬了几晚的夜,突击复习。

成绩下来他也真进步了,上次三十二,这次二十六了。

其实考试结束就基本等于放了暑假,只不过还要去学校一次,拿成绩单和作业。那天所有人都不用穿校服,林西顾穿着T恤和休闲裤,带着伤感的情绪就去了学校。

暑假前最后一次见库潇。

库潇穿着纯白的T恤,下面是浅色的休闲裤,衣服上一条花纹都没有,就是干干净净的白色。

他的视线落在林西顾身上,林西顾赶紧对他笑了下,跑了过去。

走近了林西顾看到库潇的胳膊上又带了伤,伤得不重,有些瘀青和破皮。

林西顾抿了抿唇,低声问他:"又受伤了吗?"

库潇没有答话。

"还是少惹事吧……为什么要在身上留那么多伤?"他也不想就这个问题说太多,在库潇那里跟他毕竟算不上熟,他怕说多了引得库潇心烦。

林西顾那天是真的不开心，暑假比他想得还长，一共要放四十七天。听到开学的日期他整个人都蔫了，低着头不吭声。

李芭蕾穿着小花裙子，拍了下林西顾的肩膀："你怎么跟个小瘟鸡儿似的呢？放假了干吗这么苦大仇深的？谁惹你了？"

林西顾勉强笑了下说："没有啊，我这么上进的孩子，不上学我不得空虚吗？我主要是无处安放我这颗热爱学习的心。"

"屁。"李芭蕾轻嗤。

东西他提前都收拾好了，第二天他就得走，有司机过来接他去他爸那边。

林西顾听见手机在兜里响了一声，是信息的提示音。他不太在意地拿出来，估计又是移动发的乱七八糟的短信，随手点开看了一眼。

手机屏幕上那条陌生号码发来的短信，上面干干净净只有两个字——

厍潇。

第十一章 ○ 信息

——这要怎么回？

他的号码是自己写给库潇的，那都是期末考试之前的事了。有天他抄完作业直接在纸上写了自己的手机号，还附加一句："这是我的号码，暑假有事你可以联系我。"

他哪敢想过库潇会回复啊，他觉得库潇估计看一眼就直接扔了。现在看来库潇不但看了还记了，说不准直接把他的号码存手机上了？

林西顾犹犹豫豫，琢磨了很久，打了一大段话在手机上，后来还是抿着唇都删了。只留了一句："我是林西顾，暑假快乐。"

库潇肯定知道他是林西顾，但是感觉只发个暑假快乐好像还怪怪的，就还是加上去凑个字数吧。

很长时间内林西顾的手机上只收到过库潇这一条短信，他时不时就要翻出来看一眼，库潇这俩字是很神奇的，看一眼就安心。

老爹是实打实地忙，对林西顾照顾得少，但是想儿子也绝对是真的。林西顾一到那边他爸基本干什么都带着他，去公司也带着，出差也带着。林西顾没什么意见，他爸怎么安排他就怎么跟着，虽然暑假看不见库潇，但是能每天看见帅爹这也是很舒服的。

"哈喽妈妈。"林西顾坐在办公室的躺椅上跟他妈视频。

他妈在视频那边卸着妆，一边跟林西顾聊着："又去你爸公司了？"

"啊，对。"阳光照在身上让林西顾舒服得眯起眼，"反正我也没什么事，就跟着呗。"

"也行，趁放假多跟你爸在一起待着，不然总不在一起生活就不亲了。你爸呢？"

林西顾笑了说："我爸在那边看东西呢，你说的什么啊，总不在一起也不会不亲，就像你得有大半年没看见我了，你跟我不亲了吗？"

他妈在那边也笑了，看着林西顾笑着的脸心里想儿子想得直泛疼，叹了口气说："我不亲你亲谁？你是我亲儿子。"

"不就得了，你们不也是我亲爹亲妈？我青春期都快过了，放心吧，我不会叛逆不认你们。"林西顾见了不少青春期叛逆的，他觉得青春期在自己身上倒是表现得不是很明显，他基本没怎么叛逆过。

林西顾挂了视频之后也没动，就着舒服的姿势眯了一会儿。老妈还是担心他在新的学校会不会不适应，隔两天就要问一下。他现在每天跟在他爸身边，估计他妈心里还挺放心的，至少不用担心他出去跟人胡闹。

胡闹是不可能了，也不知道以后有没有机会跟库潇一起出去玩。

晚上他爸有个饭局，林西顾当然也要跟着的。生意伙伴见了林西顾都要夸上两句，说他长得好。

林西顾心说你们也真是没见过长得好的。

林丘荣做生意很有两下子，人也有风度。林西顾觉得自己不太像他爸，他好像有点太内向了，他以后也做不到他爸这样，有时候他侧头看着自己老爸，感觉在看个偶像。

晚上回去的路上，司机在前面开车，俩人坐在后座，林西顾笑嘻嘻地跟他爸说："爸你可真帅啊。"

林丘荣侧过头来挑眉看他，他席间喝了点酒，这会儿有点困意，问自己儿子："才觉得你爸帅啊？你爸都帅了四十年了。"

"可能以前看见得比较多，就没太注意。现在一学期看不见几次，突然发现我老爹帅得不行。"

他爸让他逗得乐了："你是有啥事儿要求我啊？话说得这么好听我心里怎么就没底呢？"

林西顾拍了一下他爸的腿，不满："我能有什么事儿啊，我就是单纯地夸夸你！啧，你看你这人。"

"你卡里还有钱吗？"林丘荣捏了捏儿子的胳膊，说，"太瘦了，我像你这么大的时候可比你结实多了。"

"有钱啊，我也不是要钱才夸你的。"林西顾有些无语，"我平时也花不了什么钱啊，我卡里的钱够我花到毕业估计还能剩不少。"

"明天我再给你转点吧。"他爸又闭上眼睛，靠在椅背上休息。

林西顾感觉自己说的话好像白说了，不过这都无所谓，也不是什么事儿，他愿意转就转吧。

安静的夜里，林西顾明明困了，却怎么也睡不着。拿出手机想找人聊几句，一开短信先看到了同桌给他发的那条。他盯着手机上那条短信看着，总共就两个字，他已经把这俩字肢解了无数回，好几次眼睛盯着这俩字却怎么都看不明白了，不认识了。

林西顾轻咬着唇内侧的肉，指尖在手机上无意识地滑动。磨蹭了能有半个小时，最后还是没能控制住自己想干点什么，往那个号码上发了一条。

"库潇？"

这个时间库潇估计早睡了，就算没睡也不会回。林西顾发完觉得满足了，手机塞枕头底下，脑中勾画着库潇的脸，终于可以睡了。

但是还没等他睡着，手机在枕头底下"嗡"地振动了一下。

林西顾的心猛地一跳。这个时间……难道……库潇回复了？一个打挺就在床上坐直了，林西顾把手机拿出来，打开短信界面的时候感觉心脏要是蹦得再高一点都能从嗓子吐出来了。

还真的是库潇。

字虽然不多，或者可以说很少，但是足够林西顾震惊——

"嗯？"

语气好像有点温柔。问号说明这个问题人家问了你不就得答。

"温柔"这个词并不符合库潇的人设啊，他怎么可能温柔！

林西顾盘腿坐在床上一个字一个字慢慢敲出来："我是不是打扰你睡觉了？"

小心翼翼点了发送。

这条消息很快就有了回复，林西顾屏息点开。

"没。"

"我看天气预报，那边最近高温预警了，你小心些，别中暑。"

但是发出去之后又有点后悔，这说的都是什么啊……

"嗯。"

库潇总共回复了三条，每条都只有一个字，加一起才仨字。

不敢再多说了，怕库潇觉得烦，而且林西顾也真的不知道说点什么，"那你早点休息，我睡了，晚安。"

这条短信库潇没再回，林西顾那晚睡觉都把手机攥在手里，手机里装着新的三条短信，这让他觉得特别满足，睡觉都睡得格外沉。

他还做了个梦。

梦里一切都单纯而美好，的确是年少时的一个梦，暖黄色的，清新干净的。

第十二章 ○ 开学

想打分，没带本，咋办？

给厍潇打分的笔记本，林西顾没带，放在自己学校那边的房子里了。比起手机来林西顾更愿意用笔来记东西，这样才比较有感觉。

但是没有本的情况下只能先用手机记一下，回头再抄吧。

——回三条短信，每条加10。

158。

要不是怕分高得太离谱其实林西顾想每条加一百来着。

有了这三条短信接下来的一周林西顾心情都不错，走路都走不踏实，想颠儿。他根本不知道自己瞎乐个什么劲儿，正常来讲同桌之间发个短信太正常了。就像他跟李芭蕾整天在QQ上闲聊，一聊一下午，没啥说的就互相发表情，这他都不觉得有什么。

但是一到了厍潇这边，总共仨字的短信让他高兴得想上天。

还有十多天就开学了，林西顾想起每天一到学校就能跟厍潇挨着坐的日子。他能给厍潇带牛奶带果茶，厍潇喝完东西再舔一下嘴唇，太印象深刻了。

"傻乐什么呢？"林西顾被他爸一巴掌拍在头上，回过神来。

"啊，没啥。"林西顾有点心虚，摸了摸鼻子。

"刚才秘书进来都笑话你，你看你乐得这个傻。"他爸捏了一把他耳朵，从他旁边的书架上拿了本书，"神儿都丢了。"

"那你倒是咳嗽一声提醒一下我，我都没注意有人进来了。"林西顾搬过电脑来，打算玩会儿游戏分散一下注意力。

"我们说话你都不回神，我咳嗽就好使了？"林丘荣捏了捏肩膀，坐在林西顾旁边，倚在那儿看书。林西顾在他旁边噼里啪啦地按键盘玩游戏，林丘荣怕他在办公室太闷，跟他说："我今天没什么事儿，你想出去逛逛吗？还是我陪你上楼打会儿羽毛球？"

林西顾想了想说："羽毛球吧，太热了不想出去。"

"行。"

下午父子俩在健身区跑了一下午，打完羽毛球又游了半天泳，小半天下来林丘荣大气都不喘，林西顾却不行了。整个人都瘫了，回到家瘫在沙发上不想动了。

"体力太差了。"林丘荣拍了拍他的腿，"我比你老了一倍都多，你还不如我。"

林西顾撩起眼皮看他："你那哪是老啊？你正值壮年，独领风骚。我这小身子骨肯定不行啊，我都没你一半体力好。"

"你还知道？"他爸嗤笑一声，"现在的小孩儿综合素质太差，学校就只知道让你们学习，好好的孩子都学傻了。等你再回去我弄一套健身设备放你屋里，你不还闲着个房间吗？做个健身室。"

林西顾没什么意见，他也觉得自己体力不行，锻炼一下也没什么不好。

库潇也瘦，但是库潇看着就挺结实的。

自己瘦得就不好看，还是练练吧，练练能好看点。

接下来的时间林西顾就经常上楼去游泳，公司里的健身区平时基本都是闲置的，他自己在里面随便耍，偶尔他爸会让司机或者谁上来陪他打打羽毛球，但多数时候都是林西顾自己在上面跑步游泳，顺便数数日子，离开学还有多少天。

还有十天。

十天就开学了。

这天林西顾接到了方之远的电话，约他出来见个面。

方之远是林西顾转校之前唯一的好兄弟，从小玩到大的，可是最后因为一点小事，两人产生隔阂，然后林西顾被使了绊子。

林西顾在电话里语气有些冷淡，约好了时间地点就把手机放到一边。

好了这么多年的朋友，林西顾现在想想都觉得很可惜。倒也说不上多恨他，他可能也是无心，而且林西顾现在回想起来还挺想感谢他的。

要不是他往自己身上编了瞎话，自己也不至于转学。

但是想跟原来一样做好兄弟，那肯定是不可能的。为了一点小事就背叛了自己，这算什么兄弟，有第一次就有第二次，这人在林西顾这里已经不再可信了。

去见面的时候林西顾穿着短袖短裤，戴着个鸭舌帽，看着很显小，也阳光。方之远比他高一些，俩人半年没见，这会儿乍一相见，总有那么点说不清的别扭。

言语行动间带着尴尬，说什么都不舒服。

方之远给他拿了杯喝的，低声说："西顾，之前的事儿……对不起啊。我当时脑子抽了，我挺后悔的。你别记恨我，唉，反正你恨我也是应该的，我这事儿做得挺差劲。"

林西顾喝了口手里的东西，碎冰碴在嘴里咬着还挺好玩，他摇了下头说："过去的事儿就别想了，时间都那么久了再提没意思。"

那天临走之前，方之远问林西顾："以后还一起玩游戏不了？"

林西顾笑了笑:"玩啊,怎么不玩,你放假了就给我发消息,我要是玩的话就告诉你。"

"嗯,行。"方之远手揣在裤兜里,说,"你要是想吃这边的什么你就给我打电话,我给你寄,或者给你送过去也行。"

林西顾失笑:"当我是小姑娘呢,我哪那么爱吃?行了我走了啊,我得跟我爸一起回家了,回见吧。"

从方之远那回来,林西顾心里一片平静。如果他在新学校那边过得不好他可能就不这么淡定了,难免要在心里怨方之远。但他现在过得这么愉快还矫情什么,那没意思,也不是林西顾的性格。

一天又快过去了,过完今天就只剩九天了。

林西顾作业很早就写完了,已经整整齐齐摞在一起,只等着开学交。

他爸问他:"想没想好以后想去哪儿上学呢?出国?"

那么远的问题林西顾没想过,他摇头说:"还没想呢,想好告诉你哈。"

那三条短信之后林西顾怂得没敢再发,也不知道自己怕什么。但是还剩五天开学的时候他实在是忍不住了,晚上睡不着,盯着手机又想作乱。

估计这条短信要是不发出去,自己这晚就没法睡了,林西顾一咬牙,编辑短信,还是上次那俩字。

"厍潇?"

厍潇虽然跟上次回复的一样但还是让林西顾激动得想欢呼。

"嗯?"

又嗯,又有问号。

林西顾手心里都是汗,在被子上蹭了蹭:

"快开学了。"

他这个短信发得很不明智,这句话想都不用想就知道库潇会怎么回。

好在库潇还是回了,意料之中的:"嗯。"

林西顾挠了半天头,依然不知道该说点什么。正常同桌之间都怎么聊天的?怎么就没个参考呢?

林西顾发短信给李芭蕾:"芭蕾少女,你跟小山发短信都说点什么?"

李芭蕾回得很迅速:"需要我给你模拟一下吗?"

林西顾:"好!"

李芭蕾过会儿发了过来:"'傻帽干啥呢?''叫谁傻帽。''叫你呢。''谁叫谁傻帽。'"

林西顾:"……"

林西顾看着那条短信不知道该说点什么。

最后他犹豫再三,怀揣着忐忑的心情发给库潇长长一条:"上学期是不是说开学要调座位?好像每学期都要调座位是吗?其实我不太想换座,我还挺喜欢现在这么坐,你觉得呢?"

换座的事儿是真的,周成说过每学期开学的时候都要重新换一次座位,但是这个他倒不是很担心,库潇这种问题学生估计没人愿意跟他坐,到时候他就跟周成说一声,再回他旁边就行,只要库潇旁边不坐人他就能回来。

林西顾等短信等得煎熬,感觉都要出汗了。

但是短信过来的时候他觉得自己煎熬得特别值,看见库潇的回复他激动到差点把手机从窗户扔出去,还有那么点想哭——

"嗯,不换。"

第十三章 ○ 换座

库潇也太讲义气了吧。

接下来的几天他一直都保持着这种带着点感动的情绪，恨不得马上回到自己那个房子里，什么都不干了，就老老实实静等开学。

临开学只剩两天的时候，林西顾终于被司机送回去了。他爸还挺惆怅的，长吁短叹舍不得儿子走。

开学前的最后一晚，毫不夸张地说林西顾根本就没睡着。他脑子里翻来覆去都是明天开学的事儿，长这么大也没像这样期待过什么。

十七八岁的少年没来由地魔怔起来真的很吓人，林西顾现在见识了。

第二天他背着作业早早就出了门，书包里带着水果和巧克力。巧克力是给李芭蕾的，水果切好放在保鲜盒里，是给库潇的。

他在教室里坐了半个多小时库潇才不紧不慢从后门进来，拎着书包坐在他旁边。林西顾很努力让自己表现得自然，但他知道自己的眼睛里还是很亮。

库潇也看着他，没有表情，但不知道为什么林西顾就是觉得他心情不错，可能是神态比较放松。

"库潇！"林西顾小声喊他，"早上好！"

他以为库潇会"嗯"一声，没想到库潇开了口，平静地说了声:"早上好。"

开学第一天,周成来得也挺早的。新学期嘛,总是要展望一下的,强行给大家灌碗鸡汤,每次灌完之后班里学生都觉得自己就是明日的实验之光。

鸡汤灌完还得收个口,威慑几句。

"我就说咱们学校暑假放得太长,哪有这么放假的,给你们心都放野了,本来就够野的现在更收不回来了!"

周成站在讲台上,视线扫过自己的学生,半笑不笑地说:"我看你们的眼神就能看出来你们那心现在早都飞出去了,放假是不是都得十点以后起啊?今儿起这么早我看上午谁要敢睡觉的?别开学头一天让我给你来个头彩,我这暑假让我家孩子气的火还没撒出去呢,你别往我枪口上撞,别说我崩死你还得踹两脚。期末考试家长会我还没开呢,说不准哪天我心血来潮就开了,头上那根弦别松,别到时候在心里骂我,我可提前警告了,自己看着办!"

他说什么林西顾根本听不见。

厍潇看起来好端端的,露出来的地方都没什么伤。

林西顾写了张小纸条递过去:"如果今天要换座的话,你旁边别坐其他人,我就还能换回来。行吗?"

厍潇看了眼放在自己桌上的纸条,拿了支笔唰唰写了几个字推给林西顾:"不会换。"

厍潇说不会换,为什么觉得很霸气!

怎么办很想笑,但是班主任在讲话,这个时候要是笑出来被他看见那自己就成了典型了。别笑,忍住。

换座的时候是全班大调动的,所有人都要出门站到走廊,按身高排队。林西顾和厍潇的身高差了不少,他俩根本站不到一起去,林西顾在中间，库潇在倒数第二个。除了体委他是最高的了。

库潇看起来非常淡定，眼都不眨。

也不知道周成是不是有意的，让林西顾跟陈一奇站在一起，明明身高不太合适。陈一奇是班里成绩最好的女生，人挺好的，也爱帮助人。她每次见了林西顾都会打招呼，林西顾对她印象挺好的。

但是印象好不代表就愿意跟她坐一起。

林西顾被安排着和陈一奇一起坐中间第四排，林西顾犹豫了下没说什么，跟着进去了。他打算等会儿下课了去办公室找周成，让他给陈一奇再配个学习好点的同桌。

库潇排在最后面，到最后就剩下他跟体委两个人，周成也不用排了，库潇低着头就进了教室。两人一桌班里是坐不满的，最后一排都是空的，倒数第二排也没坐满。

库潇走到林西顾这条过道上，一言不发朝后面走。经过林西顾旁边的时候突然伸手提走了林西顾的书包。

林西顾心也跟着提了起来。

库潇一直拎着林西顾的书包走到最后面，站在倒数第二排的桌边，看着林西顾，面无表情指了下里面的位置。

林西顾没第一时间站起来，他坐在原地欣赏了几秒这样的库潇。鼻子又有点酸，现在的库潇已经不是帅和酷能形容的了。

不知道怎么说，就是那种……被人认可的感觉。虽然库潇愿意跟他坐一起不能代表什么，但毕竟是接受了他。

"干啥呢？"周成看着库潇，问他，"你拿人书包干啥？"

库潇还是盯着林西顾。

周成问了他就得站起来了，库潇不喜欢说话，他得过去说。

林西顾一下子站起来跑过去，笑着说："老师！老师我还跟库潇坐这儿吧！我远视，太靠前了我看不见！"

周成皱着眉，还是对库潇刚才强行拿人书包的事儿不满。他不知道林西顾是真这么想的还是让库潇给吓的。

"库潇你是土匪头子啊？"周成瞪着他，"一天天你一言不发的想干啥干啥，你当班级是你家山头呢？你是老大啊？你连句话都没有瞪林西顾干啥？人不想跟你坐一块儿！"

"我想！"林西顾赶紧说，"我想跟他坐一块儿我没不想！老师我就坐这儿吧，你息怒哈，我俩这就坐好了你别管我们了，马上就位！息怒！"

林西顾钻进去坐好，接过自己书包放好，扯着库潇的胳膊让他在自己旁边也坐好。

他冲着周成露出个大大的笑脸，说："妥了老师！我们这边妥了没事儿了！"

周成看着他一脸的无奈，他特意给林西顾挑的同桌，没想到人没领情。

他带着一脸恨铁不成钢的表情转过身走了，林西顾舒了口气。刚才周成站这儿怼库潇，林西顾不假思索就把话接了过来。

能跟库潇继续坐一起这事儿太好了，只是可惜前面的人都换了，这俩人他都不熟。李芭蕾和方小山也被拆了，正一南一北地相望着。

林西顾想起了放假的时候李芭蕾那条短信，笑了下。

以前他和库潇坐北边靠墙那行，他每天看的都是库潇的右侧。现在他们俩靠窗了，他坐里面看的是库潇的左边。

只不过左耳朵上没有小红痣。

库潇转过头来看了他一眼。林西顾吓了一跳，以前他不管怎么盯着库潇看这人都是没反应的。

林西顾局促地笑了下，想了下说："要不我坐外面吧？"

库潇眨了下眼睛："行。"

开学第一天的惊喜实在太多，现在他听见库潇说话都没那么激动了。毕竟有了刚刚库潇当众提走他书包的事，现在林西顾的心理承受度已经上升了一个台阶。

李芭蕾下课来林西顾这里哭诉："怎么办啊我不想跟你离这么远，以后谁陪我聊天啊？"

林西顾说："我以前也没怎么陪你聊啊。"

"那不一样啊，以前离多近啊！"李芭蕾眼睛都红了，看着还挺可怜的，"你不跟我说话我也想跟你挨着，我就挺稀罕你的。"

林西顾摆手："少女你可别稀罕我啊，你要摆正咱俩的关系。

"……"李芭蕾本来挺悲伤的情绪，让林西顾两句话打碎了，她吸了下鼻子，"你有病。"

她扔了这么一句就走了。

库潇说了"行"之后，一天林西顾都没再听到他开口了。不过他已经很满足了，超出预期。

那晚回家林西顾平复了一些之后给库潇发了条短信。

"谢谢。"

谢谢你这么温暖。

手机振动了一声，林西顾点开看。

库潇回复他——

"谢谢。"

第十四章 ○ 回家

新座位的风景要比原来好多了，原来就对着一堵墙，现在能看到窗户外面。

他跟库潇之间的关系越来越融洽，一切都在朝着林西顾愉悦的方向发展。他习惯了放学之后发短信给库潇，库潇有时候会回，有时候就不回。但这丝毫不影响林西顾的热情，他就是喜欢发。

他偶尔也会耍点小心思，比如故意不给库潇抄作业，回家了再发短信。

"数学有卷，英语做练习册，物理改错题，不过你没有错题不用改，其他都没作业。今天作业很少啊，你可以早点休息。"

林西顾笑眯眯点了发送。

也不知道库潇会不会回，林西顾把手机放在一边，自己去洗澡。洗完澡出来拿起手机，上面还真的有条短信。库潇依然寡言："嗯。"

以前觉得挺平淡的一个字现在只要看到就觉得可爱。

第二天他早早地在学校门口看到了库潇，林西顾牢记上次的教训，离很远就叫他："库潇！"

库潇回过头看他，然后站在原地等着林西顾跑过来。

"早上好！"林西顾手揣在兜里，大清早的心里就照满了阳光，"你……"

结果他话说了一半就咽了下去，说不出来了。

库潇脖子上横着一条伤口，还泛着肿，围着脖子半圈，看着很让人心惊。林西顾的心就像突然被攥紧了。

"你脖子怎么了？"林西顾难以置信地看着库潇的脖子。

"怎么能伤到这儿呢？"林西顾大脑都有点发蒙，小声念叨着，"怎么能划着脖子呢？你跟人动手了吗？那也得护着脖子和头啊……你太不小心了啊！真的太不小心了，万一划到血管上就糟了，库潇你……"

"不担心。"库潇开口打断了林西顾，他的语气里总是没有情绪，听起来平平淡淡的，但是库潇的指尖轻轻碰了碰林西顾的胳膊，让他看自己。然后轻抬了下脖子，摸了摸脖子上的伤，"浅的，不用担心。"

"浅的就不用担心了吗？那万一当时划深了呢？"林西顾双眼通红瞪着库潇，想起来就一阵阵地后怕和心惊。

库潇只是看着他，依然淡淡地说："不会。"

林西顾站在原地也不知道自己究竟应该跟谁生气，最后实在不知道说什么，叹了口气转身走了。

库潇在他身后安静跟着。

林西顾自嘲一笑，这还是头一次自己走在库潇前面。第一次享受着走在前面的感觉，但是他一点也不觉得开心。

"嗨林西顾，"在班门口碰见了李芭蕾，她也刚背着书包到教室门口，挺热情地打着招呼，"我刚才还给你发短信来着，我给你带了饼干，我妈自己烤的。"

"好的，谢谢。"林西顾尽量让自己说话的声音平静一些，但还是有点哑。

李芭蕾小心地看了他几眼，问他："林西顾，你不开心？"

林西顾摇头："没有，我先回座位了啊。"

库潇跟在他后面也回了座位。

林西顾心疼了一整节早课都没缓过来，想想库潇干净白皙的脖子上横了一道伤口，就觉得这个画面说不出的残忍。

也不知道到底是谁能把他伤成这样。

一上午林西顾的心情都不是太好，也就不像平时那样找话跟库潇说。直到第三节课快下课他才问了库潇一句："伤口处理过没有？"

库潇看着他，说："擦过。"

"擦过什么？"林西顾看着那条线就觉得心一抽，他吸了口气接着问，"擦了药？"

库潇慢慢回答："酒精。"

林西顾皱着眉说："中午去医务室吧，总得上点药包一下，如果发炎了不是闹着玩的。"

"不去。"库潇想都没想就拒绝了。

对着库潇根本发不出火来，他说什么林西顾下意识就想都依着他。林西顾想了想说："那你跟我回家吧，我家里只有我自己，我给你弄一下，行吗？"

库潇过会儿才慢慢点了头。

林西顾提前给阿姨发了短信，告诉她自己中午回去吃，还带了朋友，午饭可以多做一些。

他们回去的时候阿姨最后一道菜刚做完，正要走。林西顾跟她打了招呼，把库潇带到沙发上轻声对他说："你坐，我去拿东西。"

阿姨看到库潇的脖子，很明显地吓了一跳，不过没说什么，收拾好东西就走了。

林西顾小心翼翼给库潇清理着伤口，用镊子夹着药棉轻轻地触碰:"疼不疼?"

库潇不吭声,只是摇头。

人安安静静坐在自己面前,林西顾心里的火也都散了。现在反应过来库潇竟然坐在他家里,这才终于回了神,有些局促。

"我上午态度不太好了,对不起啊,我就是有点担心。"林西顾抿了抿唇,小声跟库潇道着歉,"我知道其实跟我没什么关系,我有点多管闲事。但你还是……尽量少受一点伤吧。"

"嗯。"

林西顾不怎么会处理伤口,他很少受伤,把库潇的脖子包得很丑。

库潇不光来了自己家,还跟他一起在家里吃了饭。林西顾打算等会儿把库潇用的这只碗做个记号。

午饭过后林西顾到底还是没忍住,问库潇:"到底谁把你弄伤了?"

库潇盯着他,直到林西顾以为他不会回答这个问题的时候才慢慢开口:"我自己。"

林西顾微张着嘴,看着库潇,有些反应不过来。

他自己?他自己把脖子划成那样?他看着库潇眨眨眼,整颗心都提了起来。

"为什么啊……"林西顾想抓住库潇的胳膊,但是没敢。

这个问题库潇到最后也没有回答他,林西顾再问什么他就抿着唇像没听见一样。

那晚林西顾打开笔记本,在给库潇打分那里用力写下——

伤了脖子,很严重,扣200。

第十五章 ○ 同路

库潇用过的那副碗筷后来林西顾就给收好放在柜子里了，是库潇专用的。

兜里的手机响了一声，他刚才发的短信库潇才回复："现在涂。"

每天晚上林西顾会提醒库潇记得给脖子上的伤涂药，他刚刚才问过的，今天涂药了没有。

看着手机上库潇发过来的这三个字，林西顾抿了抿唇。

库潇和以前不一样了，冷酷的人设日渐崩塌，表情和行动都变得比之前多了。

林西顾还清楚地记得最开始两人刚同桌的时候，库潇想出去都是皱着眉站在旁边，等什么时候林西顾发现了给他让座。现在下课如果他想出去的话会轻轻碰一下林西顾的胳膊。

偶尔林西顾也会使坏，库潇碰了他胳膊之后他故意装不懂，看着他问："怎么了？"

库潇就会跟他说："我要出去。"

然后林西顾就点头答应着："哦哦，好的好的。"

他开心地给库潇让个道，然后等库潇回来就主动站起来让他进去。其实林西顾知道库潇不喜欢说话，坐在外面更方便一些，但他总觉得，库潇对自己是有点不一样的。

就像他从来没和其他同学说过话,当然他猜库潇也更不会和别的同学发短信。前两天库潇竟然还回复了他一条"晚安"。

下课时间,林西顾去了趟厕所,回来的时候在走廊里要经过五班。

他挺膈应五班的,每次走到他们班的时候都步速很快低头通过。因为当初他给教导主任打电话,那几个记了大过的学生都是五班的,他们经常在走廊里晃,林西顾很烦他们。

"这不三班那个小帅哥儿吗?"其中有个男生看见林西顾,冲旁边人使了个眼神。

那人伸出条腿,刚好拦住林西顾。

林西顾侧头看着他,淡淡地问:"闲的?"

"哟哟,还挺横的。"几个人把林西顾围在中间,有人还拍了拍他的肩膀。

"给你欠的。"林西顾看着拍他肩膀的那人说。

最中间那人叫王彪,也就是最开始说话的那个,他瞟了林西顾一眼,问:"你是库潇同桌?没想到那家伙也能混出个同桌来。"

林西顾最听不了的就是别人说库潇。他皱着眉,声音冷冷清清:"这话得跟你同桌说啊,谁能比他有发言权。"

说完这句林西顾推开面前的人,头也不回就走了。

其实这几个人也没想把林西顾怎么样,当初他们要堵的本来也不是林西顾。顶多就是林西顾当初多管闲事儿让他们挨了处分,所以每次看见了都想嘴欠撩几句。

林西顾是带着气回的教室,回去之后往座位上一坐,一言不发了。库潇侧过头看了他一眼,这一眼还维持了挺长时间,能有十多秒。

库潇明明这么安静,也不是主动挑事的性格,怎么总是有人找他麻烦。他一想想这些人对库潇的恶意就觉得心烦,再一想想库潇脸上脖子上经常出现乱七八糟的伤,就更心烦了。

最后他的思绪被桌子的一个震荡给打断了。

现在他们前桌坐的是一个小胖子,特别能挤,平时出来进去总要占很大地方,再不然就像现在这样,桌椅猛地一撞。

"不好意思啊,不是故意的。"小胖子叫董轩,每次道歉倒是都挺积极的,但是下次还是不注意。平时还好,如果赶上库潇睡觉的时候,每次他站起来林西顾都要提前告诉他动作轻点。

"没事儿。"林西顾往后挪了挪桌子,给前面多让出一点地方。

"我太胖了,侵占公共资源太多。"董轩叹了口气,一脸惆怅。

"你这话不应该冲后面说,来你看看我。"他的同桌挂着扑克脸,指了指自己的凳子,"我感觉你再往左靠一点我就能把自己塞暖气片里了。"

"哎,对不住对不住。"董轩挪了挪凳子,自己还有点憋不住笑,"我的体重都能匀俩你了,你跟我坐一桌也是辛苦。"

"天意。"他同桌抹了把脸,趁着现在董轩还没挤过来的时候把自己的书本都往中间摆了一些。

林西顾觉得这俩人挺有意思的,也就把之前的心烦给忘了。库潇早就回过头继续做题了,下午太阳西落,温柔的光斜斜照在库潇身上,让他整个人显得都柔和了起来。

还有两节课放学,最近林西顾还是挺期待放学的,因为他有一天突然发现,只要他放学走另一条路线,他就可以跟库潇同路。就是这么走他得绕点远,不过无所谓。

那条路人不算太多,林西顾第一次走那边的时候只敢跟在库潇后面。但是库潇走得太快了,他跟得有些吃力。

有人这么在后面跟着库潇怎么可能不发现,他回头看了一眼,见了是林西顾还有些吃惊。

林西顾也没想到他能突然转身，一时间没反应过来，俩人就这么眼对眼地看着。

直到库潇开了口，问他："去哪儿？"

"回家！"林西顾赶紧上前站到库潇旁边，"那条路太脏了而且车很多，我想从这边回去，咱俩好像同路？挺巧的……"

库潇点了点头。

从那天开始林西顾每天都能跟他同行二十分钟，多数时候是不说话的，因为他也找不到那么多话题聊，而且都得是一个人也能聊得下去的话题。

终于听到了放学铃声，林西顾迅速收拾好书包，站在一边等库潇。

他每天都收拾得比库潇快，因为他也不知道如果他收拾慢了库潇会不会就不等他先走了，这比较冒险，不敢尝试。

出了校门还要走一条路才能拐弯，拐了弯人就很少了。每天他们走的都是最里侧，因为库潇不喜欢人多，偶尔有人擦过他身边他反应也会很大，林西顾知道他这一点，所以每天走路的时候都挡在他外面。

"天都有点冷了啊，"林西顾搓了搓手，然后把两手揣进兜里，"你得加衣服，不能还穿短袖了，我现在穿着外套都感觉有点凉。"

库潇说："我不冷。"

"怎么不冷啊你手那么凉。"林西顾想起每次碰到库潇时候都觉得很凉，哪怕天气很热。

"不冷。"库潇又重复了一次。

林西顾找到的话题两句话就说没了，他怕说多了库潇嫌吵，就安安静静走了一段。眼看着自己要到家了，林西顾说："回家要记得抹药，脖子上不要留疤，你这个位置一旦留了疤，走到哪儿别人都要多看两眼,那样你会不自在。"

他说的倒是真的,所以他每晚都要提醒库潇去上药。他这个伤太吓人了。

库潇轻声应了:"好。"

"那我明天……"林西顾有些不好意思,还是硬着头皮问了出来,"我明早在这儿等你?早上也一起走……吧?"

库潇答得倒是挺快,想都没想就点了头:"好。"

"那明天见!"林西顾笑着跟库潇摆了下手,"明早见!我早点出来!"

第十六章 ○ 关心

林西顾起了个大早，给自己热了牛奶和面包，迅速吃完就拿着书包下了楼。估计要在楼下等库潇半个小时，外面还挺冷，林西顾缩着肩膀靠在一棵树上，想着明天开始得穿秋裤了。出来得的确有点早，这么干等着显得挺傻。

手表上分针转了半圈，他看到库潇背着书包从路口转了过来。林西顾一下子就笑了，那种一瞬间满心的花全开了的感觉。"库潇！"林西顾等人走近了才摆手，笑着问好，"早上好啊！"

库潇看着他，眼神是放松平和的，林西顾看到他嘴角轻轻向上扬了一些，开口说："早上好。"

库潇刚才……是笑了吗？

林西顾愣在原地。库潇嘴角上扬的弧度更大了些，他又重复了一次："早上好。"

这次连他的眼角都有些弯了，眼睛有了一个弯弯的弧度。

林西顾眨了下眼，然后使劲点着头说："好好好早上好早上好！库潇早上好！"

说得太急有点破音了。

库潇这一个浅浅的笑直接把林西顾笑傻了，一直到进了教学楼也没能再说出一句话来。

"哎，西顾！"

林西顾听见有人在后面叫他，还没回头就感觉有人拍他肩膀上了。那人从他左边伸手过来打在他右边肩膀上，林西顾心里第一反应是他胳膊可千万别碰着库潇。

见一切平静库潇也没有要暴起的意思，他才侧过头去看。

"是你啊，你怎么来这边了？你高三了不应该在北楼吗？"拍他的人是谢扬，林西顾对他笑了笑。

"我过这边来找个人，正好看着你了。"谢扬又拍了拍他肩膀，然后说，"我先走了啊，你有事儿打我电话。"

林西顾点了点头："嗯好，拜。"

谢扬跑走了，林西顾转头对库潇笑着说："我邻居。"

"嗯。"库潇的表情从他们走路时候的放松又变成了他脸上常见的那种淡漠。

林西顾知道为什么，因为他们进了教学楼马上要到教室了，人多了起来。库潇好像在人多的时候表情都很疏离。

林西顾清了清嗓子，跟在库潇身后进了教室。

也不知道是不是早上情绪太欢腾了，欢腾大劲儿了所以疲惫，到了上午林西顾感觉自己有点困。还不是平时因为课太无聊了那种困，就是难以抵挡的，趴桌上三秒钟就能睡死那种困。他晃了晃头，然后皱着眉喝了口水。喝完水就往旁边看看库潇。他皮肤怎么能那么好呢？脸上一颗痣都没有，也没有痘，看着就很想……很想用指尖戳一戳。他的眼角可真阔啊。

今天真是困。

林西顾觉得自己连转睡的过程都没有，直接就睡熟了。

库潇坐在里面看着他，眉毛稍稍挑起一些，凑得近些观察林西顾。

林西顾脸睡得很红，呼吸很粗重。

库潇站起来，踩着自己凳子向后迈上最后一排的桌子，然后跳到过道上。他动作很轻，落地几乎没有声音。

他这一气呵成的动作来得太快了，旁边站着的几个人见他突然踩桌子上还有点发愣。还没等他们反应过来，库潇径直从后门出去了。

第四节是语文课，库潇上课铃打了三分钟才手插兜从后门走进来。林西顾依然还在睡着，连姿势都没变过。

库潇原路返回，从后面桌子上回了自己座位。

全班都安静上课的时候他踩桌子上的动作就很显眼了，全班都转过头盯着他看。

库潇皱着眉，从桌斗里拿出语文书，一言不发，像刚刚什么都没发生过。

"往哪儿瞅呢，转回来。"语文老师说了一声，一颗颗脑袋才转回去目视前方。

哪怕库潇性格这么差，也毫不妨碍各科老师喜欢他。

董轩转过头，在林西顾头上小声叫他："哎……上课了。"

林西顾很少有上课睡觉的时候，他虽然成绩一般，但是学习态度还是挺端正的，是个乖学生。

"林西顾，西顾……"董轩还挺执着的，小声叫着，"老师看你了。"

"西……"他的话被眼前的书打断，库潇拿了本书挡了他的脸。他看向库潇的时候，库潇皱着眉冲他"嘘"了一声。

他们平时都不太敢惹库潇，这人摸不准脾气，而且打起架来不要命。

董轩无声转过去，心说也是，人同桌都不管你欠什么。他同桌斜他一眼,小声说:"该。"

董轩问他:"你还有没有点同桌情谊了?"

"我那点同桌情谊早让你挤没了。"同桌面无表情地说。

林西顾其实到了后来睡得也不是太熟了,毕竟是在课堂上睡,心里始终不放松,总感觉老师等会儿就要过来叫他了。但是老师一直没过来,他也就一直半梦半醒地睡着。

等他清醒一些的时候抬头往前一看吓了一跳,班里只有零星几个人在趴桌上睡觉,看起来已经午休了。他揉了揉眼睛,往旁边一看,又吓了一跳。库潇正安静地看着他。

"我……睡了很久?"林西顾赶紧用手背擦着嘴角,库潇看着他呢。还好还好,没有流口水。

"嗯。"库潇还是看着他。

"啊……"林西顾是真不好意思了,"不知道为什么今天就是特别困,睁不开眼。"

库潇把桌上放的便当盒往林西顾这边推了推,说:"吃完。"

林西顾更震惊了,他看了眼表,都过了十二点了。看着桌上的餐盒他突然失了声,不知道该说什么。

反正就……有点想哭啊。

今天到底怎么了?

"吃。"库潇又说了一遍。

"好的好的。"林西顾吸了吸鼻子,这会儿谁要说他在库潇心里有没有跟别人不一样,林西顾肯定把饭按他脸上让他再好好看看。他开口声音都哑了:"你吃过了吗?"

"嗯。"

林西顾一口一口吃着饭,吃饭的时候根本不能细想他能吃到这个饭的过程。库潇应该是打电话订了餐,然后去门口取完回来,放在一边安安静静等自己醒过来吃。

对了,他一直睡着,库潇怎么出去的?

啊……不能想。林西顾吸了吸鼻子,觉得自己的心尖又要开始抽抽着疼了。

林西顾其实没有胃口,但是他把餐盒里的饭吃到一粒不剩。林西顾抽了张纸巾擦了擦嘴,声音闷闷地对库潇说:"谢谢。"

库潇没吭声,站了起来。

林西顾赶紧给他让座,库潇把他自己的餐盒和林西顾的一起端着出了教室。

库潇过了十分钟回来,坐下之后看了看表,然后从桌斗里拿出两盒药来。拆开后每样拿了两片,连同他自己桌上的水,拧开一起递给林西顾。过程中一个字都不说。

林西顾低头看着库潇手心里的四个药片。

库潇的手那么漂亮。白皙,修长,干净。

它摊开在自己眼前,手心里放着的是四片感冒药,也是库潇冷硬外表下不被人知道的那颗柔软的心。

第十七章 ○ 外套

要按林西顾觉得，不管自己得了什么病，吃了库潇给的这四片药也都该好了。但事实并不像他以为的那样，吃了感冒药之后就更困了。

下午周成过来问过他，林西顾迷迷糊糊地跟他说自己可能是感冒了，有点难受。周成告诉他如果实在难受就回家，他给开假条。林西顾只是困，要说多难受也还没有，就是晕。再说他也不想回家，回了家也是自己一个人。

他侧着头趴在自己胳膊上，半闭着眼睛看库潇。库潇脸上永远都是淡淡的，没什么表情，但时间长了林西顾已经能从他的脸上看出背后的心情了。

就比如现在，他的心情是平静的。

林西顾赶紧把眼睛闭严实了。不知道什么时候林西顾就又睡熟了，他的脸还是不正常地泛着红，嘴唇干裂起皮，整个人看起来很有些可怜。

董轩下课的时候回头来看，嘟囔着说："这么睡不行啊，他好像冷，一直缩着肩膀。要不我去跟老师说一声，送他回去吧？"

自己说完没人回应，他回过头去撞了撞他同桌的胳膊："啊？要不咱俩送他回家啊？"

"哪儿显着你了，刚周成不过来问了吗？西顾说不想回家。"他同桌也转过身去看林西顾,想了想脱了自己的校服外套,递给董轩,"你上后边给他盖上点,他好像发烧。"

"你这衣服也太小了,我脱我的吧。"董轩摊开他同桌的衣服看了看,"你这不够宽啊,哎你这衣服几号的?你是不是都没有一米六啊?"

"给我滚。"同桌懒得搭理他,"你那衣服给人盖人都嫌埋汰。"

董轩笑着说:"我知道啊,我这都好几天没洗了,这要是新洗的我早脱了给他了。"

俩人还互相挤对着,等董轩拿着衣服要过来给林西顾盖的时候,发现他身上已经有件外套了。库潇在旁边穿着短袖低头做题,露出来的胳膊在这十月天里还挺显眼的。

董轩不太敢跟库潇搭话,坐回位置上把衣服递给他同桌:"你这小衣服你自己留着穿吧,人西顾有同桌。"

库潇的衣服上有股淡淡的香味,也不知道他们家用什么牌子的洗衣液洗的。林西顾对这个味道很熟悉,他很喜欢。这会儿这味道离自己特别近,就莫名觉得安心。

因为这味道在就说明库潇离得不远。

他伴着这么股若有似无的香味又睡了两节课,最后一节课的时候终于清醒了些。或许是这一整天下来的惊喜实在太多了,当他看到自己身上披着库潇外套的时候,惊喜肯定有,但要比之前好承受多了。

"你快穿上吧,多冷。"林西顾把衣服还给库潇,乍一从自己身上拿下来的时候还真觉得挺冷的,"谢谢……"

库潇没接,看着他的脸:"穿着。"

"我不用真不用,"林西顾感觉自己嗓子要冒烟了,赶紧喝了口水,"我今天真是睡傻了。"

但今天实在是没有力气，放学只能打个车回家了。

林西顾叹了口气，就是早上穿少了，耽误了多少事儿。

他和库潇的关系就是这么一点一点亲近起来的，从前的库潇是什么样，林西顾只要想想从前和现在的对比就觉得特别满足。

他这一场病持续了好几天，等到彻底好了之后，他看着库潇的眼睛比原来更亮了。

"库潇！"林西顾见库潇从路口转过来，跑了过去笑着打招呼，"早上好！"

库潇也对他浅浅地笑一下，低声说："早上好。"

林西顾脑子一抽就没控制住自己的嘴，脱口而出："你笑起来特别好看。"

库潇愣了一下，低下头不再说话了。

林西顾回过神来咬了下自己的舌尖，这嘴怎么就这么欠。哪有男生跟男生之间夸对方好看的，人是不得觉得你有病？

林西顾非常懊恼，干干地笑了下说："我今天好利索啦，嗓子不干了也不哑了，这几天一直迷迷糊糊的给你添了不少麻烦吧？"

库潇又看了一下他的眼睛说："没。"

林西顾也不再说话，俩人都低着头默默往前走着，这画面看起来有种别扭的喜感。

进了教室，李芭蕾拦住林西顾，给了他一个保温杯。

"这啥？"

李芭蕾一边吃着饼干一边说："我妈煮的汤，你不是感冒了吗？我让她给你煮的，拿着喝吧，都喝了你就好了。"

"我本来就好了，"林西顾笑了下，对她说，"谢了啊，芭蕾少女。"

"谢什么呢？咱俩什么关系，你都离我那么远了还不忘买巧克力给我，我给你带个汤怎么了。"李芭蕾晃了晃手，回自己位置坐了。

林西顾拿着保温杯回到自己座位，他因为早上夸了厍潇一句好看，导致到现在都不太能自在地对他说话。

林西顾从书包里拿出记分的小本，默默低头写上："感冒期间百般照顾，分数无法计算，象征性加230。"

"308。"

这分太高了，再高就失真了，应该找个什么机会扣一点。

可是最近也真没什么能扣的，现在厍潇在林西顾眼里几乎没有缺点了，以前那些缺点现在都快成优点了。如今也就他受伤了林西顾能毫不犹豫扣点分。

没有办法，看一个人顺眼了做什么都是对的，不需要道理。

林西顾还算计着自己那点分，就感觉到冰凉的手指轻轻点了他手背一下。他低头一看，厍潇的手就挨在自己手边。林西顾还发着呆，厍潇又在他手背上点了点。

"哎！怎么了！"林西顾回过神来，知道这是厍潇在叫自己，他赶紧应了，"怎么了厍潇？"

厍潇看着他说："我要出去。"

"哎，好的！"林西顾站起来给他让座，不知道为什么觉得厍潇刚刚那个眼神看着很无辜。

第十八章 ○ 石膏

"哈哈！妈妈你真的不用担心我啊，你哪来的这么大危机感？"林西顾平瘫在床上，举着手机，视频里面他妈妈皱着眉一脸担忧，"我什么问题都不会有，你放心啊。"

"我怎么放心啊，你这又感冒又发烧的，你这是要愁死我。"纪琼在视频那边长长地叹了口气，儿子远在天边，她怎么担心都没法放在身边照顾。

"哈哈哈哈，"林西顾笑得没心没肺，在床上滚了一圈，变成趴着的状态跟他妈聊天，"我早好了，小感冒不算什么，别担心。"

"滚，乱说话。"他妈妈皱着眉，表情有点严肃。

林西顾眨了眨眼，心里很暖，乖乖应着："我知道啦，谢谢妈妈。"

"谢就不用了，你少让我操点心。"

"好的好的，我这边有什么情况都跟你说，不会瞒着你。"

林西顾挂了视频，脸埋在枕头里，想起他这对爸妈觉得自己非常幸福。虽然平时在一起时间不多，但是他们尽可能地给自己最多的理解和关心，这很难得。

林西顾趴在床上，手里摆弄着手机，无意识就翻到了和库潇的短信界面。他笑了笑，一条一条往上翻着。他看着库潇发过来的只言片语，就能想到他绷着脸说这些话的样子。林西顾想了想，编辑短信："库潇？"然后眯眼笑着发了过去。

他就是故意的，他喜欢说话之前先叫他一声。如果人就在眼前的话，库潇会转过头来看他，漂亮的眼睛看着自己，眉毛轻轻挑着。要是发短信的话他会紧接着回一条："嗯？"

但这次林西顾没能收到库潇回复的这一个字，却更惊喜地收到其他内容。库潇几分钟后回他："怎么了？"

林西顾捧着手机笑得很傻，这让自己很好接着往下聊。

"你在干什么啊？"

啊这个会不会显得自己凑太近了？库潇会不会不回了啊？最近可能因为跟库潇关系近了一些，林西顾感觉自己总是忍不住就想放肆一下。

手机振动了一声，库潇回复他了。林西顾笑着点开，看到库潇回复他："发呆。"

林西顾没敢再多发什么，怕自己影响库潇发呆。

艰难地把周末挨了过去，林西顾周一起了大早，满心期待地站在楼下等。结果一等就是二十分钟，路口连库潇的影子都看不见。

他看了眼时间，不应该啊，库潇从来没迟到过，这已经比他平时到这儿的时间要晚十分钟了。再不来就要迟到了啊……

他犹犹豫豫地点开了库潇的号码，又过了五分钟才拨了号。

电话里"嘟嘟"的音一直响到结束都没人接。

林西顾皱了皱眉，不知道发生了什么，他希望库潇只是忘了今天是周一，还睡着没起。

那天他是踩着铃声进的教室，自己坐在座位上，等了一上午都没等到人来。中午放学连吃饭的心思都没有，又往库潇的号码上拨了个电话。

说起来俩人短信发了不少，但还从来没通过电话，林西顾不敢尝试，怕库潇不接。本来他这会儿是应该紧张的，但他现在只想知道库潇为什么没来上学，连紧张都忘了。

不过还好，库潇中午的时候来了。

当时林西顾正趴在桌上皱着眉盯着自己手机看，听到有脚步声走到自己旁边，他下意识抬头，见到是库潇，猛地坐了起来。

"库潇！"林西顾小声喊了他一下。

"嗯。"库潇应了一声。

"你上午怎么没来啊？"林西顾赶紧让开让库潇进去，在旁边问着，"我打你电话也没人接。"

库潇坐下来，回应着他："我没带。"

林西顾本来想说点什么，但张了张嘴没说出话来。他盯着库潇的左手看了半天，最后转过头，默默趴在桌上不说话了。

——库潇手上缠着绷带，无名指上还打着石膏。

库潇的手原本那么好看。

林西顾心疼了，心疼得不太想说话。

他想到库潇脖子上那半圈伤口，那个看起来要比手上的伤更吓人。现在痂已经掉了，但那条浅浅的白色痕迹要过很久才能彻底消失。

他想不明白为什么库潇身上总是留伤，心疼里也带着愤怒，导致林西顾一句话都不想说了，连原因也不想问。

库潇看了他一眼，但只能看到林西顾圆圆的后脑勺。他转过头，过会儿又看了一眼。

林西顾整个下午眼睛都不敢往库潇左手上落，他看不了那只手，他受不了库潇的手被包成那样，看到库潇用一只手写字，卷子总是乱动，所以皱着眉有些不开心的样子，林西顾心脏就跟让人扎了个小窟窿一样,持续着疼。

放学之前林西顾抄完作业,撕下来往库潇桌上一放,一声不吭。库潇看了眼林西顾帮他记的作业,叠了下夹在笔记本里。他有一只手不能用,做什么都只能用右手,很多时候看起来不方便,甚至连书包的拉链都拉不上。林西顾咬了下嘴唇,皱着眉伸出了手,在库潇右手上轻轻碰了碰。库潇把手拿开了一点,林西顾帮他把拉链拉好。

两个人还是都没有说话,回家的路上也是一样。气氛稍微有些沉闷,林西顾时不时侧头看一看库潇的脸,但控制着自己不去看他的手。

库潇每一次只要感受到了林西顾的视线都会转过头看他,他的表情平平的,看着林西顾的目光很安静也很柔和。林西顾也是真的想不通,一个有着这么温和眼神的人,为什么总是把自己弄成这样。

路程过了一半,林西顾到底是没舍得真的一句话都不说,毕竟回家了就看不到人了。他闷着声音问:"你手怎么了?"

库潇很快就回答了他,低声说:"断了。"

断了。虽然都看见了但是听他这么说林西顾心里还是疼了一下。十指连心呢……多疼啊。

他拇指在兜里搓了搓指关节,继续闷闷地问:"你又干吗了吗?还是这次也是你自己弄的?"

库潇想了想,然后摇了摇头。

林西顾等了会儿,没等到他的答案,他知道这是库潇不想说。

"我要到家了。"林西顾叹了口气,也不继续问了,看着库潇说,"你注意点手,不要碰到,洗澡的时候格外要注意。"

库潇点了下头。

林西顾"嗯"了声,低着头没再说话。

到了路口,库潇该继续往前走,林西顾转弯。林西顾对库潇摆了下手就要转身走了,没想到库潇用右手拉住了他的手腕。林西顾愣了下,回头去看库潇。两个人现在脸对脸地都愣在了原地,库潇有话说不出来,蹙着眉看林西顾。林西顾瞪圆了眼睛看库潇。

库潇的手指在林西顾无名指的关节处点了点,他开口说:"这里断了。"

"啊?"林西顾的脑子现在是不能用的,只是个摆设,什么都思考不了,"断了……什么断……了……"

库潇在他的指关节又捏了捏,看着他又重复了一次:"这里断了,砸椅子,我手……撞上去了。"

"你撞上去了……什么椅子?"

林西顾能看到库潇的唇在动,但他的处理器现在死机了。

"你听我……说话了吗?"库潇皱着眉问他。

库潇不开心了,林西顾终于有了点反应,他点头:"我听了的。"

库潇眉头越皱越紧,张了几次嘴也没说出什么来,最后放开手,转身走了。

林西顾是等库潇人都走没影了才渐渐回过神。

第十九章 ○ 评理

第二天库潇从路口转过来的时候，林西顾都没好意思跑过去打招呼。库潇走过来看着他，林西顾笑着跟他问好："库潇早上好。"

库潇轻声开口："早上好。"

他的声音很哑，林西顾听得下意识皱起了眉。库潇的嗓音本来就是哑的，以前林西顾还觉得他的声音和长相不匹配，但这会儿的声音明显哑得更重。

而且他的脸色很差，不是正常状态下的白，而是泛着苍白，连唇色都浅了。

林西顾小声问他："你怎么了？"

库潇摇头说："没。"

林西顾低下头去看他的手，追问："你是不是手疼？"

库潇过会儿才点了下头，慢慢开口道："有一点。"

林西顾瞬间就心疼了。对啊，骨头上的伤向来是最疼的，他小时候胳膊骨折的时候生生哭了一宿。库潇昨晚应该是疼得睡不着觉的，看这脸色就看得出来。

库潇侧过头来看他，林西顾正心疼着，低头不言语。

库潇抿了抿唇，步伐轻快向前走。

"我让阿姨熬点骨头汤？"林西顾小心地看着他，怕库潇会拒绝,"你中午跟我回家……好吗?"

库潇看过来,林西顾满脸诚恳,小心翼翼等着他回答。

库潇点了点头,轻声答:"好啊。"

中午库潇果真和林西顾一起回了家。从那天开始每天林西顾都邀请库潇和他回家共进午餐,库潇没有拒绝过他。

有天中午俩人一起吃过了饭,他刷碗出来的时候库潇已经靠在沙发背上睡着了。仰着头,睡得安安静静的。

林西顾以前怎么能想到有一天库潇能在自己家睡觉。好像也说不清具体从什么时候开始,总之就是逐渐在靠近,一点一点地,就到了今天这种状态。

库潇的手垂着,搭在沙发上。

林西顾想了想,拿了个靠枕来。库潇手上的伤不能这样长时间控着,尤其那根断了的手指,林西顾上网查过的。他轻轻抬起库潇的胳膊,把靠枕放到他胳膊下面。

库潇向来敏感,林西顾这样碰他他不可能不醒过来。他睁开眼,手指刚一抽动看到面前的林西顾马上停了动作。

林西顾正蹲着小心地往自己胳膊下面塞东西,认真而专注。

林西顾眼睛长得又大又圆,睫毛很长,这个角度看过去,他的眼睛非常漂亮。

库潇又闭上了眼,没一会儿就又睡着了。

俩人现在不光早晚放学一起走,就连中午都是同进同出。学校里都知道库潇身边现在有个林西顾。连教导主任都亲切地问过林西顾,说总看到他跟库潇在一起,有没有什么为难的,让他不用怕谁。

林西顾当时就很想笑,摇头说:"叔你多心啦,没什么为难的,就是我们俩顺路就一起走了,没别的。"

"他没欺负你吧?"教导主任还是不太放心,毕竟库潇成绩再怎么好,在学校也是有过前科的。自己可是保证过肯定照顾好林西顾的,要在自己眼皮底下让欺负了他没法交代。

"没,哪有的事儿啊。"林西顾笑着说,"他欺负我干吗啊,他学习上帮我特别多。"

"那还行,"主任点头说,"有事儿跟叔说,各方面的,你爸没在这边,别拿叔当外人。"

"嗯,好的,谢谢尹叔。"

林西顾转身走了之后摇头笑了,库潇就那么不像个好学生吗?月考他在学校又是前三,这么棒的学生怎么人人都不信他是个好人。

林西顾回了教室,库潇正安安静静地看着窗外。

这风景太美了。

"嗨,西顾你回来了?"前桌伊晓东回过头跟他说,"刚李芭蕾放你桌上个纸条,我压你书下面了啊。"

林西顾点头还没等说话,就听董轩说他同桌:"就你欠。"

"别跟我搭话,贱不贱。"伊晓东白了他一眼,接着跟林西顾说,"以后你要是觉得挤就说,这胖子占地方,我有时候感觉地方再大点我坐椅子上都够不着写字儿。"

"你拉倒吧,啥时候那样了,总共就这么点地方,我再占地儿也不能把教室挤大了吧。"

"我自从跟你同桌都瘦六斤了,你多牛。"

俩人你一句我一句的,而且表情都不太好,直接把林西顾给看懵了。他俩平时也总犟嘴,但是今天的表情有点严肃啊,好像闹矛盾了。

他看向库潇,坐下之后小声问他:"他俩怎么啦?"

林西顾从库潇脸上看到了迷茫。果然长得好看什么表情都值得拍下来挂墙上。

"我……不知道。"库潇开口回答他。

"嗯嗯，没事儿，你继续吧，不重要。"

"怎么不重要了？"林西顾本来以为他俩说话声挺小的，没想到董轩竟然回头来问，"哎，西顾咱们之间的前后桌情谊呢？前桌闹矛盾你不调解一下？"

林西顾瞬间乐了，看看他们俩，问："那你们怎么了啊？"

"干嘴仗啊，"董轩指了指自己又指了指伊晓东，"我俩看来是不能继续坐一起了，互相忍受不了。"

"还互相？你还忍受不了我？我一百斤不到的体重你都忍受不了，全班我估计没有比我长得小的男生了，你还忍受不了？谁能忍受了你？你有没有一百八？你这人也不要个脸了。"

"听见了吗？"董轩跟林西顾说，"这不就是身材歧视吗？天天歧视我是个胖子，我就这体形了占点地方是我故意的吗？"

林西顾每天听他俩斗嘴都觉得有意思，他赶紧把俩人推回去："我判不了你俩这事儿，快吵，再两分钟上课了，不吵完上课憋得难受。"

俩人转过去谁也不说话了。

林西顾拿出书下面李芭蕾留给他的纸条，上面写："这周六我过生日，我请朋友吃饭，西顾老铁，求参加。"

林西顾笑了笑，抬头看过去，李芭蕾正好在看他，林西顾冲她比个OK。

李芭蕾回给他一个拇指。

"我能不能……喝你的水。"林西顾刚收回视线，就听见库潇在他旁边小声问了一句，带着他特有的缓慢语速和停顿方式。

林西顾看向他，眨了下眼睛赶紧点头："喝啊！这还问我干吗，你不嫌就喝呗！你渴了吗？你刚下课怎么不说我好去给你买水啊，你不……不嫌你就喝吧，快喝。"

林西顾把水放库潇桌上，动作十分迅速。

第二十章 ○ 试探

"咱们下周就期中考试了啊，物理我不要求你们给我进步多大，反正怎么也得维持原状吧，你们上回在组里排第五，这次要是掉出了前五，以后我占你们自习的时候就给我挺着，别赖叽。"

底下连声都不敢出。

物理老师是个三十多岁的壮汉，戴着副大框眼镜，身高看着得有快一米九，人非常严厉。他是隔壁班的班主任，坐教室里经常能听到他在隔壁班训人的声音。

但是这种平时严厉的老师偶尔可爱起来，那股反差萌也真的杀得人措手不及。林西顾对他一直怕不起来，因为见了他几次非常好玩可爱的时候。总觉得他平时的严厉都是装的，董老师明明就是非常可亲。

"这次我希望断层不要太严重，回回都是那两三个尖子生在前边拉着你们，超高分那么几个，后面空了，没了，直接掉到两个档以后。"

老师说这话的时候视线扫到库潇一眼，林西顾觉得特别骄傲。尖子生啊，我们库潇就是班里最尖的那个啊，我们在学校里也冒着尖儿呢。

"这次要再……嗯？我课上还有人敢睡觉呢？"物理老师掰了根粉笔，在手里掂了掂，瞄准了扔到正在睡觉的梁启明头上，非常准。

梁启明坐起来，物理老师指了指后门。大家都回头去看，就见周成一张脸贴在后门玻璃上，见大家都看过来，哭笑不得地指了下物理老师。

物理老师笑着说:"行了都转过来吧,这节课他不会再来了,董老师在这儿呢还用周老师干什么。"

周成走到前门,拍了拍门板:"董超你等着下回你趴后门时候我也喊一嗓子。"

物理老师一个粉笔头扔过去:"周老师我没记错的话,这节我班数学课啊,你不好好上课跑这儿趴什么玻璃!"

俩老师拌嘴,底下学生都乐了。林西顾趁乱又看了眼库潇,库潇皱着眉在用右手捏左手的小指和手掌。

林西顾赶紧小声问:"手怎么了?"

库潇摇头说:"没事。"

周成走了,物理老师继续上课,他上课的时候底下通常是鸦雀无声的,林西顾也不敢说话了。

直到下课铃响,老师收拾东西走了,林西顾才接着问库潇:"手疼?"

库潇看着他,慢慢点着头说:"疼,麻。"

林西顾心疼坏了,看着库潇绷带还没拆的手,一点办法都没有。他帮不上什么忙,他又不能替库潇去疼。

对于此刻自己的无力感,林西顾有些失落。库潇跟他说手疼呢,他都不知道下面怎么接这话,说了也没用。

中午两个人照常一起回家吃饭,现在库潇的拖鞋,林西顾每天就给摆在门口,跟自己的摆在一起。这样他开门一进来就看到库潇的拖鞋。

林西顾问他:"你手还疼吗?"

库潇正用一只手帮他拣碗,听见他问,摇了摇头说:"不疼。"

"那还麻吗?"

库潇又摇头说:"不。"

林西顾放心了些，问："要什么时间去复查？手上这个东西什么时候拆掉？"

库潇低头看了看自己的手，回答他："还要两周。"

林西顾"嗯"了声，静静刷着碗。库潇坐在沙发上，一动不动。林西顾洗完碗擦了手出来，犹豫了会儿还是走过去小声问库潇："你复查的时候……我陪你去？行吗？"

库潇抬着头看他，因为他总是很安静，所以这样看人的时候就显得更认真。他眨眼说："行啊。"

林西顾抿唇笑了下，然后坐在库潇旁边，看着库潇被缠着的那只手。他指了指上面的纱布，问："手掌也伤到了吗？"

库潇不说话，没回应。

林西顾看了眼时间，想让库潇睡会儿，但是又不太好意思，不敢让库潇去他卧室。

库潇低着头，用右手去拨弄纱布上打的结，然后一圈一圈解下来。林西顾盯着他的动作，直到库潇把纱布拆下来，只剩下无名指上的指箍。他摊开手掌到林西顾眼前，脸上平平静静，一丝表情都没有。

林西顾看到他掌心有些小伤口已经结了痂。但是他无名指和小指相连的那处，皮肤泛着红肿，上面还有痂没脱落，看着很有些狰狞。林西顾凑近了去看，因为那处位置特殊，缝合起来有难度，所以针脚不像在其他位置缝合那么平整。

林西顾紧紧闭上眼睛，睫毛颤抖着，不敢再看。他心窒得用力吸气，但还是觉得鼻酸。

库潇收回手，不太自然地放到身侧。他挑起眉看着林西顾紧闭的眼睛，沉声问："丑？"

林西顾摇头说："好看。"

"怕？"

"不怕。"林西顾哑声说。

库潇抬起手，轻轻碰了碰林西顾一直在颤抖的睫毛。

林西顾一僵，睁开眼看他，他在库潇的眼里看到了试探。

"你为什么总是受伤？"林西顾咬了咬唇，皱着眉问他，"怎么回事啊？"

库潇跟他对视了几秒，然后偏开头，调转了视线。

"你不想跟我说吗？"林西顾看着库潇左手的无名指和小指以不自然的状态分开着，控制不住地红了眼睛，"多疼啊库潇。"

库潇还是看着茶几，不抬头。

从那天开始，之后的很长一段时间，林西顾只要看到库潇的左手，心里就控制不住地疼。

不过尽管库潇现在是个独臂侠，依然影响不到他的成绩。期中考试库潇的成绩还是那么亮眼，林西顾美滋滋看着成绩单，恨不得在自己的小本子上把库潇考试得的分都给加上。

怎么就那么厉害呢。

哎，我们库潇一只手就能完胜你们。

这次的家长会林西顾他爸亲自过来的，说起来从林西顾转学过来他还没来过学校，这次正好直接看看。林西顾考得不错，周成当着他爸的面儿也没轻夸他。

说他努力，听话，性格很好。

林西顾站在门口，从后门往教室里面瞟，一直到家长会结束他也没看到库潇的妈妈。他对库潇妈妈是有印象的，优雅，漂亮，库潇长得很像她。

他也记得那次家长会过后，他在学校后门那里看到库潇靠在车棚边上，安安静静。他的样子很忧郁，很孤独。

他掏出手机，就很想给库潇发条短信。

自从库潇手坏了以后林西顾没再给他发过，因为觉得他一只手可能不方便。他打开和库潇的短信界面，写写删删，最后输入了一条："你在哪呢？"

这条短信库潇没回。

林西顾等了半天没等到回复，把手机揣回兜里，吸了口凉气。马上要入冬了，或者说基本已经入冬了。

第二十一章 ○ 坏话

林西顾跟他爸两人吃了饭才回家，他爸先进的门，正换着鞋呢就听林西顾在后边喊："爸！哎爸爸爸！你别动你等我给你拿拖鞋！"

林丘荣让他喊一愣，回头看他："这不有吗？"

林西顾指着左边那双："那个！你穿左边那双啊爸！别踩右边这个！"

他爸让他弄得莫名其妙，听着他的穿了左边的，问他："右边的咋了？"

"没咋！"林西顾脱完鞋赶紧光着脚蹲那儿把库潇平时穿的拖鞋好好地放鞋柜里，放在最上面，给自己又拿了双穿上。

"什么毛病，"他爸看着自己傻儿子，弹了他脑袋一下，"一惊一乍的。"

"酷爹，你最近好像瘦了啊，太忙了吗？"林西顾洗完澡走过来，搓了搓他爸的头发，一屁股坐他旁边。

"瘦了吗？我还没怎么觉得。"林丘荣打量着自己儿子住的小屋，挑眉问他，"给你弄个健身室我看你也没用啊，哪儿哪儿都这么新。"

林西顾"嘿嘿"笑着说："偶尔也用。"

"扯吧你就，你这小破体格现在还不锻炼，太不结实。"

林西顾见了爸爸心里是很开心的，虽然不能像小时候那样总黏在他身上，但是也总在他爸周围打转。

"我那边基本忙完了，过段时间我就能经常过来，这段时间把我儿子弄得跟个小野孩儿似的。"林丘荣捏了捏儿子的肩膀，心里不是没有愧疚的。

"那挺好啊，你来我这儿就当歇着了，其实你不用那么累，赶紧歇着找个媳妇儿得了。"

林西顾其实很了解他爸，他爸就不是那种能闲下来的人，他现在这么忙也不是单纯地为了赚钱。他早就习惯了这种快节奏，他根本慢不下来。

"滚，就那么想让我给你找个后妈？"

"想啊，怎么不想。"林西顾用肩膀上搭的毛巾随意地擦着头发，说，"我妈在那边都嫁人了，你看你单身几年了，你现在还是正年轻的时候，说不准还能遇见个真爱啥的。等你五十了再找估计就只能找个年轻漂亮图你钱的了。"

他爸让他几句话给弄得哭笑不得，摇了摇头说："一天天都琢磨点什么。"

"琢磨我的帅爹什么时候能找个伴儿，你总这么单着哪是回事儿啊。"林西顾不止一次地跟他爸提过这事儿，但他爸没有松口的意思。

他爸不太愿意说这事儿，敷衍着说："再说吧。"

林西顾撇了下嘴，把毛巾扔给他说："那你洗澡去吧，把我毛巾挂上哈。"

晚上林西顾跟他爸睡一起，他睡前和李芭蕾发短信聊着天。李芭蕾跟他确定是不是明天肯定会到，并且威胁着如果不到就绝交。

林西顾回复她："放心，肯定到。"

"跟谁聊天呢？"他爸笑着问。

"跟我同学，叫李芭蕾。她明天过生日，让我去。"林西顾坦然回答。

"芭蕾？这名很酷啊，她爸妈挺有想法。"他爸挑眉打趣他，"有没有什么情况能说给你爸听听。"

林西顾一听就是他想歪了，赶紧摇头："没，非常正常，非常纯洁。再说你不是知道我吗？我没这心思……你不知道吗？"

他爸叹了口气，摸了把他的头说："知道，没事儿。"

林西顾淡淡笑了下，继续跟李芭蕾发着短信。

"准备礼物了没？"他爸问。

林西顾"嗯"了声："准备了，你没看见那只熊吗？那就是给她买的。"

他提前挺久就给李芭蕾准备好生日礼物了，其实他没有这方面的经验，不知道女生们到底喜欢什么。但是有一样他是知道的，李芭蕾酷爱吃巧克力，可以说他们的友情就是从巧克力开始的。

为了显示和平时给她拿巧克力的不同，林西顾还给配了个两米的大熊。毛绒玩具和巧克力，这送女生应该非常保险了。

第二天还是他爸开车送他过去的，一个大熊把后座占满了。

"这不知道的还真以为你追人小姑娘呢，别让人爸妈看见，回头再撵出来揍你。"他爸笑着说。

"嗨，没事儿的，"林西顾也笑了，"她们家知道我，她的妈妈做什么好吃的还总让她给我带，我感冒时候还给我煮汤来着。"

那天他爸把他送到地方就走了，教导主任听说他来，老早就打了电话要跟他吃饭。林西顾抱着大熊和巧克力艰难地上了二楼包厢。

他本来以为应该没多少人，平时也没见李芭蕾和太多人交流，结果一进去顿时就懵了。一个超大的包厢，里面少说得有二十人。

"啊啊啊这是给我的吗？"李芭蕾跑过来一把接过大熊，另一手顺便把巧克力拿走，回头跟人说，"这是我跟你们说过的林西顾，我铁哥们儿，杠杠铁那种。"

里面的人都说听过听过，还挺热情地跟他打招呼。

其实林西顾本身的性格是有点内向的，一时间看到这么多热情的小伙伴感觉有点头晕。

她们都是我发小，我们从小在一个小区来着，都一起长大的。

林西顾扫了一圈，低声说："那你们小区人可不少啊。"

李芭蕾"哈哈"地笑，问他："是不是把你吓着了？"

"还行吧，"林西顾想了想说，"都跟你一样生猛。"

其实李芭蕾她们家条件不错的，她姥爷早些年是她们这边挺有名的富商，不过大起大落的，到后来又都赔了。李芭蕾的性格就是大大咧咧直来直往，林西顾还真是挺喜欢她的。

这些人疯起来也真是够呛了，吃完饭天都快黑了，一帮人吵着非要去唱歌。林西顾本来没想去，但是也没找到机会跟李芭蕾说走。

一群人走着就过去了。林西顾低头想给他爸打个电话来着，电话拨过去还没接通，他听到前面的人在聊天。

"哎，这不你们学校那谁吗？"

"谁啊？"

"那边走路那个啊，什么潇来着。"

"哪个？哎还真是，这不厍潇吗？我们校草啊。"

林西顾动作一顿，他抬头看那两个人，然后顺着他们的视线看过去。

那人是厍潇，林西顾确定。他太熟悉了，只要看见一点点就知道他是。

"芭蕾我记得你跟他一班的是吗？"有人拍了下李芭蕾的肩膀，李芭蕾当时正跟个女生凑着头聊天，听见他问，顺着他指的方向看过去，然后瞪大了眼睛回头看林西顾。

林西顾现在跟库潇同进同出，俩人挺好的，李芭蕾知道。

她刚要跟林西顾说话，结果嘴还没等张开，刚才跟她聊天那个女生就一脸夸张地问："啊？芭蕾你跟他一班？那你天天不吓死了？"

林西顾皱起了眉。

那女生"啧"了一声，接着说："我跟他家一个小区，我们小区小孩儿见了他都绕着走。"

有人问她："为什么啊？"

"他就是个变态，之前听说他打人，他家还赔挺多钱呢。"

林西顾放下了手机，脚步停住，没有继续走。

"他爸也是个变态，住他家楼下那户后来搬走了，到现在他们家楼下都没人住。他跟他爸都变态。"

李芭蕾皱了下眉，说："你亲眼看见了？没影的事儿就别乱说。"

"我怎么没看见啊，他打那人我们小区人都知道。我们那边没人跟他说话，再说他也不说话啊，跟个哑巴似的。"

"行了！"李芭蕾轻斥她，不让她继续说。

不是她变得不爱八卦了，类似的话她以前也跟林西顾说过。但可能是因为后来林西顾坐他旁边的关系，李芭蕾没少抄库潇的作业，虽然都是经林西顾的手吧，但是时间长了也没觉得库潇有多吓人了。

林西顾看着那女生，他冷着脸原地站着，看着她们越走越远。那么几秒钟的工夫他脑子里倒是想了不少。

那是个姑娘，林西顾不能做什么。而且这是李芭蕾生日，这些都是她朋友，林西顾不能让她面子挂不住。

他得冷静，虽然这些话很刺耳他接受不了，但是他得冷静。

林西顾深吸了口气，他转头看着库潇。库潇手插在兜里，低着头快走远了。他连背影都那么飒爽。

林西顾冲前面喊了一声："哎！"

刚才那些人也没注意他没跟上，这会儿他一喊都回过头看他。李芭蕾知道他可能不太高兴了，心里有点过意不去。

林西顾看了她一眼，然后远远指了下她旁边那个女生。

"你，叫什么来着，对说的就是你。"林西顾死死盯着她说，"姑娘家家的嘴别这么欠，以后走路上跟人聊天儿看着点身前身后的人，说不准你说的哪句烂话就戳谁心上了。"

林西顾又长长地吸了口气，冰凉的空气吸进肺管，硬生生地疼，他又说："你刚说那人是我朋友，这么帮我们宣传我谢谢你了，以后跟人乱嚼舌根的时候注意着点，小心闪着牙。"

说完这句林西顾转身就走了，他也没管有没有车，直接就跑到了对面，追着刚才库潇转弯的方向跑了过去。

他边跑边给李芭蕾打了个电话，喘着说："芭蕾少女抱歉了啊，这么多人没给你留面子。你们玩儿吧，这账回头你再找我算。但是她说库潇，这我忍不了。抱歉。"

林西顾说完就挂了电话。

刚才做了半天心理建设，告诉自己得冷静。但没用。

他跑着转过那条街，看到库潇孤独的背影，林西顾一笑，挂着膝盖喊他："库潇！"

库潇听到声音回过头来，看到林西顾的那一刻非常惊讶。林西顾冲他笑着，气还没喘匀，又叫了他一声："库潇！"

库潇先是没有表情，过了几秒突然轻轻扯起唇角，对林西顾笑了。

他笑起来的时候眼睛是很温柔的。

那一瞬间林西顾心想,我保护你啊。就算全世界都不看好你,我来保护你。

第二十二章 ○ 等你

林西顾喘匀了气跑过去,站在库潇旁边,想起刚才那女生说的话,心里有些难过。

刚才跑太快了,这会儿停下来总想咳嗽。他还没说话先咳了两声。

库潇抬起手轻轻拍了拍他的背。

林西顾看着库潇温和的眼神,鼻子发酸。你们看他明明就这么温柔啊,为什么总对他有这么多恶意?

"我刚看到你了,"林西顾笑着说,"你为什么在这儿啊?你去哪儿了?"

库潇转开眼,不知道为什么林西顾觉得他现在的表情有些不自在,本来跟他对视着的,这会儿却把眼睛转开了。

林西顾也不多问,他继续说:"今天李芭蕾过生日,我在这边吃饭来着,不上学也能看见你还……哎反正还挺开心的。"

库潇还是不说话,他眼睛动了动,但是侧着头不转回来。

他还要说点什么,手机响了。

他刚给他爸打了电话,还没等那边接起来他就挂断了。林西顾接通了:"喂,爸。"

"打电话了?让我接你吗?"

"没,"林西顾看了看眼前的库潇,对电话那边说,"我就跟你说声我晚点回。"

"行，玩儿吧。那你要回的时候给我打，我过去接你。"

"不用，我打个车就回了。挂了啊爸。"

林西顾揣起手机，库潇这会儿已经转了回来，正看着他。林西顾眼睛亮亮的，问："你等会儿去哪儿啊？回家吗？"

库潇点头："嗯。"

"那我跟你一起走！"林西顾往前走着，伸出手想拉库潇的胳膊让他一起，刚要碰到库潇胳膊的时候堪堪停住，才想起来不提前打招呼是不能碰库潇的，他笑了下，"嘿，差点忘了。"

库潇挑起眉毛，看着林西顾的手。

过了两秒他轻轻抬了抬胳膊。

这会儿天气已经很冷了，正儿八经的冬天，库潇穿的短款羽绒服和休闲裤，衣服带着冰凉的质感。两个人一起往前走。

其实他们从这里回家跨了一个区，挺远的。正常是要打车回去的，但是林西顾没这么做。

两个人就一步一步朝家的方向走，林西顾低头看着库潇的休闲裤。他腿怎么那么长啊……平时穿着校服都不显腿，以后库潇会不会被什么星探给挖出来当个小明星。

库潇的胳膊动了动，对他说："冷，放起来。"

林西顾眨了眨眼，接道："嗯嗯！是挺冷的，你揣着吧。"

库潇看着林西顾有些发红的手，说："我不冷。"

他不冷？那谁冷？林西顾顺着库潇的视线看下去，觉得心里酸酸胀胀的。他把手攥起来揣进兜里，说实话手指头都有点冻僵了。

这个岁数的孩子很傻，因为心里那么点小念头，真的顶着寒风走了一个多小时。

林西顾想起他看见过网上那种赚转发的帖子，点开看了两眼，当时还挺不屑地笑了下。

帖子说人生最美好的事情就是你十七岁时候遇到一个挚友。

因为纯粹，热烈，不顾一切。

那文章就是网上常见那种充斥着浓浓非主流的语言，现在想想林西顾也没觉得它有多高级。但是他突然就有了共鸣，十七岁时候的朋友，一定就是最好的。

这个年龄的少年们还都不成熟，虽然也懂事了但还是幼稚，脑子里没太多乱七八糟，他们干净、纯粹、热烈。

那天库潇一直把他送到小区门口，当时天已经黑透了，林西顾吸了吸鼻子："好冷啊今天，你回去喝点汤。"

库潇低低地应了："嗯。"

"那我上去啦？"林西顾跟他摆了摆手，"你回去吧。"

库潇点了下头，然后转身走了。

林西顾到家的时候整个人身上都往外冒寒气，他爸问："都玩什么了今天？"

林西顾笑了下说："就吃个饭，然后遇到我同学了，我俩走着回来的。"

"走回来的？"林丘荣问，"从我白天送你那儿？"

"差不多吧。"林西顾脱了外套，感觉自己现在就跟块冰坨似的。

"这得走多长时间，没打着车？"他爸都笑了，觉得自己儿子怎么这么傻，"打不着车给你爸打电话啊，我去接你多好。"

"没，就想走来着。"林西顾把自己脱光了，直接钻进浴室。

洗澡这个过程也是挺难挨的，身上太凉了，水稍微有点温度就觉得烫。一个澡光适应水温就用了二十分钟。

洗完澡出来的时候他爸都快睡着了。

林西顾穿好睡衣钻进被窝，感觉从骨缝里都往外冒凉风。他裹紧了被子，也不知道厍潇那边什么样了，他可别感冒。

周日下午林西顾他爸就走了，本来还能再待两天的，结果有个挺急的事儿，收拾收拾就直接走了。

林西顾也没太难过，就是稍微有点舍不得。

不过也习惯了，没什么。

林西顾下楼送了他爸，回来的时候在电梯口碰见了谢扬。他打了声招呼，谢扬对他笑了下。

"刚才那是你爸吗？"他问了句。

林西顾点头说："嗯，周五给我开家长会来着。"

"你长得挺像你爸的，帅。"电梯门开，俩人走进去，谢扬问他，"平时就你自己在这边住，不想家吗？"

林西顾想了想说："还好，我放假了就去找他了。"

他们俩已经挺熟了，每次见到都会聊几句。林西顾问他："我也没见过你家人，总是你自己。你也自己住？"

谢扬顿了顿，点头说："啊，我自己住。"

"我之前还以为你们家都在这儿住，你来我这儿借椅子我以为是家庭聚餐来着。"林西顾笑了下说。

"没，都是朋友。"林西顾的楼层到了，谢扬跟他摆了摆手。

林西顾开门进屋，闲着没什么事，在自己那个小健身室里跑了一小时步。

他得变强一点。

周一早上林西顾早早下了楼，按这个时间来看他得在楼下等厍潇十分钟左右。结果让他吃惊的是他出了小区大门厍潇已经在了。

库潇看见他出来，眨了下眼睛。

"库潇？你怎么这么早啊？"林西顾走过去，看了眼表，确认自己时间没错。

库潇语速很慢地说："以后……我等你。"

林西顾清了清嗓子，摇头说："不用不用，你就正常时间来啊，我等你就行，你别来这么早。"

库潇不再说话了。

"手还疼吗？"林西顾问他。

库潇摇了下头说："不疼。"

"是下周末去复查吗？"林西顾看了眼库潇的左手，他现在无名指上还套着指箍，"然后这个东西就能拿掉了对吗？"

"对。"库潇手指抽动一下，然后攥起来揣进兜里。

他们走到教室门口的时候碰上了李芭蕾，林西顾冲她招了下手。李芭蕾走过来，问他："干啥？"

林西顾笑着跟她说："生气了吧？对不住了，回头我再补偿你。"

"没有的事儿，"李芭蕾随意地扬了下胳膊，"咱俩什么关系啊，你怼得好，你就应该怼。她早从我们小区搬走了，从小我们就不待见她，从小就欠。"

李芭蕾说起这事来往库潇那边瞄了一眼，库潇已经进了教室快走到座位上了，她撞了下林西顾的肩膀，冲林西顾眨了眨眼说："昨天你怎么那么帅啊？我感觉你平时也没脾气，结果小脾气一上来还挺倔的。可惜了，你俩也没什么深入挖掘的可能性了。"

林西顾松了口气，毕竟昨天人太多了，闹得挺不好看。这也是林西顾跟她关系好的原因，她性格真的是不错，大大咧咧有时候跟个男孩子似的。

林西顾拍了拍她肩膀,说:"我还以为你得不高兴。"

"我就那样?"李芭蕾瞪了他一眼,"切"了一声,"多大点事儿。"

林西顾又跟她聊了两句才进了教室回到座位上。库潇看着他,林西顾小声问:"怎么了?"

库潇不说话。他的眼神不怎么高兴,后来还淡淡地拧起了眉。

第二十三章 ○ 复查

一整个上午库潇都没再开口跟林西顾说过话。林西顾不知道什么时候惹到他了,他现在能从库潇的脸上判断出他心情了,他就是不高兴。林西顾总惦记着转过头去看看他。

第三节是语文课,所有人都昏昏欲睡着。林西顾低下头,给库潇写了个纸条:"怎么啦?"

后面还附带画了一个卖萌的小人物,胖胖的手放在头上,一脸茫然。

库潇看了一眼,抿了抿唇没理他。

林西顾又传了一张过去,这次是一个小人在咧嘴笑着,笑得很傻气,问的还是相同的内容:"怎么了呀?"

库潇还是没理,但是他的神情软化了一些。

林西顾是看得出来的,他笑了笑,没玩够,接着在本子上画小人,写上:"库潇哥哥……"

库潇盯着本子看了半天,林西顾也不敢看他,没事人一样看着前面讲课的老师。库潇始终盯着那个本子,一点反应也没给。

林西顾受不了了,越来越难为情,觉得自己这个玩笑开得有点不太合适。他伸出手去,小心地想把本子从库潇那边扯回来,结果手刚挨上,库潇提笔就在上面写了个字,然后才让林西顾把本子扯走。

林西顾扯回来一看，库潇在小人的旁边写："嗯？"

又是嗯！又有问号！

林西顾瞬间趴在桌子上，不敢再看本子也不敢看库潇，专心听课。

下课铃一响，林西顾抬屁股就走了。课间的厕所人总是很多，男生通常一节课结束都坐不住，总要出来转转的。林西顾不太愿意在课间的时候去厕所。

林西顾刚一进洗手间，就看到五班的那几个小混混。他也没多说，侧着身要过去。

"别着急走啊，刚下课你急什么。里边现在都是人，没你的地儿。"

林西顾不愿意和他们多说，一言不发转身要出去。

他们没想让他就这么走，有人抓住林西顾的胳膊："你看你走什么，我们也没尿呢，等会儿一起啊，咱也比比谁远？"

林西顾实在受不了，一脸鄙夷道："有病。"

"不敢啊？"那人笑了两声。

林西顾不想多跟他们说一句话，甩了下胳膊走了。

库潇挑眉看着他绷着脸怒气盎然回来了。

上课铃响，库潇问他："怎么了？"

林西顾摇了摇头说："没有，没怎么。"

库潇眨了下眼睛，又问："不开心？"

"没，"林西顾换好下节课要用的书，把库潇的也换好了，"没有。"

库潇又盯着他看了一会儿，林西顾对他笑了下，这才不盯着看了。

林西顾其实并没有什么脾气，通常只要不牵扯上库潇的事儿，他就算生气了也就是几分钟的事儿。上课没多长时间，他就把生那点气全忘了。

刺骨

　　林西顾自己把上厕所的事儿忘了，但是库潇也不知有意还是无意，从那天开始课间只要林西顾去厕所库潇就会一起去。起初林西顾还挺放不开的，怕库潇连解手都站他旁边，后来他发现自己多心了，库潇根本不进来。

　　还真的碰到过那几个人两回，他们站在外间，库潇也站那儿，他们倒也没嘴贱先撩。林西顾其实很怕他们打起来，库潇现在手都还没好利索，他不想让库潇打架，真打起来只有他吃亏。

　　一周时间一晃而过，这时间总是过得特别快。

　　周五晚上放学的路上，林西顾问："明天上午去复查哈？我还在路口等你？"

　　库潇说："我在小区门口……等你。"

　　"嗯好的，那我几点出来？还是你到了再发消息给我？"

　　"九点左右。"

　　林西顾点头："好的。"

　　终于可以把那个指箍拿下去了，林西顾每天看着它都异常碍眼。

　　周六林西顾起了个大早，自己穿得帅帅的，端端正正地坐在沙发上等。八点半过点他就坐不住了，琢磨着要不还是穿鞋出去等吧，不过看样子今天挺冷的，等半个小时还是有点傻，万一库潇那边有事耽误点时间呢？

　　林西顾还犹豫着，就听见手机响了。他眨了眨眼看着屏幕上闪动的名字，库潇竟然没发短信，而是打了个电话给他？

　　他深吸一口气才接了起来："库潇？"

　　库潇低低地"嗯"了声："我到了。"

　　"啊好的！我马上出去！"林西顾心说早知道刚才就不犹豫了，直接下去多好。

库潇轻声说:"不急。"

"你要不找个暖和的地方等。"林西顾抓起钥匙就开门跑了。

库潇听见声音又跟他重复了一次:"不急。"

"我进电梯没信号了啊,你等我两分钟。"林西顾虽然这么说了,但还是没按断电话,直到电梯下行通话中断他才揣起手机。

这是他们俩第一次通电话。原来库潇的声音从手机里传过来是这样的。低低的。

林西顾在小区里跑着,见了库潇话还没说先喘着气对人笑:"早上好库潇!"

库潇轻轻皱着眉说:"早上好,说了……不着急,你跑什么。"

林西顾挠了挠头,"嘿嘿"笑着。

"你早上吃饭了没?"林西顾问。

库潇点头说:"吃过了。"

"我也吃了,那等会儿查完你还有别的事儿吗?没有的话我们可以一起吃午饭?"

库潇又点了点头说:"好啊。"

过了挺久,库潇的声音从旁边传过来:"你画的小孩儿……很像你。"

林西顾动作迅速地从口袋里拿出口罩扣脸上,把羽绒服后面的帽子扣头上。

等库潇回过头来再看林西顾的时候不由得有点蒙了。身边的人明明刚刚还什么都没戴,说句话的工夫整个人都包严实了。

就剩了一对儿亮亮的大眼睛,露在口罩外面一眨一眨。

第二十四章 ○ 礼物

　　虽然他们提前已经预约了，但等一切都弄完出来已经下午了。好在结果挺好的，库潇的手指虽然还没完全恢复，但如果不出意外的话也就是个时间问题，不会影响他活动。

　　就是下雨的时候可能指关节会有些酸疼，这避免不了。

　　医生讲话的时候库潇依然沉默，全程都是林西顾在回应医生，并且关切地问着问题。

　　"呼……医院人好多，"林西顾出来之后深吸了一口气，"快透透肺，我觉得里面空气不怎么好，其实我都没敢使劲喘气儿。"

　　库潇淡淡笑着。

　　"吸气啊，一直吸到肺里，"林西顾碰了碰库潇的胳膊，"快吸。"

　　库潇听着他的深吸了几口气。

　　林西顾笑了笑说："新鲜空气吸到肺里特别舒服。"

　　当时都下午两点多了，林西顾早就饿了。之前李芭蕾给他推荐过的几家店他还一直没有机会去吃，这会儿正好跟着库潇一起。

　　库潇慢吞吞从背着的书包里面拿出个小盒子推过来。

　　他打开看了看，里面是块手表。

　　他抬头去看库潇，眨眼问："这是什么？给我的吗？"

库潇点头说:"嗯,给你。"

林西顾现在戴的那块就是这个牌子的,他之前自己买的,对他来说不贵,但其实不算便宜的。他万分不舍地推回去,小声说:"我好开心啊,谢谢你。但是我不能要,这有点贵了,再说我也没有过生日,也没有什么要庆祝的,不用送我这么贵的礼物啊……"

库潇盯着他看,也不吭声。

林西顾心说你快收回去啊,要不我怕一个坚持不住就抢回来了!

库潇说:"我有奖金。"

"嗯!你送我东西我特别开心,真的!但是不要这么贵,你送什么我都会喜欢。"林西顾说得很真诚,他其实心里感动得快哭了,但表面还不能显露出来,这对他来说很难。

库潇轻轻拧了下眉,伸出手又把盒子推回来给他说:"你就……当餐费。"

"什么餐费?"林西顾有点蒙,反应了一下才想明白,"啊你是说午饭吗?因为你跟我回家吃饭所以送礼物给我?"

库潇没点头也不说话,林西顾用力摇头说:"真的不用!你其实不用跟我分那么清,那又不贵!再说我的餐费都是包月的,有你没你都一样的,你跟我不要计较那么多啊!"

库潇又坚定地往回推了推。

林西顾看得出来库潇已经有点不高兴了。本来他拒绝库潇就已经是强忍着了。既然推了两次都没成功,这会儿他也不再推了,小盒子拿回来扣上直接放兜里。兜里有点揣不下,林西顾又放回桌上,用手指摸了摸丝绒的表面。

"那我就收下了啊……"他抿着唇笑得有点不好意思,"但以后你真的不要再跟我分那么清楚了,咱俩……咳……"

刺骨

林西顾又摸了摸小盒,是好朋友啊。

厍潇神情也和缓了一些,喝了口水。

吃完饭临走之前,林西顾把盒子递给厍潇说:"你还帮我放你书包,我兜太小了,我怕走路掉出去。"

厍潇接过来装进包里。

两人步行回家的途中,林西顾轻声问着:"你是什么时候去买的啊……下次你再有什么东西想买的话可以叫我,反正我每周末都是自己在家。"

厍潇低着头看地面,慢慢地说:"就……上周六。"

林西顾猛地一下想起来,上周李芭蕾过生日,自己在街上碰见他。当时他问厍潇干什么去了,厍潇转过头有点不自在。

现在想想……难道当时厍潇是不好意思了吗?不好意思说他是去给自己买礼物的?

林西顾偷着攥了攥拳头。

这是世界上最好的厍潇。

林西顾洗漱出来就把表戴上了。他低下头,手指轻轻在柔软的丝绒盒上刮了刮,然后摆在自己床头。

他床头抽屉里现在还挺热闹的。林西顾用手机偷偷拍了个照,给这些小物件照了个合影。

日子很平淡地在过,学生的生活是无聊且疲惫的。老师每天往他们脑子里塞大量知识点,留很多作业让他们刷题,任务越来越重,每个人都在期待着寒假的来临,能让如狗的生活喘口气。

只有林西顾不。

他每天都精神饱满,笑起来的时候充满阳光。他一点也不想放假,半点都不想,觉得自己浑身是劲儿,使不完。

十二月份库潇去参加了一个数学竞赛,他们学校就报了三个人。

第一轮下来刷了一个,还剩俩。

因为这个考试库潇有三天没上课,加上之前的周末,林西顾有五天没能看到库潇。他们考试的地方不在本市,林西顾提前查了天气预报,短信给库潇发了过去。后面还跟了一句:"下雨,多穿。加油。"

库潇回复他:"知道了。"

希望他好好考,盼着他快点回来。

库潇回来的第一个早晨,他手插着兜在林西顾小区外面等。林西顾跑得太急了,马路边的台阶他没注意,跑到库潇面前的时候一个趔趄就往前扑。

库潇一点不吝啬,直接张开胳膊把人接住了。

"我我我……"林西顾的脸扣在库潇锁骨上,磕得有点疼。林西顾感觉自己要炸了。库潇哑哑的嗓音低声问他:"跑什么?"

从那天开始林西顾就更有精神了,每天都是满电。他在学习上压力不大,家里不给他施压,他自己也没什么远大的理想,反正能考个二本就挺好的,以他的成绩来看只要不退步就能上一个还算不错的二本。

但是库潇不一样,库潇是有光芒的。这个竞赛拿了奖的话高考可以加分,搞不好还有保送的机会。本来他就那么拔尖了,如果再加点分,他能飞到很高。这么优秀的库潇每天都让林西顾觉得特别骄傲。

圣诞节前,班里的气氛稍微有那么点躁动,提前好几天互送苹果的事就开始了,连林西顾都收到了好几个。但是库潇一个都没有。有小心思的不少,但真敢送到他面前的还没有。

直到圣诞节前一天,前桌的俩人给林西顾和库潇桌上一人放了俩苹果。董轩跟林西顾说:"应个景儿。"他眼神在库潇身上转了一圈,又回头跟林西顾说:"祝你跟库潇新年平平安安吧。"

他同桌一巴掌拍他后脑勺上说:"新年个屁啊!圣诞!"

林西顾笑起来。

李芭蕾下课送来了两个橙子,包装袋包得可漂亮了,她扔给林西顾一个。当时库潇没在教室,她呼了口气:"正好他没在,回头你给吧。"

林西顾笑着问:"你为什么怕他?他也没怎么你啊。"

李芭蕾摇头说:"你不懂,这是气场。他自带'陌生人别跟我说话'的气场,我从来不跟他说话,上学期我在他前面坐了一学期总共没说超过三句话。"

"其实没有啊,他没有那么吓人。"林西顾从桌斗里拿出脸大的棒棒糖,给了李芭蕾。

李芭蕾晃了晃糖,跟林西顾说:"行行,知道你俩关系好。你干啥总那么护着他,他一个问题学生。"

库潇从门口进来,李芭蕾赶紧回自己座位了。林西顾站起来让座,库潇从他旁边走的时候林西顾对着他笑。

库潇动作顿了一下,坐下之后看着窗外。外面下了很大的雪,纷纷扬扬乱飘。

林西顾在旁边活力满满地说:"这雪下得太好看了,库潇我们去滑雪好不好啊。也不知道圣诞节会不会人多,不过人多也没事儿,人多还挺热闹的。"

他说完才想起来问:"那你周末有事儿吗?哎我就是随口说说……你要有事儿的话就忙你的。"

库潇转过头来看他,说:"我没事。"

林西顾眼睛又亮了起来说:"那……咱俩去吗?"

库潇浅浅笑着点头说:"好。"

第二十五章 ○ 滑雪

圣诞节赶在周末,林西顾出门的时候就发现哪儿哪儿都人多。他跟库潇坐上了去郊外的车,他俩坐在靠后的位置,库潇坐在里面,安安静静的。林西顾从包里拿出酸奶递过去,小声说:"给你。"

库潇接过来,拿在手里,继续看着车窗外面。

车上的暖气开得挺足的,有点热。但是车窗又有些透风,所以靠窗坐的位置有些尴尬,脱了外衣冻肩膀,不脱又很热。

林西顾对库潇说:"咱俩换个位置行吗?"

库潇看着他说:"怎么了?"

林西顾笑着说:"没,我就是有点想坐里面。"

库潇摇了摇头说:"快到了。"

林西顾没再坚持,把自己外衣隔在库潇和玻璃中间,笑着说:"挡一下风,你把外套脱了吧,太热了。"

库潇看着他,点了下头。

他们去的地方也相当于个旅游景区,地方很大,就是人多。林西顾喜欢滑雪,滑得倒不怎么样,只是喜欢玩儿。他以前没来这边的时候冬天经常和他爸或者方之远出去滑雪,有时候摔得下巴都青了。

衣服穿得厚,摔就摔了,反正不疼。

景区里好玩的还是挺多的,林西顾是准备上午先随便逛逛,下午再去滑雪。不然跑了一身汗就没心思逛了，不舒服。

库潇很不喜欢人多，他看得出库潇整个人都是戒备状态，眉头轻轻皱着，不怎么抬头。林西顾小心地不让别人碰到他。

"这边我来过好几次了，我还挺熟的哈哈。"林西顾晃了晃库潇让他看着自己，"你放松，不要绷这么紧。"

库潇说："没有。"

"怎么没有啊我看得出来，"林西顾眯眼笑着，"你有点紧张。我带你去看企鹅吧。"

库潇回应他："好。"

景区里有个极地动物馆，北极熊总是在里面懒懒地晾肚皮。本来他是想让库潇看看动物能放松一下，但一进去他就后悔了。

这里面人太多了，小孩儿多。

林西顾皱着眉想了想说："要不还是下午再来吧，那会儿人少。"

库潇摇头说："没关系。"

库潇这会儿应该是真的不怎么紧张，他的眼睛是温和的。林西顾放下了心，带着库潇小心地避开人群。

有两个小孩儿疯闹着跑过来，眼看着就要撞到库潇，林西顾赶紧蹲下身接住，把人拦在自己身前，笑着对他说："要小心走路。"

那小孩儿看了他一眼，抿了抿唇，跑走了。

门票和车票都是库潇买的，中午林西顾终于能放心地请库潇吃东西。其实门票本来他是想提前上网订的，后来想想还是算了。

库潇好像不怎么喜欢欠别人的。

林西顾回复着李芭蕾约他去书店的短信："我今天肯定是去不了了，明天吧，我跟库潇出来滑雪了。"

"你都不叫我！！！"李芭蕾的怒火从手机那边就传了过来。

库潇吃着饭，看了眼一直低头发短信的林西顾。他夹了块小排骨放在他碗里。

林西顾没注意到，还在低头发着："不是我不叫你，我怕你不愿意跟库潇一起玩儿，我叫你了你也不会来啊。"

李芭蕾："算了别说了，我跟你友情没有了！！！祝你跟库潇长长久久！！！再见！"

库潇又往林西顾碗里夹了菜，筷子还没拿开，林西顾一抬头刚好看见。

他脸上刚才发短信的笑意还没退，于是笑着跟库潇说："谢谢！"

库潇脸上淡淡的，也不回应他。

林西顾没话找话："刚是李芭蕾约我去书店来着，我跟她说出来滑雪了。"

库潇也不看他，只是"嗯"了声。

林西顾也给库潇夹菜，小心地放进他碗里。

林西顾平时听话懂事，但说到底也就是个孩子。碰到自己喜欢玩儿的就会特别开心，滑雪装备一上了身整个人都兴奋了。

"库潇！"林西顾先换了滑雪服，然后围着库潇打转，"等下咱俩就在缓坡那边，我滑得太烂了，你会滑吗？"

库潇说："我也不会，第一次来。"

"那以后我们可以经常来啊，等会儿我肯定要一直摔，我平衡感太差了，摔得很丑你也别笑。"林西顾想了想又说，"算了，你笑吧，反正我自己都笑。"

库潇浅浅笑了下，说："好。"

林西顾简单教了一下库潇就滑出去了，平平稳稳，看着很帅。这可能真的就是天生的，林西顾在他身后叹了口气，是不是智商高的人学什么都快?

林西顾摔了一下,屁股和大腿在坡上滑了一段才停下来。他拍了拍衣服,站了起来,库潇已经滑走挺远了。

有个小姑娘过来拉了他一把,帮他捡了雪杖递过来,问:"你没事儿吧?"

林西顾笑着摇头说:"没事儿,谢谢啊。"

那姑娘摆了摆手走了,林西顾慢悠悠地往前滑着去找库潇。他们玩儿的地方是缓坡,坡度其实都可以忽略不计了,隔一段会有个稍微陡一点的坡,这个时候就比较容易摔。

库潇在前面等着,林西顾过去的时候库潇拍了一下他背上沾的雪。

"摔坏了……没有?"库潇问他。

"没!摔一下挺好玩的,哈哈。"林西顾径直往前滑着,回头跟库潇说,"你不用管我,我常摔。"

之后库潇就基本上滑一段等一段,过了一个小陡坡之后总要停下来等林西顾。林西顾摔了会马上爬起来,笑着去找库潇。

他很开心,他从小就喜欢玩雪。小时候他爸经常会把他往雪堆里扔,林西顾坐雪里笑得出不来,在雪地里折腾打滚。后来他大了他爸也扔不动了,但是初中的时候冬天偶尔会跟方之远闹着玩,俩人闹着闹着就都滚雪地里了。

林西顾觉得自己上辈子一定生活在热带没见过雪,不然没理由这么喜欢。

又一个陡坡过去,库潇在坡底等林西顾。林西顾本来平衡感就不好,滑的时候又有点溜号,精神没集中,结果又摔了,摔得还挺狠,眼见着是磕着脸了。因为是在陡坡上,摔了他没能停下来,顺着坡就溜下来了,还滚了两圈。

库潇狠狠皱着眉，滑过去扔了雪杖，准备接住他。林西顾从上面下来带的劲儿太大了，库潇没能挡住，连带着他也被撞倒了。

林西顾摔得晕乎乎的，脸磕得很疼，屁股也疼。他坐起来揉着脸笑，结果看到库潇躺在地上整个人都傻了。

"库潇！你被我撞着了吗？撞疼你了吗？"

库潇躺在地上看着他，因为戴着眼镜所以林西顾看不到他的眼睛。林西顾拍了拍他，有点着急："我看不见你眼睛，你怎么啦？哎我太笨了，对不起啊我是不是撞着你腿了？"

库潇伸手摘了眼镜。

林西顾放了点心，接着问他："你哪儿摔疼了吗？"

林西顾的嘴巴喋喋不休，一直在问库潇摔疼了没有。小孩儿摘掉眼镜，满眼都是急切。

库潇眨了眨眼，伸出手，按下林西顾的头，结结实实地抱了一下，站起身，整理好自己的滑雪板和雪杖，向林西顾伸出手。

林西顾顺着库潇的力道站起来，库潇滑过去捡林西顾的雪杖，低低地在他耳边问："怎么了？"

库潇的嗓音就是让空中可燃分子爆炸的那一小颗火星，激活了林西顾所有僵化的神经，一瞬间全都一起炸了。

林西顾摘了滑雪板，慢悠悠跟库潇散着步。后来还租了个雪橇，跟库潇去玩儿马拉雪橇。

圣诞节为了应景，景区里到处都挂得红彤彤的，还挺有气氛的，连拉雪橇的马都戴了圣诞帽。

这时候有个穿着圣诞老人服装的工作人员扛着个袜子模样的麻袋过来了，挨个给小朋友送礼物。

走到林西顾和库潇这里停下了，说："可以摸个礼物。"

刺骨

林西顾伸手进他的袜子麻袋里面摸，都是一个一个的小盒子，他随手摸了一个出来，然后跟库潇说："你也抽一个。"

库潇于是伸手进去，也拿了一个。

林西顾晃着礼物盒子，跟圣诞老人道谢。

他打开自己的礼盒，里面是个弹力球。倒是不值什么钱，不过挺漂亮的，透明的，里面还有个小图案。林西顾笑了，说："我有很多年没玩过这东西了，还是小时候玩儿的。"

库潇把自己的盒子也递给了他，林西顾拆开看，盒子里面是一个叠起来的圣诞帽。

林西顾笑着把帽子扣在头上。

库潇看着他的眼神里带着笑，软软的。

林西顾挪开视线，手拨着帽子上的白色绒球。

两人转了一圈，交回了马，正在签字退押金。林西顾看了看表，有点惋惜地说："库潇咱俩得走了，不然就……"

"——库潇？？"

有人打断了他的话，叫了库潇一声。林西顾回头去看。

还没等他看清人，就感觉到库潇把自己扯到了他身后，力气很大。

"你在这儿干什么呢？"说话的是个男人，长得很高，他身边站着一个年轻的女人，很漂亮。

库潇只是看着他，不吭声。

"我问你话你听不见？"那人皱着眉，盯着库潇。

库潇坚持不说话，拉着林西顾要走。

那人把视线转到林西顾身上，林西顾看着他的脸，试探着叫了一声："叔叔？"

那人"嗯"了声。

押金退回来了，林西顾伸手接过，库潇攥着他的手腕就把他扯走了，林西顾没来得及再说话。临走之前他又看了眼面前的人，那人皱着眉盯着库潇看，看起来有点凶。

库潇走得很快，林西顾在旁边跟着。两人坐上车之后，林西顾把背包在行李架上放好，他脱了身上的外套，搭在库潇一边肩膀上，挡着窗户透过来的风。

库潇情绪不好了，他的眼睛不像之前那么柔和，有点烦躁。这些林西顾都看得出来。

他伸手过去，碰了碰库潇的手背。库潇看过来，林西顾对着他笑，嘴角弯弯的，对他说："你把外套脱了吧，热，下车再穿。"

库潇不动，直直盯着林西顾弯起来的唇角。

林西顾问："今天咱们一直在走，你是不是累了？你要是累了就睡会儿，到了我提前叫你。"

库潇摇了摇头，闭上眼睛，靠在后座上休息。林西顾也闭上眼睛靠着，他只要一闭眼就能想起下午那个梦幻的雪场。

天地一片白，刺眼，寒冷，但光是暖的。库潇的笑容也是暖的。

圣诞过去没几天就是元旦，元旦林西顾有两天半的假，过节了总要去找爸爸的。他跟着他爸去了个很熟的叔叔家，他小时候超级喜欢赖在他家里头，因为他们家孩子多，一共四个。

最大的才大他五岁，是个姐姐，剩下的是三胞胎兄弟，都比他小一岁。

林西顾跟他们挺合得来，三胞胎性格都开朗，林西顾窝在他们家打了两天的游戏。

库潇元旦怎么过？

说起来自从圣诞节过后他们俩就没再互相发过短信了。虽然平时上课还跟之前一样没什么变化,但是课后交流少了,林西顾没给库潇发过短信,库潇也没主动发过。

"看啥呢?"三胞胎中的老二蹭到林西顾身边,偷着瞄他的手机。

林西顾赶紧从跟库潇的短信界面退出来,揣起手机说:"没啥,回个短信。"

他靠在房门上,编辑了一条短信,迅速给库潇发了过去。

第二十六章 ○ 孤独

　　林西顾从八点开始等，从站着等到蹲着，从蹲着等到坐着。他盘腿坐在门口那块地上。

　　如同寒风中旋转飘零的落叶，几次翻转终究还是落在了地上。

　　林西顾从八点等到了十一点，中间几兄弟上来问他要不要玩，林西顾隔着门说太累了想睡了。

　　夜里一点。林西顾躺在床上，翻了个身，在枕头上蹭了蹭脸，把手机塞到枕头底下，闭上了眼。

　　这条短信一直到假期结束周一开学了库潇都没有回。林西顾周一早上下楼看见了库潇，轻轻勾了勾嘴角说："早上好。"

　　库潇看着他，眼神依然是温和的，也开口道："早上好。"

　　林西顾点了点头，始终错开一步走在库潇身边。他趴在桌上睡着，库潇侧过头来看他。

　　林西顾眼睛下面有淡淡的阴影，他没有睡好。

　　库潇把窗帘拉了一点，让阳光不要照着林西顾的眼睛。前桌小胖回头要说话，库潇用书挡了他一下。

　　中午照例是两个人一起回家吃饭的，饭桌上也一样没有声音。库潇向来不说话，只是今天连林西顾也沉默了。他一直低着头吃自己手边的菜。

刺骨

电子钟十二点的时候响了个整点报时,林西顾抬头看了一眼。视线收回来的时候落在库潇身上。林西顾突然放下了碗,走到库潇身边。

库潇抬头看他,问:"怎么了?"

林西顾没答他,蹲下身来抓住了库潇的手腕。库潇穿着校服标配白衬衫,袖管松松的。

林西顾拉开库潇的袖管,库潇的手臂全部缠着纱布,中间有一段渗了点血。

"怎么弄的?"他的声音有些哑。

库潇收回了手,放下了袖子。

林西顾还是蹲在那里,仰视着库潇。库潇始终没说话,抬起了手,轻轻摸了下林西顾的头。

期末考试前夕,林西顾跟库潇一起走在放学路上。林西顾手指抠着肩带,低声对库潇说:"考试加油。"

库潇"嗯"了声,过会儿才慢慢地说:"你也是。"

"我考完试就要去找我爸了,"林西顾笑着说,"能放一个月的假呢,你好好休息一下。"

库潇点了点头。

"你胳膊上的伤……"林西顾视线落在库潇垂着的胳膊上,"你注意点,别感染。"

库潇说:"好。"

林西顾进小区之前说:"你不想说我也不多问,但你……尽量不要总是受伤了。万一哪次严重了呢?你连脖子这种地方都伤过,再深一两厘米就完了。胳膊也是一样,伤到了动脉就很糟了。"

"嗯。"

"我是不是挺啰唆的啊……"林西顾有点不好意思地笑了笑,挠了挠头说，"考完试我直接走啦，就是有点不放心你。"

"不用……担心，我没事。"库潇说。

林西顾点了点头，想再说点什么也没想好怎么说。最后他摆了摆手，进了小区。

他们中间突然隔起了一道透明的墙。

库潇在小区门口站了一会儿，直到林西顾家的灯遥遥亮了起来。

期末考试题在林西顾看来有点难，他最近复习挺认真的，但还是很多不会。林西顾交卷之前把几道不会的选择题在"BC"之间随便填了几个，当时他心里想，这种题库潇一定会。

他什么都会，他智商怎么那么高啊。

偶尔他遇到有点难解的题，会无意识地搓手里的笔。他的手好看，拇指那么轻轻慢慢搓着笔的时候，会让人觉得很养眼。

林西顾最后检查了一遍名字，然后交了卷。

期末考试全校都要打乱分班考的，他跟库潇都压根没在一栋楼里。如果没提前约好想看一眼还是挺难的。

考了两天试，最后一科结束之前林西顾心想，等会儿回家收拾收拾就得走了，估计这会儿司机已经在门口了。

出了教室，走廊里林西顾听见有人在身后吹了声口哨。他没回头，直到有个人扯了他书包一下。

他回头去看，是五班的一个刺儿头。

林西顾皱着眉，有点不耐烦。五班这几个人真的是烦得不行，每次见了都磨磨叽叽非要占几句嘴上的便宜。林西顾懒得搭理这人，不吭声往前走着。

"跟你说话呢听不见啊？"那人扯了一把林西顾的耳朵。

林西顾能接受他扯自己书包，但是扯耳朵就受不了了。他瞪着那

刺骨

人,冷冷地说:"你能不能滚远点?"

"给你牛坏了啊。"那人嗤笑一声,扯着林西顾的书包把人拽了出去。

林西顾力气没他大,被他甩出去的时候在台阶上一个踉跄差点坐地上。他稳了一下,刚要回头对那人说话,就听见周围大小不一的惊呼声。

林西顾回头去看,就看到库潇正把拳头砸上那人,林西顾赶紧跑过去想要拉库潇的胳膊,但是他没能拉住。

"库潇!"林西顾着急了,这会儿刚考完试都从教学楼正往外走,他们就在教学楼门口,人越聚越多,他怕等会儿校领导下来看见。

库潇身上已经背着一个大过了,不能再接处分了。

"库潇你停下来啊!"林西顾在他旁边小声喊着,"人太多了!"

库潇完全听不到他说话,林西顾越来越心惊。他不但怕领导下来,他还怕把五班那几个同伙等来,那样库潇肯定要吃亏。

再这么打下去就真出事儿了。林西顾一下子扑过去拦着他:"库潇你别打他了咱们走啊!你不能挨处分了学校会开除你!"库潇已经打红了眼,林西顾不知道他有没有在听自己说话,只能不停地在他耳边说着,"真的不能再打了,库潇我现在有点害怕。"

他的声音有些发颤,说他害怕。

库潇动作顿了一下,猩红的眼睛看着林西顾。林西顾努力地跟他对视,胸口起伏着,看着他说:"马上放假了,不要惹事。库潇不要惹事,咱们走吧!"

林西顾感受到他手底下库潇的胳膊渐渐收了力道。

林西顾呼了口气,他蹲过去跟挨打那人用只有他们俩能听到的音量说:"你赶紧走,这事儿就这么算了,你不先招惹我他不会打你,你别想着再打回来，这么跟你说吧，你动他就等于动我，你动了我学校肯定开除你，我爸也不可能放过你。回去卡号发我，这事儿算了，你赶紧走！"

林西顾拍了两下他的胳膊，然后捡了库潇的书包拉着库潇一起走了。

出了校门林西顾回头看了一眼，那人果然也走了，周围看热闹的也都散了。

林西顾放下了心，他问库潇："胳膊疼不疼？你胳膊还有伤呢你动什么手啊……"

库潇低着头不说话。

林西顾想要看看他的胳膊，但是穿着外套他看不见。司机已经从车那边走过来了，林西顾想多跟库潇说几句话，但还没等他开口，库潇从他手里接过书包，深深看了他一眼。然后什么都没说，转身走了。

不知道为什么林西顾心里突然开始难过起来。

或许是因为，他们两人之间不冷不热的这种关系下，库潇仅仅是看到有人扯了他一把就愤怒暴起了。

也或许仅仅是因为，库潇刚刚转身离开的背影看起来太孤独了。

第二十七章 ○ 春节

林西顾有一年没见他妈妈了，视频里面他妈妈强烈要求林西顾去她那边过春节。林西顾有点纠结，一边也挺想自己亲妈的，但是又不忍心扔下亲爸。

他爸妈是和平离婚，结婚前也曾经爱过，但他们性格都太强势，吵着吵着把感情吵淡了，既然这样不如分开，这些年也都还算朋友。他爸知道对方想孩子，挺大度地就让林西顾去了。

去之前还跟他说："多跟你妈待几天，不用急着回来，你爸不用你惦记。"

林西顾叹了口气说："唉，你要是有个对象我也不用这么操心。"

他故作老成的样子把他爸逗乐了，在他脑门上弹了一下："滚吧，没见过你这样的傻小子，天天催着给你找后妈。"

其实林西顾很不愿意去他妈那边，不是他不想妈，主要是太远了，坐那么久飞机真是挺折磨的。林西顾拿了两本书看，睡睡醒醒的。

不知道库潇的胳膊怎么样了，不知道他过年怎么过。

他们俩还是没有联系，没人打电话，也没人发短信。

他妈妈找的外国老公是个好脾气的绅士，长得微胖，人很幽默。家里还有俩孩子，大的十二岁，是个男孩儿。还有个五岁的小天使，卷卷的头发，非常可爱。

她格外喜欢林西顾，用稚嫩的口音叫"哥哥"。

春节那天，纪琼组织着家里的三个孩子跟她一起包饺子。好脾气先生动手能力很差，只能给她们供应点果汁。虽然他本身不过这个属于中国的节日，但是他很愿意配合。

五岁的小妹妹捏着她用面疙瘩捏出来的四不像，递给林西顾，软软地说："米奇，送给哥哥。"

林西顾亲了她一下，对她说"谢谢"。

这是家里的小公主，全家人都疼她。每天睡前她要来林西顾这里讨个吻，林西顾在她脸颊上亲一下她才会抱着自己的小熊回房间。林西顾也很喜欢她。

他这天得到了两个大红包，这个家庭温馨并且快乐。

他这边是中午，国内已经快晚上十二点了。林西顾把红包放到一边，给他爸打了个电话。他爸倒是还行，在奶奶家看春晚呢。林西顾放下点心，这边越热闹他就越惦记这个老男人，怕他一个人过年显得太凄凉。

又拿着手机回了一圈短信，等一切都消停了，林西顾摸着自己手上戴着的表，这是库潇送给他的。也不知道他们俩怎么就这么生分了呢，明明之前很铁啊。

他还给库潇准备了新年礼物，是一支笔，笔上刻了库潇名字的缩写，就是不知道什么时候才能给他。

"想什么呢？"纪琼穿着红色的居家睡衣，拍了下林西顾的头。

林西顾笑着叫了声"妈妈"。

"盯着手机发呆，够傻的。"她伸手揉乱了儿子一头短发，问他，"担心你爸？"

林西顾点了点头说："有一点。"

"他应该在你奶奶家吧,我昨天问过了。"纪琼眼睛扫了眼林西顾的手机,看着林西顾藏不住失落的脸,笑了下说,"我看你不只是担心你爸吧?你来这么多天我还没找到机会跟你好好聊聊,现在他们都午睡去了,咱俩聊聊?"

林西顾点头说:"聊呗,聊什么啊?"

"聊聊你的新生活,你的新朋友们。"

"啊……"林西顾眨了下眼睛,"聊吧。"

林西顾和他妈妈之间没什么不能说的,而且他现在本来生活也很简单,周围就那么几个人。他之前跟他妈妈提过同桌很多次,纪琼还多问了库潇几句。

"有照片吗?给我看看?"他妈妈扬着眉毛。

林西顾笑起来,毫不吝啬地把手机递了过去。

那是有一天库潇课间睡觉的时候林西顾拍的,阳光下的库潇看起来那么干净。那天她们聊了很久。母子俩难得见上一面,总有说不完的话。林西顾没有防备,能说的都说了,但是纪琼还是放不下心。毕竟她不能时刻在身边,林西顾现在这个年纪又正是不稳定的时候。

这个年纪,一个不当心方方面面都会受影响。

林西顾答应着:"我知道,妈你不用担心。"

"你从小就听话,"纪琼摸了摸林西顾的头,叹了口气对他说,"少跟爱惹事的同学混在一起。"

她这句应该是针对库潇的,林西顾知道。他点了点头:"嗯,真的不用担心,我不会伤到自己,他也不会伤害我啊,他很好。"林西顾苦笑着:"妈妈你真的担心太多。"

"但愿吧,"纪琼眼里的牵挂浓得散不开,家里两个孩子再好那毕竟不是自己生的,亲儿子就这一个,她低声说,"只要你好好的怎么都行。"

谈话结束之后林西顾回到房间,心里压得慌。他在这边待不了几天就得回去了,刚才跟他妈妈聊天的时候他挺坦白的,有什么说什么,但林西顾也还是有所保留。有些东西不想说,这是心里藏着的秘密。

在他回去的前一天夜里,林西顾差点就忍不住给库潇发了短信,屏幕上写着一句"库潇新年快乐",他的手指在发送键上好几次,最终被来要晚安吻的小公主打断了。林西顾送走她之后,看着手机屏幕,一个字一个字又都删除了。

反正还有十天就开学了,很快。

第二十八章 ○ 请假

开学前几天，林西顾被李芭蕾约出来吃火锅。一起的还有李芭蕾的前同桌方小山。这俩人很逗，见了面就整天掐，互相怼，但是上个学期没坐在一起又整日隔空相望互诉衷肠。

林西顾给李芭蕾带了挺多吃的，他在国外的时候特意去给她买了不少巧克力和糖果。

"尝尝，我挑着咱们这边没有的买的，倒也不都是贵的。"林西顾指着其中一袋糖说，"这个就很便宜，但是我觉得挺好吃的，我小妹妹特别喜欢。"

李芭蕾吸了吸鼻子，一脸感动地看着林西顾："林西顾，我怎么报答你啊？"

"你不用报答我啊，"林西顾笑了，"我的新年礼物呢？"

"有有，"李芭蕾赶紧从背包里翻出来一个小盒子递给林西顾，"我告诉你林西顾，我把我所有的压岁钱都交出去了，就为了给你换个它。"

林西顾挑了挑眉毛，有点好奇。他打开盒子看了眼，是一块墨翠，黑绳拴着的一个小观音。

"这个是我奶奶找大师开过光的，那个大师特别灵，真的你信我，它能保平安。就这一块，我奶奶给我哥了，今年压岁钱我一分都没留，都给那个臭土匪了。"

通体墨绿接近黑色的一块，林西顾有些惊讶，他摇头说："芭蕾仙女，这个我不能要。"

李芭蕾按住林西顾要往回推的手，撇了撇嘴说："为什么不要啊？这个你现在不要我都没人能给了，我的压岁钱我哥早花了我都换不回来。男生才戴观音我自己又用不了，你就收着吧，只有今年我送你这么贵的，以后门儿都没有！"

林西顾还要说什么，李芭蕾接着说："我奶奶一给他的时候我就盯上了，他要那东西没用，放假门都不出，平时都我大爷接送他，还保啥平安。你们家不在这边，平时就自己连个人都没，放假又总在路上折腾，你带着吧，我说真的林西顾，你看山子在旁边坐着我都没说给他，就是给你的。"

她都这么说了林西顾没法再拒绝，而且说实话他心里是很感动的。他无奈地点了下头："那我就不客气了，谢谢你这么想着我，我很感动，但是以后别再送我这么贵的东西啊。"

李芭蕾笑了声说："你怎么这么啰唆啊林西顾，你平时送我巧克力我说什么了吗？你真当我不知道它们多少钱啊？我都没跟你提贵不贵的事儿，就你想得多。"

林西顾笑着没说话，方小山这才有空在旁边插一句，他叹了口气说："李芭蕾你今天叫我来纯粹就是为了羞臊我。"

"我羞臊你什么啦？"李芭蕾瞪着他，"你刚才送我礼物我没夸你吗？心意到了就OK啊，再说我今儿叫你出来咱们不是说好了吗？咱们是出来宰西顾的，想吃什么你就点。"

方小山一脸"好的我懂"的表情，点了点头说："好嘞。"

林西顾说："好的好的。"

刺骨

"傻瓜，你出门口站着的时候不会挨着我站吗？"李芭蕾跟方小山说，"老师让你站后边你就站后边，我踮点脚你窝点腿不就得了吗？"

方小山斜眼看她："上学期不是你说不想跟我一起丛了吗？"

"我那是气话！气话你听不懂啊！"李芭蕾瞪他一眼，"傻。"

他们在那边研究座位，林西顾低着头，视线有点放空。

对啊，开学又要换座了。

上学期开学之前他收到过厍潇的短信，说"不会换"，他依然记得厍潇从他旁边走过提走自己书包的时候，他心里那阵感动。

"你还跟厍潇一起坐后头吗？"李芭蕾问他。

林西顾眨了眨眼，点头说："嗯，是吧。"

"那我尽量离你近点，"李芭蕾想了下说，"到时候我算一下，隔个七八个人，咱们就应该还是前后桌。"

林西顾"嗯"了声："好的。"

但林西顾怎么都没能想到，开学这天早上，他根本就没等到厍潇。

他提前了十分钟下的楼，因为在家里坐不住，想尽早看到厍潇。但是他站在小区门口等了半个小时，路口连厍潇的影子都没有。

林西顾的心逐渐沉下去，厍潇为什么没来。他顾不上想太多了，从兜里掏出手机，给厍潇打了电话。

厍潇的电话打不通，是关机的。

林西顾整颗心都凉了。

那天他问周成："老师，厍潇呢？"

周成说："啊，他请假了。"

"请到什么时候？"林西顾问。

周成摇头说："没具体说。"

午休的时候林西顾又给厍潇打了电话，还是关机的。

换完座位林西顾坐在中间第四排，他原本想还回到后面的，结果他刚一站起来，周成说："林西顾，你就坐那儿吧。"

林西顾站在原地，他这一整天的动作都慢半拍，反应慢。本来想说点什么，但想了想还是坐下了。等库潇来了再说吧。

但是库潇一周都没来。

林西顾每天都会给他打个电话，但电话从来没接通过。这人就跟消失了一样。

林西顾每天晚上都习惯性抄两份作业，有时候抄完了才想起来他现在只抄一份就够了，于是把另外一份给了旁边的同桌女生。

同桌刚开始以为林西顾是在跟自己示好，于是也很友好地经常跟他说话，后来发现林西顾的性格稍微有点冷淡，跟他说话从来都是客客气气的觉得没什么意思，也就不多说了。

林西顾又开始在本子上打分。

给库潇打分的本子每天扣100，现在只剩下三百多分了。他们去年圣诞节出去玩那次，回来林西顾一下子加了1000。

林西顾看着本子上的数字，在心里想：只剩348了啊……还够三天的，三天库潇要是还不来就出负数了。

他抿了抿唇，心里十分失落。

下课他去厕所的时候，碰上了五班的张封。俩人对视上，张封咧嘴冲他笑了下。

林西顾皱了皱眉，错身进去了。

"这咋都蔫儿了呢？来都精神精神，开学一礼拜多了还没找着状态呢同学们？"物理老师洪亮的声音在教室里响起来，打着瞌睡的学生让他一嗓门给吓得一个激灵，"快醒醒吧，高二下了孩子们，还不紧张呢？我要是你们我都得睡不着觉！心真大啊你们。"

刺骨

林西顾当时趴在桌子上,倒不是困,就是提不起精神。

"把物理卷子都掏出来吧,过个年学那点东西都就着猪蹄儿啃了吧?上学期重点讲的,全给我忘了!"

物理老师絮絮叨叨地说着,林西顾听着他说,头都不抬地在本子上画小人。

小人眼睛长长的,嘴唇薄薄的。

有人敲了两声门,物理老师说"进"。

"哎我尖子生回来了?"物理老师笑着问了一句,然后接着刚才他没说完的接着说,"这卷子我今天讲一回,下周相同内容我换换题咱们再考一次,我看谁要是不会的,谁不会就给我等着!"

他说什么林西顾根本没往耳朵里听,专心致志画自己的小人。

睫毛要长,鼻子也要挺。

"对了,库潇回头你上课代表那儿拿套卷子做一下。"老师讲课之前说了一句。

这句话都说完半天了,林西顾画画的手突然一顿,笔尖停在纸上不再动了。

他眨了下眼睛,握着笔的手指轻轻颤了一下。

他吸了口气,回过头。倒数第二排原本空着的那张桌坐了个男生。

——他怎么那么瘦。

第二十九章 ○ 电话

他怎么那么瘦。

林西顾一颗心突然猛地提上来。有突然看到库潇的激动，也有看到库潇苍白瘦削的脸的揪心。

库潇的视线直直地跟他对上，俩人就这么隔着半个教室，对视了十几秒。

林西顾转过头来的时候眼睛都红了。毫无准备地看到这人在自己视线里，竟然控制不住地感到鼻酸，

生生挨到下课铃一响林西顾瞬间站了起来。

旁边的女神仰头看他说："你要出去？"

林西顾点头说："嗯，我出去一下。"

"你稍等啊我抄完这句话。"同桌接着低头写，她还差最后一句话没抄完，等会儿就擦黑板了。

于是林西顾就站在那里看着她抄，他觉得很久，但其实也就只有二十秒。

林西顾终于出去了，他想去问问库潇怎么了，为什么这么瘦，为什么没来上课。但他站在过道上整个人都愣住了，库潇没在座位上，林西顾只看到了库潇从后门出去的一个背影。

库潇他……出去了，没想跟自己说话。

刺骨

中间有五分钟林西顾站在过道上靠着同桌的桌子，什么话都不想说。小小少年还不懂怎么消化情绪，不会调节酸甜苦乐。巨大的失落感把他罩进了一个灰色的套子，头顶乌云密布。

李芭蕾过来问他："林西顾你怎么了？"

林西顾看了她一眼，摇了摇头。

李芭蕾拍了拍他的肩膀，回座了。林西顾叹了口气，我也不知道我怎么了啊。

还剩三分钟上课的时候库潇回来了，他手插在兜里，回到自己座位上坐下了。林西顾偷着握了握拳，整理了下节课要用的书，深吸了口气往后面走。

走到一半，他看到库潇拿起了椅子上挂的书包，随手扔在了旁边的座位。

林西顾抱着书，傻傻地愣在原地。

那是林西顾的椅子。

库潇把书包放在上面了。

林西顾走过去，小声地叫他："库潇。"

李芭蕾和方小山按照原本打算好的，真的坐在了前面一排。这会儿听到他说话，都回过头来看他。尤其是李芭蕾，她还挺担心的。

库潇也抬起头看林西顾，他脸上什么表情都没有。林西顾看着他的眼睛，低声问："库潇，你不愿意让我坐这儿了吗？"

库潇看着他的眼睛，看了几秒。然后没答他的话，却转开了视线。他把头面向窗外，昨天刚下了雪，外面一片白。

这是两个人接下来很长一段时间内的唯一一次对话，还仅仅是单方面的。

林西顾没能回到原本的倒数第二排，放学上学也不再有人等他了。

库潇一放学就走,林西顾跟在他后面走一路,但是库潇连头都不会回。

林西顾不知道为什么两个人之间变成这样,他把这一切归结于自己。刚开始委屈、失落,后来就习惯了。

现在林西顾中午也不回家吃饭了,在学校食堂随便吃点什么,或者订餐。偶尔他在走廊里会看到库潇,库潇冷着的脸让林西顾不敢上去说话。

好像一下子回到了他刚转学过来的时候,他看着库潇的眼神小心翼翼,他不敢跟这个人说话,只能偷偷地看他。

"嘿!"林西顾正走在路上,感觉到有人拍了自己肩膀。

他看过去,笑了下说:"这么巧。"

"啊,我今天去买点东西,从这边回来的。你从这边走多绕远啊,小区前门那条街一穿过去就是学校。"谢扬搭着林西顾的肩膀,挺亲切地跟他聊天。

林西顾说:"嗯我知道,我就是挺喜欢这么走的,可能这边树多,看着心情好点。"

"还挺逗,你也不嫌累。"谢扬拍了把林西顾的头,跟他闹着玩。

他们俩现在关系挺好的,谢扬家里也就他自己住,他偶尔会拿着零食去楼下找林西顾打游戏。

"你晚上吃什么?"谢扬问他。

"阿姨做饭,你呢,有饭吃不?要不你来我家一起吃,反正我自己也吃不完。"

"那算了,我还想着叫你一起上来吃饭来着,晚上我朋友过来。"谢扬笑着说。

林西顾跟他聊着天,没一会儿就到了小区门口。他抬头看了眼,库潇已经在路口拐了。

刺骨

又是没有说话的一天。

林西顾跟谢扬招呼了一声，回了自己家。开门，换鞋，洗澡，换衣服。

这一套流程下来半个多小时吧，然后吃饭，写作业。

每天都是一样的。以前不觉得枯燥，时间过得特别快。现在觉得时间慢得像静止了一样，每个夜晚都特别长。

林西顾找了个电影看，一个早期的日本电影，有点无聊，没什么意思。他正打算再看会儿就早点睡了，结果听到楼上很大的一声响。

类似什么东西砸在地上的声音。

林西顾摸到手机给谢扬发短信，问他："怎么了？"

谢扬没回他，林西顾也就把手机放在一边没怎么当回事。过会儿他又听见了一声，这次声音更大了，伴随着玻璃碎裂的响声。楼板隔音效果挺好的，但林西顾还是听到了。

他想了想，还是穿了鞋上楼去看。

就一层他也没想坐电梯，顺着楼梯间上来，刚好看见一个男的从谢扬家出来。这人头发湿着，衣服也显得有些凌乱，按了电梯。他看到林西顾，顿了一下，要关门的时候林西顾阻止他："别关门，我找谢扬。"

那人看了他一眼，电梯到了，他进了电梯下楼走了。

林西顾迈进门去，满地的狼藉让他有点傻眼。他试探着叫了声："谢扬？"

谢扬的声音是从一间卧室里传出来的，听起来有点闷："这儿。"

客厅里茶几整个翻在地上，玻璃已经全都碎了。林西顾小心地避开满地玻璃，走到卧室那边，谢扬穿着短裤躺在地上，看着有点颓废。

"你怎么了？"林西顾问他。

"揍人呗。"谢扬笑着说。

林西顾不想问太多，扶他起来，问："那你有事儿没？受什么伤没有？"

"没，求人家打我一下人都不稀罕动手。"谢扬自嘲地笑了笑，"抱歉啊，我是不是影响你休息了？"

"没休息。"林西顾坐在他旁边，两人一起坐在地上。

林西顾什么都没想问，他无意打听别人的事。但谢扬后来主动告诉他："那是我……小叔叔。"

"嗯？"林西顾看着他。

"比我大八岁，我小叔。这个房子就是他的。"

林西顾"啊"了声，表示听到了。

"你刚看到他了吧？"谢扬低声"哧哧"地笑起来。

林西顾又陪他坐了会儿就下了楼，他不太会安慰人，而且总觉得这种场面挺尴尬的。没看出来谢扬平时笑呵呵的，但爆发起来还挺可怕，茶几都砸了。

回家后，手机响起来，有电话。林西顾摸出来看了一眼，随后整个人都傻了。

竟然是库潇。

他以为库潇的号码不用了，因为之前一直没打通。库潇这个时间打电话进来，让林西顾觉得意外。他小心地应着："库潇？"

那边没人说话，只有一声一声的撞击声，和很刺耳的椅子刮在地面的声音。

林西顾皱起了眉说："库潇？怎么了？"

那边的声音听起来很乱，时有时无。林西顾一直没挂断，听着那边的声音渐渐揪起了心。

刺骨

这听起来……不太对劲。

可能是库潇手机揣在兜里不小心拨通了自己的电话。林西顾现在没时间想别的，他只期盼着库潇别受伤。

"你就是个畜生！"电话里有人在喘着粗气断断续续地喊。

又一次撞击声打断了他的话。

林西顾攥紧了手机，指尖泛白。他的心脏剧烈跳动着。

隔了几分钟，手机里那个男人边喘边说："真以为你现在……呼我……你真以为你现……翅膀硬了呢？"

距离太远，还有衣服隔着，林西顾其实听起来很费劲。但仅仅只是听到的这几句话，或者说听到的那几个音，就足够让他浑身的血液都冻结了。

林西顾嘴唇都泛了白。他手抖得拿不住手机。

这人又骂了两句人，然后很快就摔门走了。

摔门的声音很大，林西顾在电话这边都觉得震耳。之后手机里就是死一样的平静。

林西顾很怕。

他嗓子紧得说不出话，他清了两下嗓子，然后唤着："库潇。"

他听到电话摩擦衣物窸窸窣窣的声音，之后是库潇带着诧异的一声："嗯？"

林西顾听到库潇的声音，毫无预兆就落了眼泪。他也没觉得自己有眼泪啊，怎么一听见声音就这样了。

林西顾用力吸了下鼻子，双手按着手机，问他："你受伤了没有，你有没有事？你在哪儿啊我去找你行吗？"

库潇在那边一声不吭，他能听到库潇稍微粗重的呼吸，但库潇不说话。

"库潇？"林西顾小心地叫他。

长长的沉默让林西顾也不敢再说话，他们有五分钟都在保持着电话接通的状态，库潇虽然不出声但林西顾知道他在，因为他们彼此能听到对方的呼吸。

直到库潇把电话挂断。

林西顾没再把电话打回去，库潇对这事不想多说，他知道。他想起每一次库潇身上的伤，不管自己怎么问他都只字不提。

林西顾扔下手机，手攥着拳放在胸口，蜷缩在床上，觉得自己呼吸都快困难了。

库潇他到底都在经历什么？

第二天林西顾起了个大早，去路口等着库潇。他这一夜几乎没睡过，闭上眼睛就会自己想象出很多画面。电话里那仅有的几句话带来的信息量太大了。

他会想到小小的库潇在水池里哭喊挣扎，他究竟是什么样的状态下被割了舌头，他会有多害怕。

库潇来得很早，林西顾看了眼手表，怪不得这学期自己早上都碰不上他，原来他这么早就走了。

库潇看到他的时候脚步一顿。林西顾跑过去，上上下下地观察库潇，想知道他身上有没有伤。他甚至想碰一碰库潇，但他不敢。

"早上好，库潇。"林西顾对他笑了下，轻声说，"我还想跟你一起走。"

库潇看了他两眼，没理他，自顾自往前走了。

之前如果看到库潇冷着的脸林西顾会觉得失落，但他现在不在意，只要能看到库潇好好地出现在自己视线里就很满足了。

只要他好好的就行。

厍潇不愿意理他，林西顾也不多说话，他只是在厍潇旁边并肩走路，一声不吭。

直到厍潇有一天说："你能不能，别跟着我，我烦。"

当时林西顾愣愣地只能说："啊……"

然后他眨了眨眼，抿着唇点了下头。

厍潇说烦。

从那天开始林西顾就变成了厍潇上学路上的小尾巴，他隔着二十米的距离跟在厍潇后头。

以前看了厍潇觉得他帅。现在看到厍潇更多的是心疼。他看不了厍潇身上任何一处伤口，再小的一处都觉得眼睛疼。

林西顾在校门口碰见李芭蕾，她也看到了在前面的厍潇，她小声问："你们怎么了啊？"

林西顾摇头说："没怎么啊。"

"没怎么你咋不坐回来呢？我跟山子白都坐后面来啦，你不知道我那天特意垫了双层内增高！"李芭蕾也看到了那天林西顾抱着书过来结果厍潇没想让他坐，想了想说，"你们有啥矛盾了？他欺负你？"

"没有的事儿。"林西顾笑着说，"他就是这样的性格，可能觉得我吵吧。"

"不会吧？你还吵？"李芭蕾一脸不忿，"你够消停了好吗？他这性格也太差了点，我跟山子也不跟他说话，反正说了他也不理，这人一天一天的都不说话他不憋得慌吗？"

林西顾看着厍潇的背影，笑了下说："他不想说就不说吧。"

李芭蕾看着林西顾这样，恨铁不成钢，觉得他这就是被厍潇欺负了，因为脾气太好了让人搓圆搓扁。林西顾在她生日的时候因为听到厍潇的坏话就爆炸了，结果厍潇说不跟他同桌就不同桌了？

够差劲的。

林西顾坐进教室里，旁边女生递给他一个信封，说早上来就放桌上了。林西顾说了声"谢谢"，接过来打开看。

这封信看字很清秀，结尾没有落款。林西顾放回信封包好了夹在书里，放进书包了。

问："谁给你的啊？"

林西顾心说成绩再好的女生也一样爱八卦啊。他摇摇头说："不知道。"

同桌一脸"我明白了"的表情："不说算啦，我就随口一问，真知道了也不太好。"

林西顾也没再多解释，拿着杯子想出去接热水，问同桌："要接水吗？"

"好的，谢谢哈。"

林西顾拿着三个杯子站起来，他每次站起来都下意识先去看库潇，习惯性动作了。结果这一扭头正好跟库潇对上视线，库潇正趴在桌上看着自己，眼神淡淡的。林西顾马上对他笑了下，眼睛弯弯的，笑得很友好很甜。他知道库潇不想理自己，但是笑着总比冷着脸强啊。

库潇转过头，变成朝向窗户趴着的姿势。

林西顾接完水回去的时候走到库潇旁边，弯身放下了一个水杯。

库潇当时头冲着窗户，林西顾弯着身子很小声地说："新杯子，春天太干，多喝水，你嘴唇都裂了。"

库潇动都没动。

李芭蕾回头看他，冲他撇了撇嘴，一脸不屑。人都不搭理他他还上赶着的，愁人。

林西顾不在意地笑笑，路过的时候在她头上按了一下。

李芭蕾晃了晃脑袋，无声地冲林西顾龇牙做鬼脸。

高中的学生基本没什么人权，清明节只放了一个下午的假，忽略不计了。五一，他们只放两天半。而且五一再回来就得上晚自习了，下午的课结束之后有一个小时的吃饭时间，然后回教室上晚自习，一直到十点。

他们学校的传统就是高二的五一结束之后开始加晚自习，他们早就有准备。林西顾其实觉得无所谓，反正家里就他自己，早回晚回都一样，而且还能看见库潇多一会儿，挺好的。

五一假期他去了他爸那边，他爸本来想带他出去玩的，结果只有两天半的假，去掉路上的时间哪都不够了。

"太辛苦了现在的小孩儿，"林西顾他爸一边吃着早餐一边跟林西顾聊着，"早七点晚十点，再加上点走路的时间，还能剩多长时间睡觉了。"

林西顾说："还行，都这样。"

林西顾看着自己的帅爹，想想自己从小到大的待遇，其实他知道他爸一直不找女朋友也有自己的原因，他怕有了小后妈自己心里不舒服，受委屈。林西顾哪可能不知道。

电话里那几句话始终刻在自己脑子里。那个人是库潇的爸爸吗？上次滑雪场上看到的那个人？

当时库潇看见那人的第一反应是把自己拉到他身后护着自己。怪不得他会那样，怪不得别人一碰到他他条件反射就会抬手反击。

林西顾饭都吃不下了。

"干啥？大早上的苦着个小脸儿。"他爸问。

林西顾想了想，小声问："爸，你说……小孩儿在家里被打，这事儿怎么办啊？"

他爸顿了一下，放下筷子问他："谁打你了？你妈那个杰克儿打你了？"

林西顾赶紧摇头说："什么啊！他打我干吗？他脾气挺好的！问你话呢你往我身上瞎靠什么！"

他爸舒了口气，继续吃饭："啊，我以为谁打你了。没人打你你问这干什么？"

"就想问问。"林西顾说。

他爸当时想了下说："这种事儿谁摊上了谁倒霉，就看自己家人能不能解决得了。自己家人要是管不了的话，其他人也没办法。"

林西顾低着头，看着手里的牛奶，心里沉重得喘不过气。

他过了好半天才开口沉沉地说："我生在天堂，不知道地狱什么样。"

刺骨

第三十章 ○ 胃疼

五一之后不但要加晚自习,而且原本有的周末双休也没了,只剩下周日一个单休。

一片抱怨哀号中只有林西顾脸上竟然还带着笑的,欣然接受了。

天气逐渐热了起来,校服外套都不用穿了,只穿一件衬衫就够了。他去年就是这个时间转学过来的。

林西顾下课出去,走到厍潇旁边的时候顺手拿走了他的水杯,然后接了水再放回来。林西顾还是小声说:"要喝水。"

厍潇还是不理他,不跟任何人说话,老师现在也不提问他,厍潇一整天下来一句话也不用说。

上学期坐他前桌的小胖和小瘦竟然还坐在一起,也不知道是故意的还是天意。他们现在坐在林西顾斜后方,小胖有时候还跟林西顾扯两句。

林西顾从后面回来,跟小胖子董轩打了声招呼。

董轩问他:"西顾你跟厍潇怎么了啊?"

林西顾心说怎么连你都在问我这个,他摇头笑着说:"没怎么啊,挺好的。"

董轩他同桌怼了他一下,董轩"啊"了声,说:"那就好。"

林西顾是真的觉得没什么,他们以前就是这样的。之前第一个学期他们俩也不怎么说话，都是自己在说，库潇都不回他的，现在无非就是又回到那时候的状态了。

那时候一侧头就能看见他，现在看不见了。

晚上休息时间太短，他们多数都是在学校的餐厅吃饭。林西顾去的路上感觉有人在身后扯了他衣服一把，他回头去看，是张封。

林西顾没理他，回过头继续走。

"打声招呼都不会啊？"张封搭着他的肩膀，走到他身边来。

林西顾淡淡地说："跟你不熟。"

"怎么不熟啊，多熟了都。"张封笑了声，弹了林西顾脑袋一下，放开他跟旁边的人走了。

说起来可笑，之前张封被库潇打了，林西顾给了他钱，之后俩人的关系竟然变成现在这种说不清是怎的状态。有回林西顾出来倒垃圾，竟然被张封一把提走帮他倒了。

但是这人也还是嘴挺贱的，每次看见他都得嘴欠说几句。不过林西顾现在也不怎么烦他们，这几个人虽然也是混混但不欺负人，而且也没再找库潇麻烦。

可能算是挺有原则的校霸吧。

李芭蕾从后面跑过来，问他："你怎么还跟他们混到一起了？"

林西顾说："没有啊，不认识。"

"那他还搭你肩膀？"李芭蕾回头看了眼，然后凑近了小声说，"我去刚才搞得我好紧张，库潇本来在我后面来着，然后你跟那人说话的时候他'嗖'一下从我后面就跑前面去了，直奔着你就来了！我还以为他要揍你来着！"

林西顾听她说完猛地回头，没看见库潇。

"我真以为他要揍你了！这人太吓人了啊。我刚要喊你他又站住了，然后不知道哪儿去了。这人怎么一惊一乍的。"

林西顾心跳突然快了起来，问："真的是冲我来的吗？"

"对啊！其实刚才他都离你很近了但是又走了。"李芭蕾说。

林西顾一下就笑了起来。

"……"李芭蕾看着他："你怎么了？"

林西顾开心得不行。库潇是不是以为自己被张封他们欺负了所以跑过来要打人的？后来看见没什么事就又走了。

被冷落的半个学期的林西顾心一下就活了起来，现在走路都觉得轻快了。

林西顾侧身一把抱住了李芭蕾："感谢你芭蕾少女！"

然后他就跑了。

李芭蕾赶紧来来回回地看身边人有没有看见的。林西顾这人！虽然他俩这关系纯洁得跟蒸馏水似的，但是别人看见怎么办啊！女汉子也有暗恋对象的好吗！篮球帅哥看见她当街跟人拥抱也是要误会的啊啊啊啊啊啊！

李芭蕾在他身后喊："林西顾你有病！"

林西顾"哈哈"笑了两声就跑走了。

他去餐厅打了两份饭，包好跑着拎回了教室。果然，库潇在自己座位上看窗外。

林西顾拎着餐盒一屁股坐在他旁边。

库潇满身戒备回过头来看，看到是林西顾，条件反射已经抬起来的胳膊又放下了。

"你没吃饭对吗？"林西顾笑着问。

他跑得有点急，脑门上有一小层汗。他用袖子随便擦了一下，接着跟库潇说："吃一点吧，晚上回家太晚了。"

林西顾打开一份,把筷子放在库潇手边,小声并且快速地说着:"你吃吧,快吃。酸奶我给你放这儿了你记得吃完饭喝掉,你放心我不坐这儿烦你,你自己吃。"

林西顾说完拿着自己的那份饭回了座位。

库潇他应该还是担心自己的吧!

林西顾吃饭的时候一直忍住没有回头,直到吃完饭出去扔餐盒的时候,看到自己买的那份饭库潇一口没动,还是原封不动地放在一边,酸奶也没喝。

林西顾本来雀跃的心又有点沉了下去。

那份饭一直到晚自习结束库潇都没吃。

林西顾揉了揉肚子,晚上跑得太急,吃饭的时候不专心,脑子里想的都是别的,这会儿突然有点胃疼。

可能……可能库潇当时根本就不是冲着自己去的。自己又想多了吧……林西顾背着书包自嘲一笑,林西顾你怎么那么蠢啊。

上了晚自习之后他在放学路上都没看见过库潇,库潇总是很早就走了,但是他一次也没跟上过。或许他不想让自己跟着所以就换了条路线。

这几天林西顾是跟谢扬一起走的,他高三了,马上就高考了。

林西顾问他:"你复习得怎么样了啊?"

谢扬不太在意地说着:"也就那样吧,够上个二本的。"

"那也挺好了,"林西顾边走边揉着肚子,有一句没一句地跟谢扬聊着天,"打算去哪儿啊?"

谢扬耸耸肩说:"哪儿也不去,不出省,留本市就最好了。"

林西顾点头说:"也行啊。"

谢扬问他:"你呢?有啥想法不?以后去哪儿?"

这个问题林西顾想了半天，然后说："可能去C市？我也不太确定，应该吧。"

库潇的成绩应该要去C市的，最好是C市，学校多啊。林西顾的分也能报个差不多的学校。如果库潇去学校不太多的哪个市，好学校分太高，差学校太差，那自己就考不上了。

"你干吗一直揉肚子，你怎么了？"谢扬看着林西顾的手，问。

"没事儿，就有点胃疼，我吃饭之前跑步来着。"林西顾也觉得自己挺傻的，说的时候还笑。

"严重吗？"谢扬一只手搭在林西顾肩膀上，另外一只手拍了下林西顾捂着胃的胳膊。

也就是说到这儿了谢扬就随手拍了一下，但这姿势在旁人看来就好像谢扬在搂着林西顾。

林西顾摇摇头说："不严重，估计睡一觉就好了。"

"那你晚上要是太难受了就叫我吧，给我打电话就成。"谢扬说。

林西顾笑了说："真不用，就是跑急了。"

春末初夏，温度刚好。少年们放了学，背着书包各自回家。有的成双结对，有的形单影只。

路灯下林西顾和谢扬的影子被扯得很长，他们有说有笑一起回家。

第三十一章 ○ 期末

"哈喽妈妈。"林西顾躺在床上跟他妈妈视频,视频里面乱入了一撮卷卷的金发。

"来吧吵着要看哥哥,别躲着了跟哥哥问好。"

视频里面冒出一张漂亮的小脸,软软地叫:"哥哥。"

林西顾冲着镜头亲了她一下,小姑娘不好意思了,跳下去跑了。

纪琼喊着跟她说:"去找哥哥玩,让他给你戴着帽子。"

林西顾打了个哈欠,问:"今天下雨了吗?"

"停了,晴天。"

林西顾说:"那还好。"

虽然现在有晚自习之后回家时间很晚了,但他还是会尽量留时间跟他妈妈视频。俩人聊了会儿,林西顾说:"妈我困了得睡了啊,晚安。"

林西顾亲了镜头一下,然后挂了视频。

林西顾每天的生物钟很准时,到点了要睡,早上就能自然醒,基本用不上闹钟。他起来给自己热了面包和牛奶,还跟每天一样早早下楼。

他就在小区里转,直到库潇从门口走过去,过一会儿他才会出去。

库潇背着书包走过去了,林西顾走出来,要跟上去走的时候突然停了。他站在小区门口看着对面的树下。林西顾走过去,蹲下身子。这里

刺骨

一共有十二个烟头，烟灰散散地被风吹开了，烟蒂都还在。

林西顾站起来，叹了口气。明知道这些不会是库潇留下的，但还是挺怅然的。不管是谁在这儿等过人吧，他一定等了很久。

他和库潇一前一后到了学校。

他桌上又有了一封信，今天他同桌还没来，教室里也没有几个人，天蓝色的小信封就明晃晃摆在自己桌面上。

林西顾赶紧收起来，这次看都没看就收进了书包。

他是真的不知道信是谁送的，不然林西顾肯定要说清楚的，他不愿意收到信，也没有其他的心思。

李芭蕾是个热心又讲义气的少女，不管林西顾怎么说，反正她自己看到的这些让她觉得林西顾挨欺负了。虽然她不跟库潇说话，不能用话怼他，但李芭蕾也有自己的方式给他找不痛快。

随堂小考，卷子从前面依次往后传。李芭蕾留了两张跟方小山分完，直接把卷子放到过道对面那行了，他们的卷子还没传到，直接就分了。

库潇不说话，他自然不会举手问老师要卷子。林西顾在的时候这些都是他管，库潇不爱说话，能替他说的林西顾都会自己说完。

林西顾回头的时候看到别人都在做题，库潇靠在椅子上什么也没做。李芭蕾看到他回头，冲他使了个眼神。

林西顾瞬间明白了，皱着眉马上给李芭蕾发了短信："你别闹啊，快点给他拿一张。"

李芭蕾回他："我不，谁让他性格差来着。"

林西顾噼里啪啦打字发过去："你别欺负他，快点把卷给他啊！"

李芭蕾又回了一条："我没有了，都传走了。"

林西顾看着库潇无神发呆的样子有点心疼，林西顾跟他同桌说:"你让一下。"

他同桌侧了下身子,没站起来。林西顾从她旁边的空挤出去,去前面拿了张卷子。

不少人都抬头看着他,老师轻声问:"怎么了林西顾?"

林西顾笑了下说:"我拿张卷。"

然后他放轻脚步径直走到最后面,把那张薄薄的纸放在库潇桌子上,用笔压住。

林西顾也没管别人的眼神,没多说回了自己座位。

李芭蕾发短信给他:"林西顾你就是有病,你除了他就没别的朋友了吗?"

林西顾想了想回她:"芭蕾你真的别再欺负他。"

发完这条林西顾把手机揣回兜里,没再管过。

李芭蕾收到这条短信刚开始还没理解,心说你干什么呢他这人这么孤僻。过会儿突然反应过来,她怔怔地停了笔,抬头看坐在前面的林西顾。

李芭蕾回头看了眼库潇,他正低头算着题。李芭蕾转回身,在心里说,林西顾你真是疯了。

林西顾以为李芭蕾会揪着这事儿一直问他,但让他惊讶的是,平时那么八卦的人这次竟然什么都没问。她就跟没收到过这条短信一样,大大咧咧的看不出任何反常。

后来还是林西顾忍不住问她:"你就没什么想问的吗?这跟我想的不一样啊。"

李芭蕾当时看了他一眼,说:"我不敢问。短信我删了,我以后不欺负他了,对他好点,你不想说可以不说,你不说就谁都不知道。"

谁都不知道才是最安全的。

当时林西顾听着她云里雾里的这番话，不知道该说点什么。最后他什么都没说，只是又抱了李芭蕾一下。

他说："谢谢。"

李芭蕾说："不用谢啊老铁。"

期末考试库潇的成绩依然亮眼，林西顾看着外面的大红纸，库潇的名字端端正正写在最上面。

他在心里想，我们库潇还是这么优秀。

家长会的时候林西顾他爸过来了，跟同桌女生的爸爸说着话。林西顾看到了库潇的妈妈，她和第一次看到的时候一样，还是那么优雅漂亮。

林西顾在门口看了她很久，他其实很想走进去问问，你为什么不能好好保护你的孩子？

这次时间很紧，开完家长会林西顾他爸就走了。日子平淡地在过，毫无变化。

林西顾依然每天上学的时候跟在库潇后面，放学了跟不上库潇就一个人走。谢扬他们不用上晚自习了，马上就要高考了，他们已经离校了。林西顾看见过他小叔几次，这段时间那人一直在这边住，可能是陪考。林西顾一个人走在放学路上的时候会畅想未来，库潇会不会是省状元，还是市状元，他以后会去什么学校。

他会找个什么样的女朋友。

一定要温柔的，没什么脾气，能耐心听他说话的。库潇心里有很多话，他不愿意说。他讲话很慢。

如果有那么个人能天天陪在他身边，也挺好的。

真好。

他以为这种平静的生活能一直持续到高中毕业，直到他们不再是同学。

但这种平静在有一天清晨被打破了。

那天林西顾照常背着书包跟在库潇身后,他们每天上学路上会路过一家早餐店,三三两两的客人在店里吃早餐,夏天会在外面摆桌,因为屋里有点热。

林西顾原本低着头,直到他听见前面有孩子的哭声和突如其来的几声响。他抬头去看,有人掀了桌子,库潇已经和一个人打在一起。

林西顾瞬间心脏就不会跳了,赶紧跑过去。

"库潇!"林西顾刚才没往这边看,所以他连原因是什么都不知道。

"你有病吧?"那个男人指着库潇骂,"属疯狗的啊?"

早餐店老板想拉开他们,但库潇发起狠来力气也不小。旁边的小孩儿看着有七八岁,背着书包,哭得很凄厉。

"哎你这人!你再这样我报警!"林西顾抓着那人胳膊不让他去打库潇,那人挣脱不开,只能生挨库潇的拳头,他怒吼着朝林西顾喊:"你瞎吗?!这是他打我!"

林西顾其实心里也很着急,但是他这么缠着这人库潇就吃不到亏,早餐店老板拦不住他,库潇的拳头一直砸在这人身上。林西顾很想拦着库潇,怕他把人打坏了,但是又怕自己一松手这人去打库潇。

"库潇咱们走啊。"林西顾在库潇旁边说着,"要迟到了快走吧!"

库潇根本听不进去他说话。

林西顾很怕遇上难缠的闹到学校去,而且库潇的样子看起来实在有点可怕。

林西顾问老板:"怎么回事啊?!"

"我也不知道！我这一大早的丧死了！"老板也是倒了霉，桌椅砸了一堆。

林西顾劝了几句库潇都听不见，最后无奈之下林西顾只能松了手，强行抱住库潇。库潇甩开他，林西顾又上去抱着，那人的拳头砸在林西顾后脑勺上，还真挺疼的。

不过他顾不上那些，他只想让库潇尽快恢复正常，他是真的害怕。

"库潇！库潇咱们走吧！"林西顾也不知道说什么能有用，他除了一直叫库潇的名字之外也说不出什么别的来。

林西顾又一次被甩开了，等他再想扑回来抱住库潇的时候库潇的拳头狠狠砸在林西顾脖子上。

林西顾直接就跌坐在地上捂着脖子说不出话了。

库潇愣住了，老板趁机抱住那个男的，让他别再动手。库潇站在原地看林西顾捂着喉咙想咳不敢咳，涨红着一张脸，脸上的表情痛苦而扭曲。

林西顾缓了一会儿之后抬头看着他，向他伸出手，哑着嗓子说："库潇我没事儿……咱俩走呗。"

他的声音破碎沙哑，说完这句就剧烈地咳了起来。

库潇蹲下身，去看林西顾的眼睛。他抬起手去摸林西顾的脖子，他的指尖有点抖。

林西顾说："我没什么事儿，怪我刚才没躲开……"

库潇生气是因为看到那男的把孩子的头打流血了。他突然想起之前李芭蕾的朋友说库潇也这样过，应该也是这个原因。

他为什么这么看不得别人动手打孩子，他发了疯一样地扑过去，这背后的原因不敢深想。到底是被打了多少次才会对这种事情敏感成这样。

他们俩当时穿的都是校服，一看就知道是哪儿的，这人后来真的闹到了学校。林西顾和库潇被叫到办公室，那人头上包着绷带，看着很严重。

周成一脸凝重，问他们怎么回事。

库潇不开口，林西顾抢着说："他把他家小孩儿的头都打流血了，我们没看过去。"

"我教训孩子跟你们有关系吗？"那人捂着肩膀喊着，"你们学校就教出这种学生？！"

周成皱着眉说："您安静点成吗？这是学校。"

那人瞪了他们一眼，坐在椅子上梗着脖子，不说话了。

既然人都闹到学校了，就不可能不把家长找来。林西顾把周成叫到一边，小声跟他说："周老师你叫我爸来吧，这事儿让我爸解决，你别找库潇家长，拜托您了老师。"

"不是这么回事儿，林西顾。"周成也愁得慌，摇着头说，"这事儿领导那边都知道了，压不住。我不找他家长学校也得找，万一有处分得有家长协商。"

"其实早上就是我打的人，库潇他就拦着我来着。哎我就是看不惯别人随便打孩子，真没他什么事儿！反正您先别找他家长行吗？让我爸先来再说，真的拜托您！"

林西顾拽着周成求了半天，周成也是为难，库潇家里的情况他虽然不能完全了解但也知道一点，不到万不得已他也不愿意找他家长，他犹豫着说："行吧，先解决着看吧，到时候再说。"

林西顾感激地对他笑了下："谢谢周老师，感谢您！"

林西顾他爸接到电话的时候格外震惊，这是从小到大他第一次接到学校电话是因为林西顾惹事儿的。他答应着："行，我等会儿过去，麻烦学校了。"

挂了电话之后他马上给林西顾打了一个,林西顾捂着电话小声出去接。

"怎么回事儿?谁打你了?挨欺负了没有?"他爸一连串地问。

林西顾多少还是有点愧疚的,小声说:"爸你在哪儿呢?对不起啊耽误你事儿了,你得过来一趟……"

"用不着说这个,"他爸又问一次,"吃亏了没有?"

"没有没有,没什么事儿。"林西顾在电话里说,"我跟我同学一起,他都帮我扛着了,我没挨着。爸你来了之后把事儿都担着啊,就是我自己的事儿,跟他没啥关系,拜托了爸,帮帮我。"

林西顾他爸可能觉得有点不对劲,但是电话里也没多问,先答应了。

之后他又给教导主任打了电话。尹松听了吓一跳,赶紧过去了。

那是一个混乱的上午,林西顾和库潇一直在周成办公室里,没去上课。库潇从头到尾一言不发,他偶尔会把视线落在林西顾身上。

林西顾很担心他,凑近了小声说:"库潇你早上伤着了没?他打着你了吗?"

库潇还是不说话。

林西顾摸了摸自己脖子,笑着说:"我这个不疼了,就当时挺刺激的,现在都没什么感觉了。"

库潇还是那副有点呆愣的状态,林西顾趁人不注意从兜里掏出一颗糖塞进库潇手里:"薄荷糖,吃一颗精神点儿。"

库潇像被烫到手一样,猛地往后抽回手,那颗糖落在地上,轻轻的一声响。

林西顾看着那颗糖,干干地笑了下。蹲下捡起来,又揣回了自己兜里。

后来他爸来了,说让孩子回去上课,有什么问题跟他说。林西顾和库潇于是回了班里上课,周成办公室在数学组,人多,他们后来去了教导主任的办公室。

具体他们怎么谈的林西顾也没多问,只知道最后也没让那人占着什么便宜。林西顾他爸商场上打磨这么多年了,气场是很强的,很能镇住人。

后来林西顾诚恳地跟他爸道歉:"爸对不起啊,让你操心了,还让学校把你折腾过来了,要不你看你怎么罚我一下?"

他爸听完就乐了,摸了一把他的头,还拍了两下:"跟你爸用不着说这些,你是我儿子,我像你这么大的时候你爷爷棍子都打折了俩,我就没有一个礼拜是消停的。你比你爸强多了,我早说你太文静了,你就不像我。"

林西顾心里是有点愧疚的,但他没办法,以后再有这事儿他还是一样,所以林西顾只能道歉,却不能保证以后再犯错了。

他爸看着他脖子,问:"脖子怎么了?"

"啊,不小心撞了一下,没什么事儿。"林西顾知道他脖子稍微有点紫。

他爸没说什么,结果那天睡前他才问林西顾:"跟你一起的那个男孩儿,怎么回事儿?"

"嗯?他怎么了?"林西顾本来都快睡着了,结果听到他爸问一下子就精神了。

"你为什么不让找他家长?应该是他打的人吧?"他爸问。

林西顾当时眨了下眼睛,想了半天,决定还是不说谎。他承认:"嗯,对。爸他是我朋友,我肯定得管他。"林西顾说。

"是吗？"他爸扬起了眉毛，每当他做这个表情的时候林西顾都觉得有些严厉。这句话问得林西顾心里一颤。

林西顾拿被子蒙住头，求饶地说："哎，你别问了爸。"

他爸掀起被子捏了一把他的脸，嗤笑了一声："行了我也不多问你了，孩儿大了不随爹了，反正你有事儿就跟我说，你爹多惯孩子你是知道的，不用害怕。"

林西顾乖乖点头说："知道了帅爹。"

家长这边林西顾他爸全担着了，学校那头还有教导主任帮忙，这事儿就这么过去了。林西顾松了口气，他是真的很怕学校处分厍潇。

但是林西顾放松的心情并没有持续太久。

他突然发现厍潇好像离他更远了。他连早上都等不到人了，厍潇换了其他路线。林西顾怎么等都没用，厍潇不从这边走了。

林西顾虽然失落，但多数还是担心。他怕厍潇万一再看到别人打孩子的时候忍不住动手，只有他一个人如果吃亏了怎么办。

在学校里厍潇的状态也很差，林西顾发现他眉心之间总是皱着的。他上学期的状态林西顾记得，那时候他每天都是平静放松的，虽然没有表情，但是他眉眼之间的平和林西顾看得出来。

现在的厍潇苍白瘦弱，戒备心很重。

林西顾不知道怎么才能让他恢复轻松的状态。

就连林西顾下课给他接的水厍潇都不再喝了。

李芭蕾看着他每天给厍潇接水，往他桌斗里放水果，也不再多说了。偶尔下课她如果出去的话会顺手拿了厍潇的杯子，给他接满水。

如果厍潇没有卷子或者发作业没发到他，李芭蕾会举手要一份。

林西顾跟她说："芭蕾少女你是最美的仙女。"

李芭蕾点头说："不跟你犟，你说的都是对的。"

晚休林西顾吃饭回来，看到库潇趴在桌上睡着了。他还是那样皱着眉，连睡梦中都不开心。他的睫毛还是那么长，让他的面部显得柔软了一些，也更精致。

他坐在李芭蕾的位置上，撕了一张纸。随手拿了一支笔，在纸上画画。

他画了一个小人，圆圆的眼睛盯着前方，多留了一个小白圈，显得眼睛水亮亮的很有精神。小人嘟着嘴巴，手上抱着个板子，上面写着："库潇，要开心。"

林西顾把那张纸扣在库潇的桌子上，然后安静地在李芭蕾的座位上坐了会儿。

他睡觉的时候呼吸很轻，好像从来也不会睡得太熟。是不是周围环境让他没有安全感，所以他从来不敢让自己真的睡很熟。

第三十二章 ○ 毕业

从那天开始林西顾好像掌握了一个能和库潇交流的方式。他开始经常给库潇画小画，因为这个他还特意上网搜了Q版速成。

每天早上林西顾会往库潇桌上放一个小纸条，有时候小人儿说"早上好"，有时候小人儿是卖萌。他不知道库潇会不会看这些小纸条，也不知道库潇看了之后到底会不会烦。

但他总想做点什么，他想让库潇能稍微开心一些。可效果似乎也不怎么明显。

高三的已经高考彻底毕业了，学校里一下子空了不少。林西顾问谢扬考得怎么样，谢扬无所谓地说："也就那样吧。"

一群解脱了的高三党在他们家狂欢，谢扬下楼来叫林西顾，林西顾笑着拒绝了，没上去。他这性格多少也是有点内向的，朋友三两个的聚一聚还行，人太多了他觉得不舒服。

尽管隔音很好，但是楼上还是有点吵。林西顾倒是不太在意，他开了窗户。

外面下着挺大的雨，林西顾听着雨滴噼里啪啦砸在窗户上，心里有些沉闷，不知道库潇的状态怎么才能好起来，怎么才能让他那边的阴雨连绵变成晴天。

这次雨下得很凶，连着两天都没停。周一上学林西顾早上特意带了两把伞，自己打了一把，书包里给厍潇备了一把。他早上把伞和小纸条一起放厍潇桌子上。

纸条上小人儿依然可爱，哆啦A梦同款胖手打着雨伞，笑眯眯的："厍潇出去记得带伞。"

老师上课的时候都要开着灯，外面黑压压的一片，时不时还要打几声雷。

下午雨停了一会儿，天尽管没放晴，但总归是不再下了。班里有人打着喷嚏，最近一茬新的流感又传起来了，每天班里都消毒通风，但因为下雨不能开窗户，眼见着喷嚏一个传一个都打了起来。

林西顾也没能躲得过去。

他觉得自己的脑子昏昏沉沉有些难受，揉了揉鼻子，想起之前自己感冒的时候厍潇给自己买的药。那药就在自己床头抽屉里，今晚回去要吃一点。不知道过期了没有，才一年，应该不会。

脑袋里想着乱七八糟的杂事，本来以为熬过晚自习就能回家了，谁知道晚自习后半段突然又开始下雨。雨势又急又猛，响雷一声接着一声。

李芭蕾的小花伞早上来的时候被风吹走摔坏了，撑不起来。方小山说把自己的给她，林西顾直接把伞塞李芭蕾书包里了。比起方小山家，还是自己那儿离得近。

校门口乱成一团，出租车和家长接孩子的车堵得水泄不通，路况也差。

这种天气不提前出来根本别想打到车，林西顾在校门口站了二十分钟，没能打到一辆车。而且这会儿堵成这样，怕是在车里也一时半会儿走不了。

林西顾摘了书包抱在怀里，深吸了口气就迈了出去。雨浇在身上也不觉得冷，就是有些睁不开眼。其实他小时候挺喜欢在雨里傻跑的，就是他爸妈不让。

都说让雨浇浇能长个儿，要真能长点还挺好的。

林西顾快步朝家走着，他没走平时的路，这条路当初是为了能跟着库潇，现在他想快点回家就还是走的小区前门那条街。

不知道库潇怎么回家，他打伞了吗？

路上也有学生时不时从他身后跑过去，林西顾心说反正都湿透了，跑啥呢？结果都一样的，别跑了。

路上积水很多，这条街地势低，水都积住了，大水洼一个接着一个。林西顾有很久没从这边走过了，对这条街不是很熟悉。

原本揹着书包走得好好的，突然感觉脚一崴，林西顾吓了一跳，回过神来的时候已经踩进了一个小坑，坑里有个水泥块，那么巧就让他一脚踩上去了。

这条街本来路就不太好，不下雨的时候还能看见地面，下了雨，水一盖住什么都看不见了。

林西顾摔这一下感觉脚腕挺疼的，而且还磕了一下腰。

很多年走路没摔过了，上次摔跤就是和库潇去滑雪的时候。林西顾觉得自己摔一下可能摔傻了，他没急着起来，反而顺着躺那儿了，这一刻突然很想放空自己。因为他突然想起了滑雪场，到现在他都不清楚到底是不是真的。

很美好。

林西顾听见有人跑过来蹲下，粗声喘着气，问自己："摔着哪儿了？"

周围都是雨声，林西顾猜自己可能又一次摔出幻觉了。

他眯着眼看旁边的人，竟然是库潇。

"啊……"林西顾张开嘴刚想说话,几滴雨落进了嘴里,他就又闭上了。

"哪儿疼?"库潇在他腿上摸了摸,皱着眉问他,"起不来了?"

雨往脸上落林西顾不敢睁开眼,他只能这么半眯着。眼前的人即使全身都浇湿了也还是那么好看。

库潇脸色很难看,粗声说:"说话。"

林西顾回过点神,赶紧摇了摇头:"没有,我没事儿!"

库潇看着他,也不再跟他多说。摘了背上的书包扔在一边,后背冲着林西顾蹲下,叫他:"过来。"

林西顾傻了眼,缓缓伸出手搭在库潇背上。

库潇背着林西顾慢慢地走,一直把林西顾背到了家门口。

林西顾从他后背上下来,很不好意思:"我是不是挺沉的啊……"

库潇没说话,只是看着他的脚腕。

"啊我没事儿!"林西顾原地跺了跺脚,干笑着说,"就有点疼,不怎么严重,谢谢你送我回来,哎我有点丢人了……"

林西顾摸出钥匙开了门,库潇按了电梯。

两个人现在都跟落汤鸡一样,库潇头发和衣服都还滴着水。

林西顾把他拖进屋里,赶紧关了门。两人站在门口,库潇低头看到了他之前来的时候穿的拖鞋。

"雨太大了你怎么走啊,起码得等雨小一点啊……"林西顾把人拖进来之后又有点怯了,但可能是刚刚库潇背着他一路让他有了点勇气,他换了鞋进门,拿了库潇拖鞋蹲下去摆好,"你等等再走吧,我们喝点热牛奶,行吗?"

林西顾都顾不上洗澡,找了套干衣服换上,然后拿了件T恤和短裤出来递给库潇:"衣服都湿透了你别穿着了,这都是洗干净的,你换呗……"

库潇看了他一眼，接了过来。

林西顾跑到浴室里拿了条浴巾过来："你先擦擦水，身上潮着不舒服。浴巾是新的！"林西顾急急地解释着："我都没用过的，你放心！"

库潇接过来擦着头发，林西顾跑去热牛奶。

他自己头发都还没擦，还在往身上滴着水。他端着牛奶杯出来的时候，库潇刚把T恤穿上身，正往下扯衣服。

他听见林西顾过来，瞬间转过身，眼神里满是戒备和紧张。

林西顾愣在原地，圆圆的眼睛看着库潇，感觉自己好像失了声。

库潇看见他的表情，抿了抿唇，拿了自己书包要走。

林西顾放下杯子跑过去，攥住库潇的衣服没松手，他的指尖用力到泛白，衣服被他攥得变了形。衣服下摆皱起来，露出库潇的一截腰。

库潇皮肤那么白皙光滑，但林西顾触目所及的部位满满都是狰狞可怖。疤痕一层叠着一层，年久日深，这截皮肤上已经没有了原本应该有的肌理。

它是丑陋的，是狼狈的。

林西顾说不出话，他的每一根神经都缩了起来。他不知道说什么才能释放自己的愤怒。

库潇转过身，他的眼睛死死地盯着林西顾。

"你对我好。"库潇平静地说。

林西顾抬头看他。

库潇看着林西顾发红的眼睛，伸手到后面掰开林西顾的手，让他松开自己的衣服。库潇的语速还是和平时一样慢，但林西顾却在里面听到了冰冷。

库潇的眼神像是要把林西顾钉在墙上,他抬手脱了身上的衣服。

林西顾尽管有了心理准备,看到库潇的身体也还是没忍住吸了口冷气。他的喉咙发出了一声不受控制的低哼,像是小兽受到了惊吓那一声短促的惊叫。

库潇在他眼前慢慢转了个身,让林西顾清清楚楚看到他可怖的周身。最后库潇冷冷开口,声音粗哑低沉:"怕不怕?"

他说完这几个字,深深看了林西顾一眼,手里拿着林西顾的T恤,开门走了。

林西顾早就被吓傻了。

第三十三章 ○ 流感

　　林西顾是真的被库潇的一身伤疤给吓傻了,他从来没在一个人的身上见到那么多种的伤疤。

　　这些伤在林西顾眼前来得太直观了,那是库潇的过往,或者也不算是过往,他或许仍然还在经历这些。林西顾甚至连呼吸都忘了,他不知道库潇是怎么承受的这些。丑陋残忍的疤痕让林西顾窒息,烧得他眼睛疼。

　　库潇关门的声音已经响过挺久了,林西顾才猛地回过神来,他开门追出去,但库潇已经走了,楼下哪还有人的影子。林西顾打他的手机,是通的,但是库潇没接。

　　还好。只要是通着的就好。

　　林西顾回到家,顾不上满身狼狈,坐在沙发上给库潇发短信,腼腆羞涩的林西顾从来没这么直接过。他开门见山,第一句话就是:"我不怕,我不会离弃你。"

　　之后紧跟着又是一条:"永远。"

　　他没有说更多,现在林西顾心里想对库潇说的只有这两句。此时此刻林西顾不想顾忌太多,愤怒和心疼的情绪占满了他的心,让他快爆炸了。

　　是谁在库潇身上留下的这一身伤,这种人渣为什么。

长到现在第一次有这种恶毒的念头，林西顾觉得自己疯了。

　　这晚林西顾是真正的一夜没睡，眼睛都没合过。他坐在沙发上想，明早见了库潇第一句话该说点什么。

　　库潇走的时候没拿书包，他的书包已经湿透了，林西顾拿出里面的书，用吹风机一页页吹。书干了之后有点皱了，林西顾好好摞在一边，开始继续吹书包。

　　书包里还有一把自己早上给他的伞。没打开过，还是新的。

　　"嗡嗡"的吹风机声在深夜听起来有点孤独，林西顾仔仔细细吹着风，他脑子里反复出现的都是库潇那些恐怖的伤疤，林西顾只要一想起来就是一阵窒息般的疼。

　　本来林西顾是打算好的了，他也不睡了，早上收拾收拾直接去上学。他想见库潇，就是不知道库潇会不会去学校了。

　　然而库潇去没去学校林西顾不知道，反正他是没能去成。大概凌晨三四点钟，天都开始亮了起来，林西顾不知道什么时候昏睡了过去，这一睡就是两天。

　　他之前本来就有点被染上流感的意思，再加上雨里浇了一晚，回来之后精神上又受了点冲击，不争气地发起了烧。接下来的两天他就没清醒过，阿姨叫了医生来家里给他打针。林西顾唯一清醒过来的一会儿就是告诉阿姨给他请假，然后他生病的事儿不要告诉他爸。

　　就是感冒发烧而已，跟他爸说了肯定什么都放下了要赶过来，搞不好他妈还得知道。没那么严重，林西顾不愿意让他们担心。

　　阿姨这两天家都没回，就守着林西顾照顾他。她照顾林西顾一年多了，虽然平时也就收拾个房间然后做个饭，但是林西顾乖乖的又听话，平时一直很有礼貌，阿姨也很疼他。

　　林西顾醒来的时候阿姨高兴得不行，拍着他的胳膊说："醒了就好,今天再那么睡咱就得去医院了。"

林西顾喝了口水,摇头说:"没事儿。"

"阿姨给你煮了粥,等下凉点了给你喝。"她去弄了个湿毛巾给林西顾擦脸,拿着体温枪给他测了下额头,三十七度六。虽然还有点烧,但总归是降下来了。

林西顾声音哑哑的,对她说:"阿姨这两天都没休息好吧?我这边没什么事儿了你等下回去歇着吧,真的辛苦了。"

"嗨,说这干啥呢?"阿姨拍拍他,接过他用完的毛巾,"我在家也是什么事儿都没有,哪儿都一样。"

林西顾感谢地笑了下,也没再多说,他四处摸了摸,问:"阿姨我手机呢?"

"啊手机在外面茶几呢,我给你拿。"

林西顾醒过来其实第一个念头就是厍潇。他想见厍潇,他还有话想跟他说。那天厍潇走了之后自己两天都没上学,不知道厍潇会不会多想。

林西顾拿了手机看,未接电话未读短信一堆堆的,他一条一条看下来,越看越失望,没有厍潇的。

短信里有现在的同学问他怎么样了的,最多还是李芭蕾。李芭蕾两天前问他:"小林西顾你怎么没来啊?你跟厍潇都没来?有啥内幕!"

后面她应该是问了老师,知道他是生病了没去上学,又发了一条:"哎你好好休息吧,笔记我回头给你看。"

她这人有点话痨,后面就是乱七八糟的了,看得出来她很担心,絮絮叨叨地问怎么不回条短信。

林西顾都看完了回复她:"我没事儿了,明天去上学,厍潇去了吗?"

李芭蕾飞速回复:"啊啊啊终于回了!再不回我都要去你家找你了!库潇来了啊他就前天没来,你好了吗?"

林西顾放了点心,跟她说:"本来也没怎么,差不多了,明天见。"

李芭蕾:"见见见见见见!!!"

林西顾放下手机,迷迷糊糊又睡了会儿。醒来吃了点粥,晚上烧退了身上也不怎么难受了,他起来冲了个澡。

阿姨已经走了,林西顾整理好东西,希望这一夜快点过去,他想赶紧上学。

第二天林西顾很早就出了门,他背着自己的书包,怀里还抱着库潇的书包,忐忐地去了学校。他到的时候教室还没有几个人,他把书包放在库潇椅子上,回了自己的座位。

桌面上摆的是这两天发的卷子,同桌已经帮他整理好了。

库潇还是正常时间到的教室,他看到椅子上的书包愣了一下,然后转头看向林西顾这边。林西顾一直关注着后门。

库潇盯着他看了几秒,然后不自然地转开了视线。林西顾悬着的心看到库潇的这一刻好像才真正放了下来。虽然他脑子里还是一直挂着库潇的满身伤痕,但是这个人就好好站在自己眼前,这很让人安心。

他在早自习下课的时候迅速跑了出去,库潇当时正要出去,林西顾一屁股坐在他旁边的椅子上。库潇看着他,林西顾笑得露出一口小白牙。

库潇没表情,显得林西顾就更加傻气。

"库潇!"林西顾小声喊了他一下。

库潇还是看着他,林西顾前后左右张望了一下,没人在注意他们。他挨得库潇近了些,用很低的声音问:"库潇我发给你的短信你

刺骨

看到了吗?"

他病了几天,现在嗓音还是哑的。

但是眼睛很亮,他小心地看着库潇,带着忐忑和希冀。

库潇当时盯着他的眼睛看,然后鬼使神差地,竟然点了点头。

林西顾的心瞬间活跃起来,他眼睛慢慢瞪大,嘴角渐渐扬上去,库潇点的这一下头让他又有了勇气。他用低哑的声音带着笑意说话:"那我说的都是真的。"

库潇的睫毛颤了一下。

林西顾攥在手心的小纸条已经有点被汗浸湿了,他抓过库潇的手,把小纸条塞进他手里,然后转身跑了。

库潇打开纸条看了一眼。

林西顾从小练过书法,他的字很漂亮。上面写着:"库潇哥哥,我能不能回来坐。"

第三十四章 ○ 回来

　　林西顾当天就去办公室找了周成，说自己眼睛远视看黑板发晕不舒服。然后从办公室回来直接拎着自己书包就回来了。

　　库潇的书包占着个椅子，林西顾想都没想，把书包挂库潇椅子上就坐下了。库潇当时在睡觉，感觉到动静皱着眉坐起来，林西顾正把自己的书一摞摞往桌斗里摆。

　　库潇有点迷茫的眼神让林西顾心下一阵激动。自己之前为什么那么厌！林西顾你怕什么库潇又不会揍你！

　　"睡吧没事儿！"林西顾冲着他笑，"我就放个书，你睡吧！"

　　李芭蕾和方小山在前桌发来贺电："哈喽，小西顾。"

　　林西顾冲他们笑得十分开心："哈喽，芭蕾少女，嗨，山子。"

　　李芭蕾冲他眨了下眼睛，俩人笑得心照不宣。

　　库潇看着他们互动，静静地趴下去又睡了。天气炎热，林西顾拿了把推销员发的小扇子，在底下偷偷给库潇扇风。一边扇风一边忍不住开心想笑，想碰碰库潇，还想再看看他身上那些伤口。

　　库潇睡了一整节课，林西顾就在旁边给扇了一节课的风。库潇睡醒了坐起来，林西顾马上递过去湿巾："擦汗！太热了擦完会凉一点！"

　　库潇动作慢慢的，林西顾直接塞他手里："给你。"

　　库潇本来也没出汗，接过去之后在额头上随意抹了一下。林西顾递给他一瓶水，看着他喝。

这学期两人之间总共也没说过几句话，林西顾坐回来好像想把之前没说的都补上来，他自打厍潇醒了就没停过嘴，像只聒噪的小青蛙。

但厍潇一句都没回过他，不过林西顾也不是很在意，不愿意说就拉倒吧，没撵他走就不错了。这方面林西顾很知足，他现在唯一的愿望就是每天都能看到厍潇好好的在自己面前。

别难过，别受伤。

"厍潇你为什么瘦了这么多？"林西顾看着厍潇瘦削的下巴，问他。

厍潇跟没听见似的，目视前方头都不转。

"对了那天你为什么会走那边？"

厍潇低头做着题，像是把林西顾屏蔽了。

林西顾不知道自己在旁边脑补出了什么，把脸埋进胳膊里，难得消停了片刻。

厍潇看了他一眼，林西顾后脑勺的头旋位置很正，正中间有几根头发调皮地立起来，微弱的风吹过去还跟着晃了两下。

林西顾这一天太激动了，按捺不住自己兴奋的情绪，生生说了一天。到了晚上放学的时候李芭蕾说："小林西顾你明天要再这么个说法我就给你告老师，让他给你调走。你得说话病了？"

林西顾笑眯眯地说："明天不说了，我控制一下。"

李芭蕾凑过去小声在他耳边说："怪不得你上次说可能厍潇嫌你话多！去年你也没这样啊！你能不能收收！"

林西顾点头说："好的。"

李芭蕾摇摇头非常无奈地走了。

林西顾转头看向厍潇，他已经收拾好了。平时这个时间厍潇早就跑没影了，今天因为林西顾挡着，所以他没能走成。林西顾笑着问他："厍潇我跟你一起走行不行？"

厍潇看着他没吭声。

这就是默认了。林西顾迅速把自己东西收拾好，然后背上书包，和厍潇一起走出教室。太久没一起走了，林西顾都不知道应该跟厍潇保持着什么样的距离才合适。太近了怕他烦，但也不想离太远。

他们走的还是林西顾每天走的路线，其实他想问，这段时间你都是从哪走的，为什么我每天都看不见你？

路上林西顾没再多话了，两个人安安静静的，林西顾隔着厍潇二十厘米，能这样跟在厍潇旁边一起回家，就很舒服。

"厍潇。"快到小区门口了，林西顾叫了他一声。

厍潇转过来看他。

林西顾冲他笑了下，眼睛弯起来的样子很好看。他想了想说："我什么都不怕。"

厍潇慢慢地眨了下眼睛，转身走了。

林西顾看着他的背影，白色的衬衫穿在厍潇身上很宽松，林西顾仿佛能透过那浅浅一层布料看到厍潇的满身伤疤。路灯下他的影子被拉得很长，厍潇的身影看起来总是那么孤独，林西顾深吸了口气，觉得自己比之前勇敢了。

接下来的几天林西顾单方面把两人间的关系恢复到上学期的状态。林西顾发现厍潇明明就是不讨厌自己的。他的眼神里面没有厌恶，没有隔离和防备。他就算不说话但他的眼睛里没有拒绝。林西顾每天的心情都是飞扬的状态，迅速回到了活力满满的状态。

"厍潇你把这个吃了吧。"林西顾从桌斗里拿出早上带的保鲜盒，打开了递给厍潇，叉子用纸巾擦干净塞到厍潇的手里，"我早上切的，补充点维生素,你瘦了好多。"

透明的盒子里五颜六色的水果混在一起,很好看。库潇摇了摇头,没接。

"别摇头啊……"林西顾又把保鲜盒往库潇那边送了送,"很甜的,你要是吃不了的话就少吃点。"

最近库潇喝水很少,有时候一天都喝不了一口。他嘴唇总是有点干,本来皮肤就白,嘴唇干会显得人有点虚弱不健康。林西顾还想再说点什么劝他吃水果,就听见李芭蕾回过头来说:"不吃就不新鲜了吧?他不吃拿来给我吧,我跟山子帮你解决了,要不你白带了。"

林西顾想都没想:"不给。"

"小林西顾你变了!"李芭蕾敲了敲他摆在桌上的书,"咱俩的情谊还有没有?"

林西顾说她:"你不用补维生素,你已经很水灵了。"

李芭蕾笑了,说:"你就是变着法说我胖!林西顾你快点把水果交出来,不然咱俩就绝交了你知……"

这句话还没说完,李芭蕾眼见着库潇从盒子里叉了一块火龙果放进了嘴里。

林西顾眼睛一下就亮了。

他把水果都放在库潇腿上,让他自己安静地叉着吃。他冲李芭蕾摆了摆手,让她转过去。

李芭蕾无语地看着这俩人,摇摇头跟方小山说:"明天你得给我带一盒水果。你看看人家这同桌,你看看你。"

方小山"嗯"了声,答应得十分痛快。

库潇没能吃完,只吃了一半。剩下的一半林西顾接过叉子直接都吃掉了。

接下来的日子他就连早上也能跟库潇一起走了。好像一切真的都回到之前的状态了，但林西顾知道还没有。

库潇他不爱说话。他默许自己的一切行为，但他不开口。上个学期库潇每天都在努力去更多地开口说话，现在他几乎听不到库潇的声音。

现在的感觉就是他好不容易走出来了一些，但又都缩回去了。

他不说话也不笑，趴在桌上睡觉的时间也更多了。

林西顾依然在旁边缓慢地给他扇着风，库潇脸朝着窗户那边睡着了。语文老师在前面讲着催眠的阅读理解，底下睡倒了一片。

下课铃响，库潇睡醒了起来脸上压了条红印子。林西顾没忍住笑出了声。

库潇看着他，轻轻挑了下眉。

"压到脸了。"林西顾抬起手，顿了下又收了回来。

库潇把睫毛睡糊了，弯弯曲曲折得乱七八糟。他睫毛很长，压成这样看着很明显。远着看甚至有点像刚刚哭过的小朋友。

林西顾心里软成一团。

酷暑中的学生每天都恹恹的，没什么精神。头顶的吊扇吱吱嘎嘎地一转就是一天，坐在风扇下面的学生总是担心它掉下来把脑袋削掉一半。

只有林西顾是开心的，他的开心都写在脸上。

"库潇，把这个喝了吧。"林西顾拧开保温杯，里面的果茶还是凉的。

库潇最近比较温和，不说话，但林西顾说什么，他几乎都照做的。他接过杯子一口一口地喝，动作慢慢的。

林西顾看着他削尖的下巴和侧脸，在心里叹了口气。库潇太瘦了，他还在继续瘦，库潇现在没有自己最初看见他的时候好看了。

还好他虽然瘦但不是弱,他的武力值依然还在。厍潇喝了一半,然后递了回来。林西顾晃了晃杯子,眨了眨眼睛小声问:"那我喝了啊?"

厍潇低低地"嗯"了声。

最近打分的小本子又活跃了起来,林西顾每天折腾来折腾去特别来劲儿。早上一上学就得找个什么由头加点分,但发现厍潇又瘦了给扣个10分8分的。

"厍潇你下课来我办公室一趟。"周成下课临走之前说。

林西顾突然听见厍潇的名字还有点没反应过来。

"怎么啦?"林西顾转头去问厍潇,"你做什么了吗?"

其实林西顾就是没好直接问出来,你是又出事了吗?

厍潇摇头。

林西顾对周成叫厍潇去办公室有阴影,一听他叫厍潇就要思考是不是厍潇又惹事了。厍潇去办公室找周成,林西顾跟在后面跟个小尾巴似的。

途中路过五班,走过那几个泼皮的时候张封朝林西顾吹了个长长的口哨:"哪儿去啊小可爱?"

这人最近不要脸,见了林西顾总是傻兮兮地叫小可爱。他们那种人这种玩笑挂在嘴上都不当回事儿,林西顾懒得搭理他,权当没听见。

旁边的人笑得猥琐,"哟"了几声。

厍潇脚步一顿,扭头看了一眼张封。林西顾在身后推了他一把,想让他快走别理,他们就是嘴贱。

厍潇接着又回头看了他一眼。

那个眼神挺正常的,也没凶也没什么,但林西顾也说不出来怎么回事儿就觉得特别心虚。按理说没什么啊……张封就是瞎叫的,再说他对库潇……也心虚不上啊。

库潇转过头继续走了，林西顾小声冲张封问了声："你一天不嘴贱难受啊？"

张封眉毛跳了两下，冲他眨了下眼。

林西顾没再多理他，赶紧跟上库潇。

周成找库潇倒真的没什么事儿，就是正常的师生谈话。问他最近有没有什么问题，压力大不大。他们谈话没关门，林西顾站在门口偷偷地听。

听完还挺替周成心酸的，库潇说的话有数，从头到尾他就没听库潇说出什么话来，都是周成在问。这班主任当得也算负责了，要不然就这种一年说不了几句话的学生谁还找他谈什么话。

俩人回教室的时候都上课了，走廊里面没有学生，只有他们两个，林西顾挨着库潇走。

"库潇……"林西顾小声叫他。

库潇看向他。

"张封那个我想解释一下，"林西顾有点不自在，扯了把自己的耳朵，"我跟他不怎么熟。"马上到教室了林西顾把脚步放缓说，"你要是介意以后我就不搭理他。"

库潇当时什么都没说，转身就走了。

放学之前李芭蕾回头跟林西顾说话，看林西顾抄完黑板上的作业还在下面画个小笑脸，然后撕下来折好放在库潇桌上。她满脸黑线："林西顾你抄作业就抄作业，还画画。"

林西顾笑着强行按着她的头让她转过去。

放学他照常走在库潇旁边，天完全黑了下来，林西顾其实很喜欢每天放学的这一段路。

俩人刚转了个路口，他刚想说点什么，厍潇突然停了下来。林西顾看着他，轻声问："怎么了？"

他顺着厍潇的眼神看过去，看见前面的人有点惊讶。

对面站着的竟然是厍潇的妈妈。她穿着长长的裙子，头发披在肩上，静静地站在那里，很美。

林西顾叫了声"阿姨"。

对方可能看见有人跟厍潇走在一起也有些惊讶，冲他点了下头，笑了下。然后目光又重新落在厍潇身上。她走近了，抬起手抚了抚厍潇的衣服。

林西顾听见厍潇开口问："怎么过来了？"

厍潇妈妈的眼睛就没从自己儿子身上离开过，她轻声说："想看看你。"

她看起来实在是有些憔悴，面容间藏着疲惫，但依然是优雅漂亮的。厍潇长得很像她。

路灯下面时不时有小飞虫扑在身上，然后再很快地飞走。林西顾让开了两步，默默地站在一边。

"他还在家吗？"她的声音很温柔，听在耳朵里很舒服，但林西顾不知道为什么觉得心口有点丝丝络络的疼，"有吗？"

厍潇轻轻摇头说："没有。"

"怎么可能呢。"她自嘲地笑了一声，抬手摸了下厍潇削尖的下巴，"恨不恨我？"

厍潇脸上还是淡淡的、平静的。他还是说："没有。"

其实那天晚上林西顾总共也没听见他们说几句，就是面对面站着，谁也不说话。厍潇的妈妈像是有很多话说，但又不知道从哪里说起，说什么。

临走之前库潇走过去抱了他妈妈一下，看着她的眼睛慢慢地说："别回来。"

当时林西顾的心里是很震惊的，他从来没看到过库潇这么亲近一个人。他去主动抱了他妈妈，这是他怎么也没想到的。林西顾觉得眼前的库潇突然变得柔软了。

他妈妈红着眼睛拍了拍他的肩膀。

库潇又盯着她的眼睛重复了一次："别回来。不担心，我很好。"

库潇总是把"别担心"说成"不担心"。他说话有问题，有时候不是那么通顺。但林西顾觉得可爱。

可是现在听见他说这么多林西顾只觉得难受。

怪不得库潇瘦了这么多。林西顾又不可控制地想起了库潇的伤疤。

库潇在他妈妈背上拍了两下，动作很轻，很温柔。

眼前是一个温柔的、顶天立地的男子汉。

林西顾闭了闭眼睛——他突然什么都懂了。

库潇为什么之前突然冷着自己，他怎么就瘦了这么多。本来慢慢变好的情绪，怎么就一下子又都回去了不说话了。

为什么自己之前放学从来都看不见他，但是自己在雨中摔了库潇瞬间就能跑过来，一脸急切地问他摔着哪儿了。

因为他始终就在自己身后。

库潇盯着他问"怕不怕"，当时他心里是绝望的吧。

林西顾的思路从来没有像现在这样清晰过，他觉得自己之前太傻了，他根本就没真的了解库潇。

但是他只要越了界就会马上强迫自己缩回去，让他们俩的关系再冷却下来。

库潇对着他妈妈深深地说"别回来"。他之前每一次带着深意地看着自己，其实都是想说"别靠近我"吧。

原因都是一样的，因为他身处地狱。他想让自己在意的人都离开得远远的。

林西顾吸了吸鼻子，还是个少年，浓烈的情感带来的冲击还不会化解。

库潇妈妈已经走了，库潇站在旁边静静地看着他。

林西顾眼睛一点点红了起来，他紧盯着库潇，想说点什么，张了张嘴，嘴唇在抖。

库潇低了点头仔细看他的脸，稍稍挑起眉毛，他在问自己怎么了。

林西顾抬起手又用力抹了下眼睛。

库潇捉住他的手腕，低着头凑近了他的脸，轻声问："怎么？"

林西顾喉结上下动了动，他看着库潇的眼睛，突然伸手。

库潇被他的动作吓了一跳，想往后退但是退不回去。库潇身上有洗衣液的味道，淡淡的，香的。

库潇抬起手，放在林西顾的后脑上，轻轻揉了揉，带着安抚的意味。

林西顾进小区之前吸了下鼻子对库潇说："我哪儿也不去，我就在你身边，我什么都不怕。"

这是林西顾第三次对库潇说自己不怕了。他希望库潇能相信自己，不管发生什么他可以一起面对，不会留下他一个人。

那晚林西顾很久都没能睡着。他躺在床上，想库潇，想他冷漠外表下的温柔，也自虐一样地想库潇每次推开自己之后孤寂的身影。

夏夜里蛐蛐在调皮地唱着歌，路灯下的小飞虫在周围打转跳跃，落在肩膀上头发上，再扑闪着飞走。它们在燥热的夜晚围观着青涩的少年。

林西顾跟他对视："我们一起长大好不好？"

库潇看着眼前的小少年，他简单直接，温和体贴。是夏日阳光下二十八度的海水，是冬夜攥在手里四十六度的热毛巾。

库潇抬起手揉了下林西顾的头，这是库潇能给的最柔软的回应。

月考时林西顾的成绩又往前进步了一点，已经能稳定在班里二十名之前了。林西顾对自己现在的成绩非常满足，他更期待每一次库潇的成绩，希望他能在保持住第一名的同时得更高分、更优秀、更耀眼。

是最好的库潇，最棒的。

"林西顾你最近心情不错哦？"

李芭蕾从林西顾的水果盒子里拿了颗葡萄放进嘴里，眼睛打量着他。

林西顾低着头说："你好好看看你那成绩，你又往后退步了芭蕾少女，你能不能把你的心思多放点在你的成绩上。"

"你都快赶上我妈了。"李芭蕾瞪了他一眼，"你别想岔过去，你给我好好说，你最近咋了这是？"

林西顾摇头："没有。你快转过去吧芭蕾姐姐，你能不能不八卦了。"

李芭蕾"切"了一声转了回去，马尾辫长长一甩，抽在林西顾桌面的卷子上，"啪"的一声。

库潇从外面回来，他把水果推过去，说："把这个吃了吧。"

库潇接过叉子，安安静静地吃。

李芭蕾跟方小山说："别理他们，你就当看不见听不着，林西顾就喜欢跟脾气不好的人做朋友,有挑战性。"

"啊……"方小山点了点头,"这爱好也挺可以的。"

李芭蕾摇了摇头,其实看林西顾每天开开心心的她觉得挺好的。

他开心就行了,挺好的。

第三十五章 ○ 矛盾

库潇现在已经不像从前了，他镇不住林西顾了。林西顾完全不怕他，他说起什么来都是很执着的。所以他到底没扛住林西顾的要求，把纱布拆了让林西顾看了一眼，又被重新仔仔细细上了药包好。

林西顾很想跟库潇回家，想跟他回去看一眼，他在经历什么，他的生活究竟是怎么样的。

他问库潇："我可以跟你回家吗？"

库潇被他的问题问得一愣，随后摇头。

"我只想看一眼。"林西顾说。

库潇还是摇头，坚定且毫不犹豫。

平时林西顾说什么都行，但这个在库潇那里是没有商量余地的，不管林西顾怎么说都不行。

中午两人在餐厅吃完饭回到教室，库潇想都不想说："不可以。"

"为什么？"林西顾皱着眉问："那我送你到楼下，平时都是你送我到小区门口，以后我送你到楼下行吗？然后我再回家。"

库潇皱着眉说："不行。"

林西顾也难得坚持，说："我只到楼下，然后我马上就走，我只是想……看看你生活的地方。"

库潇脸上带了愠色，直直地盯着林西顾的眼睛，声音低沉："不可以。"

林西顾知道自己再说库潇就真的生气了，他的表情太严肃了。他其实还没有对自己这么严肃地拒绝过什么。

所以林西顾也不再说，他转回来低头坐了会儿。谁都不再说话了，两个人竟然因为这件事闹了别扭。

一整个下午都没有再交流过，库潇每节课出去回来，脸上都没有表情，林西顾知道他不开心了。

可是林西顾也不开心。

他的情绪很复杂，他知道自己不该有情绪，但是他觉得难过，库潇在经历的生活，他无法分担。库潇拒绝得太坚定了，让林西顾稍微有些挫败感。

晚饭时间两人坐在餐厅里也是相对无言，林西顾吃得很少。他觉得发愁，不知道库潇怎么才能脱离目前的生活。

竟然一整天都没怎么听到林西顾说话，李芭蕾和方小山觉得不适应。李芭蕾时不时回头看一眼。

晚自习她写小纸条给林西顾："你们怎么啦？"

林西顾写字给他："没怎么。"

"生气啦？"

"没有。"

"那咋不说话啦？"

林西顾一边写作业一边跟李芭蕾传纸条，库潇侧头看他在写的纸条，看不见。林西顾掏出记分小本，慷慨地一下子扣了100，放回了桌斗里。

第二天早上林西顾桌面上又摆了个信封，还是之前那个蓝色的，林西顾看也没看就塞进了书包。

库潇看着他的动作，什么都没说。

林西顾收这个已经好多次了，其实他差不多知道是谁。

但是林西顾其实都没跟那个女生说过话，信他每次带回去都不看就直接扔掉了，他放在书包里带回来是他给的尊重，但不代表他一定要看。

林西顾整个人都蔫了，低着头写着卷子。下午自习课库潇趴在桌上睡着了，物理老师过来让课代表把卷子发下去。

课代表在教室里来回转着发试卷，教室里好多学生都睡了，安安静静的，只有课代表的脚步声在响。他发到库潇的卷子，林西顾主动伸手，小声说："给我就行，谢谢哈。"

"谢啥，"课代表是个高个子男生，很外向，林西顾跟他关系还挺好的，"你的也在这儿，正好。"

林西顾对他笑了下。

课代表转身要走的时候一个没注意腿刮了一下林西顾的桌角，桌子被他带得一歪，猛地一声响，很刺耳。

"对不起啊，不是故意的。"

林西顾心下一咯噔，说没事。他赶紧转头看过去，库潇吓了一跳已经绷着上身坐了起来，睡着突然被猛地吓一跳脸上的表情还没缓和过来，眼里带着茫然和戒备，呼吸有点急。

"没事没事你睡吧，就是碰了下桌子。"课代表已经走了，林西顾小声对库潇说着，"睡吧，没有事。"

库潇看着他，还没回过神来。又趴在桌上继续闭着眼，不知道睡着了没有。

林西顾从桌斗里掏出广告小扇子，在旁边轻轻慢慢给他扇着风。

短短的一次小矛盾就这么结束了。上课吃饭走路都一起，林西顾觉得生活非常美好。

一个正常的早上，两人一起上学。路过一个公交站，一个女人在大声责骂着她的小孩，似乎是因为早晨小孩不听话，不好好吃早餐所以上学要迟到了。

很普通的抱怨，唠叨母亲式的责骂。

小孩看起来不太听话，顶了句嘴。

出乎林西顾意料，那个母亲扬起手打了孩子一下。巴掌扇在孩子的脸上，大声问他在跟谁说话。

小孩子瞬间就"嗷嗷"地哭了起来。

庠潇的肌肉绷得很紧，他在紧张。林西顾在他耳边小声叫他的名字："庠潇。"

庠潇转过头看他。

林西顾看着他的眼睛说："我们去上学。"

庠潇点了点头，脚步没停，跟着林西顾一起走了。

他看到别人打孩子会失控，林西顾刚刚很怕他像之前一样冲上去。

今天这种虽然教育的方式不对，但这是一个母亲教育自己的孩子，庠潇不能冲过去。

好在他控制住了，什么都没有发生。

同学们每天都在盼日子过，虽然他们的暑假短得已经不能叫暑假了，但还是很值得期盼的，因为少就更珍贵了。但每个人心里其实也都沉沉的，因为再开学来他们真的就高三了，最艰难的一年。

这个教室他们也不能继续用了，得搬去北楼，只有高三的一个楼，体育课也都不再有了。

林西顾暑假没打算走，时间太短了。他每天会给他爸妈各打个电话聊几分钟，他在爸妈面前永远都还只是个孩子。

他爸又往他卡上划了钱，林西顾无奈地说："酷爹我真不缺钱，够我念完大学了。"

他爸叹了口气，说："酷爹想儿子除了打钱之外也不知道还能干点啥了。"

林西顾笑着说："那要不我放假还是上你那儿待两天？"

他爸说："算了吧你别折腾，热，等我闲了去你那边陪你吧。"

"好的。"林西顾乖乖答应着。

林西顾挂了电话，瘫在床上。他给库潇发短信："在干什么？"

在等待库潇回复的间隙林西顾心想，如果能把自己爸妈给的爱分给库潇一点多好。

库潇很快回复他："看书。"

谢扬在外面玩了一圈回来，整个人都黑了。他本来就不白，现在剃了个寸头，一笑起来显得牙特别白。

他下楼敲门把给林西顾带的东西送过来，都是吃的，一大兜。林西顾跟他说"谢谢"。

"谢什么啊，瞎客气。"

林西顾问他："你还走吗？"

"走，下周就走了，去西藏。"

俩人聊了会儿，谢扬整个假期都排满了，到处走。他从家里走了之后林西顾想到了一年之后的自己，一边期待一边也有点惆怅。

以后能不能给力地跟着库潇去同一个城市，库潇有没有当上省状元，都是未知数。

他们去哪儿呢？

到时候库潇是不是就能远离这个可怕的地方，他是不是就自由了。

库潇上次手腕的伤还没有好，又再次伤在了同一只胳膊上。

林西顾看着那个狰狞的伤口眼泪都快下来了。

他哑着嗓子问:"到底怎么才能不受伤啊……"

这次不管库潇怎么拒绝林西顾都很坚定,两个人僵持在林西顾家的小区门口,谁也不动一步。

林西顾不回家,他要跟库潇一起,他说到了库潇的小区门口就走。

库潇不同意。

他不同意林西顾也不回去,两个人在小区门口站到了半夜。最后竟然是库潇先妥协了,他低低地叹了口气,说:"只能到……门口,必须。"

林西顾点头:"可以。"

但这天已经太晚了,库潇说:"明天。今天你……回家。"

林西顾乖乖答应着:"好的。"

他其实没想到库潇会让步,他以为还会像上次一样,两人僵持不下,然后再闹几天别扭。但是库潇竟然先退步了,那天库潇临走之前看着他,他其实还是不高兴的,他的情绪都写在眼睛里了。

从那天开始林西顾都要跟库潇一起走到他家,其实离得不远,也就隔了十分钟的路程。林西顾每天回家要比平时晚二十分钟,到了家之后给库潇发短信,说"我到家了"。

库潇差不多离小区还有一千米就要开始撵人,站住不动,对林西顾说:"走吧。"

"没到呢。"林西顾继续走。

到了楼下林西顾问他:"你家里没有人?"

库潇眨了下眼睛。

原来是这样,怪不得。确定家里没人的时候库潇就没有那么戒备,可以让林西顾走得近一点。

林西顾就像一只安静又顽皮的小猫，试探地往前一步步踩。

　　后来那几天厍潇都很放松，林西顾发现如果家里没有人他就是轻松平和的。他想起厍潇之前突然变得沉默忧郁的那几次，那应该就是又有人回来了。

　　他希望那个人永远也别再回来，这样厍潇就永远都不用再绷紧了，也不会再受伤。

第三十六章 ○ 喂猫

"来都精神精神，我说几句。"自习课，周成敲了敲讲桌，睡觉的都慢慢抬起头，一脸倦怠地听他说。

"啊，最近这天气的确挺热的，大家也都累，我知道。"周成又用手拍了拍黑板，把睡觉的都拍起来，"大家再坚持几天，马上你们就能放个七八天小假。"

底下一阵哀号，七八天的小暑假真的是太寒酸。

"不是学校不理解你们，实在是现在这高考压力太大了孩子们，八中一天假都没放，我估计你们也都能听说。三十七中放了一个半月这我也知道，但是你们想想，你们有没有自制力。学校要真给你们放一个半月你们再回来的时候啥都忘没了，重新找状态还得两周。真的没时间了伙计们。

"就你们一天天懒成什么德行自己心里还没个数啊？你们现在的时间都应该掰两半儿过，还放假呢，我要是你们我都恨不得学校晚上也别放了，我就二十四小时在学校学习得了。"

周成每周都得找节自习课给他们灌鸡汤，让他们畅想未来，再着眼现在，给他们找动力。

库潇还趴在桌上睡着，没起来，教室里也就剩他自己还在睡了。

周成看了他好几眼，林西顾犹豫要不要叫醒他。

"你们天天不知愁就知道睡觉，我看有些同学一上自习课就睡觉，心真大啊！还睡呢？啥时候了还睡呢？我要是你们我都睡不着。"

他又看了库潇一眼，叹了口气说："你们啊，你们要真都跟库潇似的睡会儿我也认了，人家能考第一，你们能不能？你瞅瞅你们那数学给我答的，我都替我自己心酸！但是库潇也别睡了，林西顾推推，老师说话咋还一直睡呢？"

全班都回头往这边看。

"没听见老师说话啊林西顾？给他叫起来。"

周成又点名说了一次，林西顾有点闹心，只能轻轻伸手推库潇。自从林西顾坐回来库潇睡觉就沉了很多，好像有他在身边就能让他放下戒备，能放心睡。

林西顾推了一下没推醒。

"你使点劲儿！"周成在前面说，"中午是没吃饭？"

底下"扑哧""扑哧"地都笑了。

林西顾无奈死了，心说老师你能不能别把注意力放我们这儿了，带领你这些群众把视线调开行不行啊啊啊啊。

无奈之下林西顾又推了一下，加了点劲儿。库潇醒过来，茫然地看着他，挑着眉用眼神问他怎么了。

好多人都还在回头看着他们，库潇这个表情让他们震惊得眼镜都要掉了。

他们从来没见过库潇这种表情啊！被叫醒了竟然没有怒！没有皱眉瞪人！还温温柔柔地挑眉！我的天啊这还是库潇吗？这哪是库潇啊绝对不可能！

"库潇啊，少睡点觉。"周成在前面清了下嗓子，接着说，"自习课就多做做题，你下学期还得竞赛呢，争取高考加点分儿给我拿个名次！"

库潇把头转到前面看了他一眼。

"行了都转过来吧，这一天给你们欠儿的，我一说哪儿你们就跟向日葵似的往哪边转！上课时候咋没见你们这么服从我的号令呢？"

周成一磨叽半节课都过去了，林西顾还在介意着刚才库潇那么可爱的表情被大家都看去了。

不过周成说的话倒是也提醒他了，马上就要放假了。那天晚上林西顾照常跟他到家楼下，他问库潇："你放假了可以出来吗？"

库潇点头。

林西顾眨着眼睛问他："那你来我家学习？"

库潇"嗯"了声。

林西顾本来还想说点什么，库潇抬头看了眼窗户，然后突然推了他一下，声音也迅速冷了下来："走。"

林西顾让他推得一愣，呆呆地问："怎么了……"

"快点，"库潇皱着眉，脸也放了下来，"回家。"

林西顾也抬头看了一眼，他不知道库潇家是几楼。他心里一紧，估计库潇是看到什么了。他点点头："嗯，好的。"

这段时间库潇家里没人，所以他每天都允许自己一直跟他到楼下。林西顾知道这肯定是有人回来了，他其实很担心。

但他没有再多说，马上就快步走了。他走到小区门口库潇才转身进了单元。

林西顾顿了下，然后快步跑了回去。他隔着玻璃门看着电梯缓缓上行，最后停在13楼。

库潇家住13楼。

林西顾从单元出来抬头往上看了一眼，13楼有一家亮着灯。

那是库潇的家，库潇就在里面。

林西顾没有卡进不去门，他就站在楼下抬头那个亮着的窗户。十分钟之后他给库潇发短信："我到家了，你还好吗？"

库潇几分钟后回复他："好。"

那晚林西顾在库潇家楼下站了三个小时，站到半夜。直到13楼关了灯。

那是最后关灯的一户。

13楼关了灯整个小区就都黑了。

林西顾背着书包，在浓浓的夜色里慢慢走着回家。

林西顾提心吊胆一整晚，第二天他跑过去问："有受伤吗？"

库潇说："跑什么。"

林西顾又问一次："有伤吗？"

库潇淡淡地说："没有。"

林西顾放下心，笑了。一笑起来露出小白牙，活力满满的。

他是真的很阳光，性格很讨喜，周围没有人不喜欢他。父母离异身边连个家人都没，竟然没有变得孤僻偏激，会有一点小小的敏感，但能尽量去理解身边的每个人。

他跟库潇完全就是两个极端，一个笑嘻嘻跟谁都好，一个冷冰冰关闭所有社交，但是凑在一起又奇异地和谐。但是库潇又不让林西顾陪着他到小区了，离小区还挺远就会拉着脸让他走。林西顾也不惹他，让走转身就走，一句都不多说。

他发现小区里有几只流浪猫，晚上会出来转圈散步。林西顾后来就每天往书包里放点吃的，如果遇到它们就喂给它们。几只小猫在小区里时间久了，每天被小区的小朋友们摸毛，一点都不怕人。

林西顾坐在小亭子里，几只猫就趴在他旁边，懒洋洋地伸展着柔软的身体。有一只黑色的猫,最瘦小,但也最亲人。它喜欢往林西顾身上凑,趴在他腿上,林西顾就有一下没一下地摸它的毛。

有时候库潇很晚才睡,林西顾就也陪到很晚。会有点困,但他心里是从未有过的宁静和满足。

我和你的距离不足一百米,我在呢。

还有两天就要放假了,同学们心都浮了起来,什么也干不下去。课也听不进去,自习也不学习。那天俩人一起回家的时候林西顾说:"明天最后一天了,明天晚上是不是要搬教室啊?"

库潇说:"可能。"

离小区门口还很远,库潇碰了他胳膊一下,打断了林西顾的畅想:"走吧。"

林西顾点头说:"好的。"

库潇站在原地看着他走,然后才转身。林西顾小步慢慢地挪,见库潇进了小区才返身回来。

他依然在楼下站了会儿,然后去小凉亭里坐着。几只猫慢慢挪着步子从草丛里钻出来,林西顾从书包里拿出昨天刚送来的猫粮。

蹲那儿看猫吃东西的时候林西顾听见楼上有"嘭"的一声,声音其实不大。但夜晚太安静了,所以多小的声音都被放大到很明显。

那是什么东西被砸了的声音。

林西顾心里"怦怦"地跳起来,慢慢站起来抬头往上看。

这么多户人家,有个声音太正常了。但林西顾的心就是提了起来,他觉得慌,不知道为什么很久都平静不下来。

库潇的灯还亮着,林西顾想给他打电话,或者发短信,问他有没有事。

他安慰自己,库潇家在13楼,声音应该是传不过来的,要真在楼下都能听见那得多响了。他稳了稳,然后坐下让自己不要想那么多。

但当他看到12楼弱弱的灯亮起来的时候就真的慌了。

这是被吵醒了吧,所以开了个小夜灯。

他们是不是在打架,库潇受伤了没有?林西顾想冲上去,但是单元门他进不去。

林西顾脑子里开始思考他到底应该做点什么,还没有想太久,玻璃门后面的灯突然亮了。林西顾朝里面看,竟然看到库潇从电梯里出来了。

林西顾的心一下子冲到了喉咙口。

校服的衬衫太白了,林西顾在夜色中无处遁形。库潇看到他的一瞬间僵了一样定在原地,睁大了眼睛看着他。他的眼神是震惊的,愤怒的。

林西顾声音有点抖:"你怎么了?你——"

库潇回过神来的第一个动作是走过来抓住了林西顾的衣服,力气很大,林西顾被扯得往前耸过去,没说完的话都被打断了。

他觉得自己的前襟快被库潇的手攥破了,他的手用力到发抖。

库潇完全不听他说话,快步拖着林西顾出了小区。他一声不吭,一眼也不看他。

"不要生气!库潇不要生气!"林西顾不停说着,"你不要生气啊,你先让我知道你伤到没有。"

库潇屏蔽了他的话,拖着他走了很远。林西顾的衣领勒得他快喘不过气,太狼狈了,但他顾不上这些。

库潇一直把林西顾拖到离他家小区很近的最后一个路口,用力把人往前一扔。林西顾差点就直接摔在地上,他心里知道这次完了,库潇是真的气急了。

"库潇你有没有……"

"回去。"库潇冷冷打断他，他的表情严肃得可怕。

"……对不起。"林西顾想说很多，最后只是叹了口气低头说了这么一句。

库潇理都不理，只是冷冷地看着他。

那天林西顾在库潇冷冰冰的视线里一步一回头地回了家。库潇完全不理他了，眼睛里的温度全没了。

林西顾不是一般的难过，他担心库潇，但也责怪自己又惹他生气，把事情搞砸了。可如果重新来他还是会这样做，不会变的。

他给库潇发了长长的一条短信。

多少也是有点委屈的，因为自己把一颗心都捧出去却被人冷冷地扔了回来。可还是担心更多，想让他好好的。

彻彻底底地一夜没睡。

天刚亮起来的时候林西顾又给库潇发了一条："只想你平安健康。"

按照库潇以往的行为习惯，林西顾已经做好了一整个假期都看不到他的准备。但出乎意料的第二天早上林西顾一出门就看到库潇在小区门口等他。那一瞬间林西顾鼻子猛地一酸。

他很想走过去抱住库潇，把脸埋在他身上蹭一蹭。但是不敢。

"库潇……"林西顾走过去抿唇叫了他一声，声音低低的。

库潇什么都没说。

库潇虽然来上课了但是林西顾知道他还在生气。他一整天眼睛都不往林西顾身上落，也不说话，就趴在桌上睡觉。

林西顾已经很知足了，库潇没消失已经算是个奇迹了。

因为是最后一天，所以晚自习也没上。下午的课上完他们把书都搬到北楼的教室,开学再来就得在那边上课。

两人之间冷冰冰的气氛让林西顾有点难受。这还不是上次闹别扭那种气氛,那次是他单方面的搞情绪,这回库潇实实在在的是生气了。

放学走到林西顾的小区门口,库潇一步都不再动了。

林西顾被冷落了一天完全就是个小可怜,他闷着声音问库潇:"你打算跟我生多久的气啊?我也好有个数。"

库潇看着他,不说话。

"我觉得这种事最多值三天,再久就……不应该了吧。"林西顾打量着库潇的眼色,小声问,"那你放假还来吗?"

库潇好不容易开了口,却给了林西顾不想听的答案:"不。"

"啊……"林西顾张了张嘴,半晌才说,"不来了啊……"

这什么臭脾气啊!

林西顾咬了咬嘴唇内侧的肉,点点头说:"好的……"

库潇转身要走的时候林西顾一把抓住了他的书包。

库潇回头看他。

林西顾想了想说:"你生气可以,但你不要消失。我给你打电话你要接,你要接我电话,不然我立刻就去找你。"

库潇的眉头又缓缓皱了起来。

其实还是有点怕的,但林西顾装作很镇定,也很严肃地继续说:"你要是搞消失那一套我立刻就去你家楼下站着,要是有人进单元门我就跟进去,爬楼梯上你家门口。反正我……我既然说了肯定要做的,你要不然……要不然你就试试。"

说到后面库潇瞪着他的眼神让林西顾心里一阵阵哆嗦,但还是坚持着说完了。

库潇抬起手的时候林西顾把眼睛都闭上了。

刺骨 cigu

结果厍潇的手落在林西顾的耳朵上。林西顾睁眼看他。
那眼神让林西顾有点害怕。他声音低沉，说："不要再去。"
"那你得接我电话。"林西顾说。
厍潇手上又加了力气，沉沉地重复着："不可以。"
他收回了手，步速有些快，很快就从路口消失了。

第三十七章 ○ 恐惧

库潇说不来结果还真的不来了。

林西顾一气之下自己叫了个车去他爸那边了。反正他也想他爸了，库潇又不搭理他，他自己在家待着干什么呢？

林西顾突然出现在办公室里把他爸吓了一跳，当时还跟人说着事儿呢，直接就让人先出去了，笑着问林西顾："你怎么过来的？咋不给我打电话我让人接你啊！大热天你自己瞎跑什么！"

林西顾往沙发上一靠，说："我自己就来了呗，哪还用接。"

"这是要给你爸个惊喜呗？"他爸走过去使劲揉乱了他的头发，又掐他的脸。

"啊，惊不惊喜？"林西顾看见自己酷爹也挺开心的，往他身上一躺，放赖。

"你说呢？"他爸搓着自己儿子的脸，瞬间感觉什么愁事都没了。

那天他爸问他能留几天的时候林西顾说："三天吧。"

算得好好的，再过三天库潇怎么都该消气了。

临走的时候林西顾还跟他爸说："我回去复习了，等我高考完好好陪你。"

"你就晃我吧！"他爸大手一挥，"整天愣神儿也不知道琢磨谁呢，儿子大了就是留不住，过几天我上你那儿住，我看看你藏着什么坏事儿呢。"

林西顾"嘿嘿"一笑，钻出门就跑了。

路上他给库潇打了个电话，库潇没接。

林西顾心说库潇我可提前都告诉过你了，这是你邀请我去的，到时候你要是生气可是没有理由的。

林西顾让司机直接把自己扔在库潇家小区门口了。

其实他去的时候真的没想太多，他也就是装得威风，内心还是怕的。他根本不敢像自己说的那样直接上楼，他顶多就是在楼下坐一会儿，试着给他发短信看他会不会下来。

但是林西顾在小区里刚走到一半，他猛地停住了。

他见到了上次在滑雪场见过的那个人。

要是让林西顾光凭回忆的话他根本不记得这个人长什么样了，但是如果走了个面对面的话林西顾还是能一瞬间就记起来的。

真的看见这个人的一刻林西顾呼吸都急了起来。

下意识地紧张，浑身的弦都绷紧了。

那人在他脸上扫了一眼，估计是没记起来，脚步没停顿就走了。

林西顾从远到近观察了他，但真的看不出什么异常。

非常平常普通的一个人。

既然都看见他走了林西顾就没什么好担心的了，他在单元门外面等，有个阿姨从里面出来的时候林西顾直接进去了。

他要走进库潇的生活，不走进去怎么才能拉他出来。

林西顾给库潇发了条短信，问他："你在家吗？"

他顺着楼梯一层一层往上走，每走一步就觉得自己离库潇的内心又近了一步。

库潇回复他："嗯。"

林西顾的心"扑通扑通"在跳，他问："那你还生气吗？"

他走到八楼的时候库潇回过来："不。"

啊不生气了！林西顾喘着气，一口气直接跑上了13楼。他就站在库潇家的门口，深呼吸了几次，让自己平稳下来。

他给库潇发送了一条："那你给我开门。"

林西顾站在门口等了长长的十秒钟。

门开的时候他果然看到了库潇震惊又愤怒的脸，跟上次一样的。

但也不知道怎么回事儿这次林西顾一点都不怕。

"你刚说了你不生气的而且我刚才在楼下看到他走了我才上来的！"林西顾一口气说完，然后轻轻推了推库潇，挤进他家，"我想看看你生活的地方。"

库潇站在那里瞪着林西顾。

不是不心虚的，林西顾小声说着："而且我不是说过了吗……你不接我电话我就来。"

或许真的是因为那个人走了，库潇竟然默许他进来了，没有赶他走。

屋里一片狼藉。

林西顾环顾了一圈，抿起了嘴唇。

他轻轻碰了碰库潇的手，问："你可以带我去你房间吗？"

库潇看着他，过了很久才叹了口气，是真的拿他没有了办法。

他扯着林西顾的手腕，避开地上乱七八糟的杂物，去了一个房间。

库潇家很大，而且虽然很多东西已经坏了但还是能看出装修得不错的，还摆着一架钢琴。

库潇的房间跟外面完全不一样。他的房间很干净整齐，电脑开着，椅子上面搭着一条叠好的裤子。

林西顾心里有点软软的，这是库潇的房间，他每天生活的地方。

电脑长时间没动已经进入了屏保程序，上面的小球在来回撞。

俩人之间陷入了长久的沉默状态。

林西顾知道自己说了话厍潇也不会回应，那干脆就不说了。他还在为自己一脚迈进了厍潇的生活而开心，他觉得自己的未来是特别有希望的。

自己迈进来，然后一起拉着他离开。

然而林西顾乐观的畅想刚起了个头，马上就又被迫停止了。生活哪来那么多希望，明明就一眼看不到边。

钥匙插进锁孔的声音突兀地响起来，林西顾本来注着桌子看厍潇的，他瞬间绷紧了身子站了起来。

厍潇也是一样。

他迅速拖着林西顾的后脑把人拉到自己面前来，说："在这里坐，不许出去。"

林西顾点头。

厍潇又重复了一次，声音沉沉的："锁门，不许出去。"

林西顾很听话，小声答应着："好的。"

厍潇走了出去，反手关上了门。

林西顾从小生活的环境就是安逸的，他从来没怕过什么。这可能是林西顾活到现在最紧张的一次，要单纯地说害怕还不准确。不仅仅是害怕，是长久以来想知道的，想面对的事情真的来临时那种周身都绷紧了的状态。

外面刚开始是没声音的。

过会儿林西顾听见那个男人问："你妈到底去哪儿了？"

厍潇没回答他。

"我怎么养出你这么个哑巴？"他冷笑了一声说。

什么声音都没有,林西顾站在门里想,库潇现在在干什么。

打火机的声音响了一声,林西顾神经紧绷到听到这么一声都震得一个哆嗦。

林西顾全身都在发抖,他的上下牙齿在打战,"答答"地响。

那人不知道踢了一脚什么东西,"咔嗒"一声。

林西顾又是一个激灵。

林西顾感觉抽到肺里的冷气呛得肺管子疼。他想咳嗽,但是捂紧了嘴不敢出声。

接下来他半天都没说话。他不说话林西顾反而更害怕,死一样的安静。

后背砸到墙上那闷闷的一声响起来的时候林西顾反而提着的心"嘭"地落了下去。

库潇该是跟他打了起来,他从头到尾一个字都没说过,但是听着外面的声音林西顾想他们应该是打在一起。

他在库潇的房间里转了一圈,拉开库潇的抽屉,没什么能用的东西。打开衣柜,顿了一下。

柜子里有很多棍子。

林西顾从里面挑了最粗的一根,深吸了口气就开门出去了。

他出去的时候库潇背对着他。

两人谁都没看见他。

他猛地抬起腿顺着库潇踢了过去。

那一瞬间林西顾瞳孔都扩散了,"啊"了一声。这么一脚真踢下去库潇就完了。

库潇下意识躲他的腿,那人一挺起身抓住库潇的头发把他按在了墙上。

他胳膊高高扬起来,手还没真的落下去,林西顾一棍子抽在他的脖子上。

那可能是林西顾有生以来用过最大的力气了。

林西顾就算平时斯文，但一个男孩子浑身力气都使了出来也是惊人的。

这一棍子来得太突然了，那人直接被抽得倒在了地上。几乎是他倒下去的一瞬间库潇就从他身上跳了过去一把抓住林西顾塞在自己身后。

他呼吸很急，胸口剧烈起伏着。林西顾感觉得到他抓着自己胳膊的手在不停发抖，抖得幅度很大。

他们都在抖，但林西顾发现自己抖得竟然还没有库潇抖得厉害。

"你是谁啊？"那人咳了半天，脸涨得通红。他捂着脖子，坐在地上看着林西顾。

林西顾不说话，库潇用力把他往身后藏，一步步后退，把他夹在自己和墙的中间。

"你怎么在我家？"他还是维持着原状，问着林西顾。

林西顾被库潇的后背挡得严严实实，他的后脑勺只能紧贴在墙上，库潇的身体剧烈地颤抖。反倒是林西顾抓住了他的手晃了晃，是安抚，也是给自己找力量。

看来他力气还是不够大。

使满了使足了也还是能让那个人站起来。

他捂着脖子慢慢走过来，库潇两只胳膊都微微向后放，那是绝对的保护姿态。

林西顾没有面对过这种场面，他紧张，也害怕。

库潇也有很多年没这么怕过了。

那人走了过来，林西顾看着他的脸，坚定地跟他对视着。他又问了林西顾一遍："小朋友，谁家的小孩儿啊？"

林西顾深呼吸着跟他说:"你真不配当父亲。"

那人笑了起来,笑得很正常,但林西顾就是觉得浑身都冷。

他看看林西顾,又看看库潇,眼睛在他俩身上来来回回地转,挑着眉"啊"了一声:"我想起来了,是不去年你俩一起去滑雪来着?"

林西顾瞪着他,不说话。

那人又笑了声,挺无所谓地转了身。他弯下身从地上捡起了个瓶子,那是喝剩的半瓶红酒。

库潇抖得更厉害了,林西顾碰了碰他的手,库潇的指尖凉得吓人。

"你看库潇吓得,好不好玩儿?"他笑了声,挺随意地扬起手,然后脸色突然变得狰狞,用力砸在林西顾脚边。

库潇再怎么护着林西顾也不能把他全包起来。

林西顾听见库潇破碎的嗓音痛苦地喊了一声:"啊——"

那人笑了一声,就捡起自己的一串钥匙,开门走了。

库潇脸上已经没有血色了,林西顾从他身后翻出来,顾不上自己溅的酒,也顾不上自己小腿上瞬间的疼。他站在库潇前面。

库潇还在不停地发抖,他紧闭着眼睛,林西顾感觉到他的下巴一下一下磕在自己耳朵边,库潇抖得几乎像是在痉挛。

"库潇,库潇……"林西顾一下一下地在他面前低声喊着他,"库潇你怎么了,你看着我,我什么事儿都没有!库潇……"

库潇闭着眼睛,紧紧的,像是不敢睁开。

"库潇你看看我……"林西顾摇着他的胳膊重复着,"库潇看看我……"

不知道过了多久库潇才慢慢睁开了眼。他还在抖,他看着林西顾的眼睛,他微微张着嘴,两排牙齿磕在一起响的声音很大。

"库潇……"林西顾看着眼前的人,心都碎成渣了。

库潇看着他，突然猛地一抬手把林西顾按在墙上，狠狠按着他的肩膀不让他动。他双目猩红，脸上瞬间变得愤怒抓狂，他咬着牙对林西顾说："我不让你出来的。"

林西顾不说话，只是两只手抱着库潇按着他的那只手揉着，无声地安抚。

"我说了，不许出来。"库潇死死盯着林西顾，他的表情让林西顾陌生，"我不让你来，也不让你出来。"

林西顾点着头说："我记住了，嗯嗯我以后都记住，放松，放松……"

"你总是跟着我干什么？"库潇的下巴绷紧成一条线，他眼睛红得像是能滴出血来，他从牙缝里挤出一个个字，"干什么！"

林西顾鼻子发酸，他看着库潇的眼睛里都是心疼。

"你走。"库潇按着林西顾的肩膀，林西顾觉得自己像是骨头都要被他按碎了，但他一句话都不说，只是摇着头。

库潇低下头，他的睫毛还在不停地颤。

就像有把刀插在自己心脏上反复翻搅，眼前的库潇让林西顾窒息。

林西顾小腿上的血映进视线，瞬间烧红了库潇的眼睛，他两只手都攥紧了拳头一起砸在林西顾两边的墙上，他愤怒地低吼："我不让你出来的！"

他猛地低下身子咬在林西顾脖子上，林西顾"嘶"了一声，库潇疯了一样。

他现在像一头发了狂的野兽。

"库潇……"林西顾声音哑了，带着鼻音叫他。

库潇把他按在地上，整个人压在他身上。林西顾手忙脚乱地阻止他，但根本推不开，也不可能比他力气大。他带着浓浓的鼻音，慢慢地说:"厍潇你不要伤害我,别伤害我,求求你。"

——厍潇的动作停了下来。

他几乎是戛然而止,停了所有动作。

空气仿佛都凝滞住了。

林西顾仰头看着他,他的眼尾激动之下是粉色的,看起来柔软而脆弱。

后来林西顾穿了一件厍潇的短袖,坐在厍潇床上,让他给自己处理小腿上的几处伤。

林西顾猛地吸了下鼻子。

厍潇皱了皱眉,轻声说:"别动。"

"啊……好……"

第三十八章 ○ 未来

手机在手里振动了一下。

林西顾打开看,上面是库潇发过来的:"不要压到腿。"

他的小腿白天被崩起来的玻璃片划伤了好几处,有一处伤口还挺长的,库潇很在意这个,给他处理伤口的时候眉头皱得死死的,脸上也冷冰冰。

库潇到他家了。林西顾从冰箱里找了好多水果,乱七八糟榨成果汁,给库潇端过去:"我刚刚尝了下,很好喝,酸酸甜甜的。不过其实还是西瓜味儿最重,你尝尝……"

阿姨中午过来做饭,林西顾怕库潇不习惯,没让他出去,俩人坐在房间里小声说话。其实是他自己小声说话,库潇能说什么?库潇多数时间只是听。

林西顾手机响,是以前学校的同桌给他发来的短信。

那是一个挺外向的女生,林西顾跟她关系挺好的,偶尔会联系一下。她让林西顾帮忙寄一套他们学校出的复习卷,林西顾之前答应过她。

林西顾一边回着短信一边说:"是我以前的同桌,嗯她挺好的。话多,但是比李芭蕾还是差远了。"

库潇"嗯"了声。

林西顾笑了下问他:"你平时是不是觉得李芭蕾挺吵的啊?我有时候都觉得闹得慌,不过也挺可爱的,是不是?"

库潇这就不出声了。

"我以前上学那儿特别严,不让用手机,说起来我还有一个手机之前被班主任没收了,我转学之前都忘问他要了。"

林西顾絮絮地说着,声音小小的,让这个小房间有种温暖的聒噪,不讨厌,很舒服。

库潇问他:"为什么……转校?"

库潇早上来晚上回,每天都没有受伤。神仙日子肯定飞快,眨个眼的工夫就过到头了。

最后一天假期了,林西顾惆怅地跟库潇说:"咱俩还没写作业呢。"

库潇被他给逗笑了,浅浅笑着跟他说:"你写,我看着你……写。"

"那你咋不写。"林西顾嘴巴稍微有点嘟嘟着,不是特别开心。

库潇挑了下眉毛,没说话。

林西顾叹了口气:"也是……你有特权的,你不写作业老师也不在意。"

他不情愿地找出十来天没动过的书包,从里面掏出一沓作业,坐在椅子上认命地写。

库潇摸了下他的头,抽出了一多半,说:"我帮你写。"

林西顾说:"字迹能看出来的啊……你的字老师们都认识。"

学霸坐在自己眼前盯着,林西顾不会做的时候就让库潇写在纸上,他琢磨明白了之后往卷子上抄。一边抄一边满心自豪,库潇好厉害。

林西顾写卷子的时候突然想起来自己一直考虑的事,他问:"库潇,以后我们去哪儿上学?"

厍潇很久都没回答他。

林西顾不知道为什么心里不太有底，他问："你是没想过这个问题吗？"

厍潇说"嗯"。

"那你可以现在想想，"林西顾手轻轻晃着，"我不能跟你去一个学校，我考不上，但那个城市肯定有我能去的。"

厍潇点头："嗯。"

林西顾对着他笑得甜甜的："反正我肯定一直在的。"

厍潇说"好"。

林西顾到底没能把作业写完，勉勉强强把数学和物理的写了，其他的干脆就空着没写。他一直也没求过上进，他爸妈也不要求他。

第二天林西顾揣着一堆没写完的作业去了学校，书包里还装着盒去超市的时候给李芭蕾拿的巧克力。

他用湿巾和抽纸把自己和厍潇的桌椅擦得干干净净的，然后依然让厍潇坐在靠窗的位置。

李芭蕾来的时候看到巧克力赶紧收起来装进书包，对林西顾小声咆哮："你不要往我桌上放啊你得偷着给我！这样我要给别人分的！"

林西顾笑着点头："好的，记住了。"

"愁死我了，你有点头脑！"李芭蕾拍了拍林西顾的桌子，"你根本不知道我跟这些女生们虚伪的友情，我一点也不想给她们分我的巧克力！都是我的！"

林西顾继续点头说："都是你的都是你的。"

"都让人看见了！"李芭蕾说着话，伸手在包里掏着，俩人还保持着贴在一起说悄悄话的姿势。

厍潇侧着头去看他们，看看林西顾也看看李芭蕾，他喉结动了动，转开眼不看他们,侧头看向窗外。

他从林西顾书包里找到两个创可贴,贴在林西顾脖子上,眉眼间都是淡淡的笑意。

林西顾心说要是每天都能看到他开开心心这样笑,那也值了。

下午换座的时候李芭蕾跟方小山按照上学期的计划,接着坐在他们前桌。

他们后面没人了,过道旁边也没人,前面是熟悉的李芭蕾和方小山,这让林西顾觉得特别有安全感。这一方小天地是自在的、舒适的,平时说话也不用特别小心翼翼,就算前面听到了也不会怎么样。

但是林西顾心放得太早了。

换座之后那节课下课,周成把林西顾叫到了办公室,这次一起跟他说话的还有教导主任。

林西顾笑着问好:"尹叔。"

"哎,小西顾。"教导主任冲他笑得特别亲切,问他各方面都怎么样。

林西顾说都挺好的。

周成叫他就没别的事儿,高三了,怕他一直坐最后面影响成绩。

林西顾说:"老师我远……"

"你远个屁,"周成打断他,"你视力一切正常,你转学过来的时候体检过你忘了?"

林西顾张了张嘴,有点尴尬。

"你心里给我有点数,最后一年别再给我混着过!"周成一直对林西顾挺照顾的,一副恨铁不成钢的表情,"你撅后边,生物老师那蚊子声儿你能听见?"

"能……"林西顾小声应道,"后来林老师戴扩音器了……"

"这边教室比原来大,西顾啊,要不就听你老师的,"教导主任也开始劝他,"别影响成绩。"

"真不用,谢谢周老师谢谢尹叔……"林西顾说,"厍潇成绩好啊……他平时帮我好多。"

周成还想再劝他,教导主任突然出声,他指了下林西顾的脖子,问他:"脖子怎么了?"

林西顾心里一咯噔。

林西顾随意地摸了一下,说:"前天洗澡换的新浴液有点过敏,被我挠破了。"

"回回说你你就不往心里去,"周成卷了个书筒往林西顾胳膊上轻抽了一下,"傻啊?"

林西顾笑嘻嘻的,揉着胳膊说:"真的谢谢老师!我知道你为我好,但我坐这儿真挺好的,你就别操心我了周老师!我回去上课了!"

林西顾说完就跑了,走前还跟教导主任也说了声"再见"。

放了学,俩人一直到厍潇家小区门口,厍潇停下不让继续走了。

林西顾看着他问:"他在家吗?"

厍潇说:"不知道。"

林西顾四处看了看,周围一个人都没,他于是也放心地牵着手没松开:"那我要跟你到楼下。"

厍潇摇头:"不行。"

他直直地看着厍潇:"为什么不行?我又不上楼的。"

厍潇说"好"。

他上楼之后林西顾又在楼下停留了会儿,把几只小猫喂了一下。厍潇房间的灯亮了起来,林西顾仰头看着,笑了下才慢慢转身走了。

每天晚上厍潇都会陪他发几条短信,到了时间就命令他必须睡觉,超过十二点了肯定最后给他发个"晚安",之后不管林西顾说什么都不再回了。

库潇之前参加的竞赛放了成绩,库潇拿到了报考B大能直降三十分的资格,但是要固定专业。

学校特意找库潇谈了话,问他的想法,征求他的意见。

林西顾也乐乐呵呵地帮他分析着,其实他觉得这个降分的资格没有用,我们库潇要是想去的话不降分应该也能去的。那个专业说实话也挺冷的,不过如果库潇想去的话也行,这样他几乎就是没压力了,高考只要不发挥太过于失常就肯定没问题。

他问:"库潇你想去吗?"

库潇当时头都没抬,慢慢地说:"都可以。"

"那咱们还是先不考虑这个吧?"林西顾低着头在纸上瞎画,考虑了下说,"我们又不是考不上,干吗现在就限制住?"

提起库潇的成绩林西顾是很自豪的,库潇在他眼睛里就是最亮的那颗星星,要多耀眼有多耀眼。

库潇看了看他,淡淡笑了下,说:"嗯,好。"

"反正这个来得及,万一我们一不小心拿了个状元,哎还不是想去哪儿去哪儿,他们在省里招一个还是两个还不是都得掐尖儿。"林西顾说这话时的表情是很可爱的,那种想低调一点可是又忍不住想炫耀。

库潇问他:"拿不到第一……会失望吗?"

林西顾眨了眨眼,然后用力地摇着头说:"不不,不会不会!"

他急急地解释着:"你正常考就好了不要有压力!我就随便说着玩儿的,考试嘛,好多因素影响的。"

林西顾怕他还惦记着这事儿,笑了下小声说:"你考什么样都是最棒的。"

刺骨

库潇当时点了点头,浅浅笑了下没说话。

考试还差不多一年呢,林西顾就已经开始觉得紧张了。这学期一开学黑板上就开始倒计时了,看着数字每一天都在减少,林西顾偶尔也有点惆怅。

未来的不定数太多了,眼前路那么多,哪一条才是对的。

时间一晃而过,林西顾感觉没过几天呢,这就已经过去一个月了。太快了,太阳月亮好像都在跑着交接班,特别积极。

说实话这一个月让林西顾觉得不真实。

平静得不真实。

这一个月那个人都没怎么在家,林西顾每一天都提着心,早上看到库潇好好站在自己面前再把这颗心放下来。他每次笑着跟库潇说"早上好"的时候都觉得庆幸,庆幸库潇又过了一个平静的晚上。

但这种平静如果时间久了就反而更让他提心吊胆。

他觉得自己好像有病,日子没有状况平平稳稳他反倒忧虑了。

那天下课,他听方小山说八班那个王涛在男厕所挑衅库潇,库潇从他身边走过去的时候他突然转身,然后尿库潇鞋上了。林西顾也愤怒了起来,怎么就这么欠,库潇怎么了你们就非要招惹他,让我们好好上学就这么难?

下节课刚上课不久,周成过来叫库潇去办公室。林西顾想问能不能下午再谈,库潇已经站了起来。

于是全班都看着库潇只穿着袜子踩在地上走,他们都在回头看他。

他用力推了一下桌子,猛地发出一声刺耳的响。

瞬间班里人的视线有一多半都转到他这边来了。

林西顾皱着眉头也不抬,不想看他们。他觉得自己变了,他以前脾气没这么大的。

林西顾突然就坐不住了，他站起来冲老师点了下头就跑了。班里剩下的同学都有点蒙蒙的。

只有李芭蕾和方小山互相对视了一眼，然后各自沉默。

林西顾直接打车去了最近的商场，以最快的速度给库潇买了鞋。库潇的尺码他是知道的，怕他不喜欢，他一起拿了不同的两双。

要不是等会儿回学校太显眼了，林西顾甚至都想直接买十双。想穿哪个穿哪个，你们不是愿意看吗？看吧，我们就是鞋多。

库潇感觉自己跟个河豚似的，再鼓一点就要爆炸了。

他回去的时候库潇刚从周成办公室回来，俩人在走廊里刚好遇上。林西顾跑着去跑着回，粗喘着说不出话。

库潇看着他，脸上写了惊讶。

林西顾胸口起伏得剧烈，跑得太急了胸腔疼。

库潇一个字也没说，他的眼睛里却含着千言万语。

尖子生都是有特权的，周成跟学校说："领导们，高三了，我们班这个我就不多说了你们都知道，我觉得最后这段时间学生情绪是最重要的，别因为这点小事儿影响他学习。他考B大能加三十分的事儿还没定下来呢，这我还得具体跟他谈。"

言外之意就是我们这可是状元苗子，你们心里可有点数。

第三十九章 ○ 出口

林西顾跟每天一样，放学了打开门，原本应该一片漆黑的家里竟然是亮着灯的。

他低头看了看地上的鞋。

还没等反应过来，一抬头又看到了穿着睡衣的妈妈和穿简单家居服的爸爸。

一瞬间林西顾觉得自己穿越了，穿回了多年前自己还是小学生的时候，因为只有那时候他才会一回家就看到爸爸妈妈。

"傻啦？"他妈笑着问他。

林西顾赶紧换了鞋扑过去，一脑袋扎他妈妈怀里，笑着问："你什么时候到的啊妈？怎么都没跟我说呢？"

"我跟你说什么啊，说了你能咋的，你去接我啊？"他妈笑着摸他的头发，亲切又温柔。

林西顾还没缓过劲来，鼻子有点酸："你回来不是为了我吧？我都说了别折腾啊，十多个小时太辛苦了。"

"不回来看一眼我不放心，"她叹了口气看着林西顾，"我必须得过来看看你。"

林西顾吸了吸鼻子，他再怎么懂事其实也就是个孩子，在爸妈面前永远也长不大。

"这没良心的崽子，"他爸伸手弹了他一个脑瓜崩，"是不没看见你爸？"

说实话林西顾一进来注意力都放他妈身上了，看见他爸也抽不出神来说话，这会儿心虚地笑了下，说："看见了，酷爹。"

"看见了你没句话？"他爸冷笑一声，踢了他一下，然后问他，"我平时对你咋样你自己说？你妈今儿看见我一顿数落，我真是挂不住脸，你就坑你爸吧。"

林西顾眨眨眼，看着他妈，问："你说我爸干吗？"

他妈妈点头："他自己还不知道反思，我异国他乡的，也不知道他怎么带的孩子。"

"那他自己不跟我说我有什么法？"他爸一脸无奈。

"林丘荣你这半辈子都过去了还是那样，你就变不了了。你就永远不知道好好琢磨琢磨自己有什么毛病，你这辈子就这样了，我看你是改不了。你要这态度你不如把孩子给我，我领走得了。"纪琼瞪着他，一连串说了一堆。

"你说的都对，我有错，我太忙了。得了，我不在这儿给你添堵了，你俩聊吧。"林丘荣服了，站起来去给林西顾改的那个健身室睡觉了，他知道纪琼应该有挺多话要跟儿子说，给他们留下空间。

林西顾挠了挠头，挺多年没听见他爸妈吵了，上次听他们吵架应该是很多年前。这次他们俩都来了，林西顾心里的滋味还不太好表达，有点复杂，恍惚间有种物是人非的感觉。

还挺有意思的。

晚上林西顾肯定是跟妈妈同一个房间。

他妈妈靠在床头，一下下拍着林西顾的后背，还像小时候哄着他睡觉那样。其实林西顾都这么大了，还被他妈妈这么拍背有点违和，可是他舍不得拒绝，他喜欢现在这种气氛。

纪琼摸着他的头发，淡淡地笑了下，她跟林西顾说："我十九岁开始跟你爸在一起，那时候甚至觉得如果哪天我的人生中没有了他，我就得去死。"

她说这话时眼里是带着自嘲的，带着对过往的悠远回忆，带着对人生一切未知的淡然相对，说："那现在你看呢？我们还有结婚证，有你，有所有人的祝福，没有第三者，没有出轨，没有背叛，我们还是离婚了。"

林西顾听着她说这些很心酸，也有点淡淡的悲伤。其实在他记忆里，他很小的时候他们家是很幸福的。爸妈相爱，都对他很好。

林西顾用脸蹭了蹭枕头，其实他们离婚之后林西顾不止一次想问，为什么本来好好的，最后会变成这样呢？

"所以宝贝，哪有什么不可能的。"她拿起水杯喝了口水，然后两只手拿着杯子慢慢转着，"两个人的感情是有保质期的，你要做的就是保护你自己，任何方面不要受到伤害，包括情感上。"

林西顾慢慢点头："好的，妈妈。"

当时他听着自己妈妈的一番话，觉得有道理。他听进去了一部分，但还是觉得太绝对了。

跟他妈妈聊完已经一点多了，正式谈话的时候他不会看手机，这样感觉对他妈妈不太尊重。林西顾看手机的时候上面有库潇的两条短信，第一条问他："到家了？"

后面一条是十一点半发过来的："睡了？"

每天晚上他都会给库潇发短信，今天没发，估计他是有点担心了。林西顾赶紧回复他："对不起我爸妈来了，我才拿手机，你睡了吗？"

库潇回得很快，林西顾感觉刚发过去就收到了回复："没有，那早点睡，晚安。"

库潇那么酷那么自我，可是他们在一起之后库潇一直是让人安心的。

库潇说："一样。睡吧。"

有爸妈在身边的林西顾每天中午他要回去吃他妈妈做的饭，晚上也要尽早回家，不能先去送库潇再回来了。

他很想把这些分给库潇一些，他甚至会想让库潇脱离那个家，跟他分享自己的爸妈，自己的一切。

周五的时候纪琼说："你们周日不是休息吗？叫上你那个同桌朋友，我带你们吃个饭。"

林西顾动作一顿，看向她："啊？"

"啊什么啊？"她拍了下林西顾的头，"我回来总得看看你平时认识的都是什么人，你现在高三了，还剩一年咱折腾不起。"

林西顾眨眨眼睛，有点犹豫地说："啊……"

"不愿意？"纪琼挑眉看着自己儿子，"你不很自豪吗？不是长得好看成绩也好？怕我看？"

林西顾倒不是怕，他是怕库潇不愿意。库潇的性格就那样，他除了跟自己之外几乎不说话的。到时候万一他妈妈觉得不高兴就不太好了。

林西顾想了下说："他反正……他不太爱说话。"

"内向？"

林西顾点了点头说："算是吧……而且他万一跟你说话，他说话有点慢，你不要表现出什么啊妈妈。"

"什么意思？"纪琼盯着林西顾，问他，"他有语言障碍？"

"不算吧，没障碍，只是有点慢而已。"林西顾不接受那个词，在他看来库潇没有任何问题，他只是说话慢，没有障碍。

"行，我这么大岁数了什么不比你懂。"纪琼被儿子一脸严肃的表情逗笑了，摇了摇头，"我就只是看看是个什么样的孩子，跟他聊聊，你怕什么。"

林西顾还是有点犹豫，他不太情愿地点点头说，"那你温柔点聊哈，别太绷着脸……"

纪琼哭笑不得地说："我那么吓人吗宝贝？"

林西顾想了想，小声跟他妈说："我爸就别跟着了吧，他长得就吓人。"

"好，不让他跟着，就咱们三个。"纪琼突然觉得想笑，明明就还是个小孩儿，这个年纪的感情都傻气得可爱。

林西顾把这事儿跟库潇说的时候库潇明显愣了一下，然后缓缓皱起了眉。

林西顾小心地看着他说："你……不想去？"

库潇不说话，林西顾继续说："没事儿不想去咱就不去了，没啥的。"

库潇低着头，很久没出声。林西顾轻轻碰了碰他的胳膊，小声说："真的没什么，不要皱着眉啊……"

库潇看着林西顾的眼睛，他有很多想法不知道应该怎么跟他说。

他不知道应该怎么去跟林西顾说。

阳光永远是阳光，它穿透黑暗之后要回到自己的轨道里，继续发光。

他不该永远浸入泥里。

库潇的沉默让林西顾心里没底。他眼里的内容林西顾不想深想，也不敢深想。

他当时笑着小声说："那就不去啦，我回去跟我妈说声就行。"

过了差不多两节课，库潇才问林西顾："明天去……哪里？"

林西顾眨了眨眼,看着他:"你要去吗?"

库潇点头说:"嗯。"

林西顾盯着他说:"库潇,你不要做你不喜欢的事,做你自己就好。"

库潇当时摇了下头说:"没有……"

林西顾于是把地址告诉了他。

库潇的反应完全没有问题,他一口答应下来才是奇怪的。但是不知道为什么林西顾突然开始觉得有点慌,没有之前那么踏实。

第二天去吃饭之前林西顾又跟他妈妈强调了一次,他说话慢,不要表现出什么。

纪琼哭笑不得地说:"记住了。"

"他要是不说话你不要觉得不礼貌啊,他不太会表达。"林西顾又说。

"好,真的记住了。"纪琼点头,跟林西顾他爸说,"车钥匙给我。"

"鞋柜上。"他爸一边回复邮件一边头都没抬地说。

纪琼开着车带着林西顾走了。一路上林西顾心里都在打鼓,他发短信给库潇问:"你出门了吗?"

库潇回复他:"马上。"

林西顾说:"好的,不用急。"

坐在餐厅里的时候林西顾有点忐忑。

纪琼看着他,觉得真是挺有意思。这其实是作为母亲的失败,不管怎么说,在他的成长过程中母爱的缺失都是父母的失责。

"我不能怎么他,你慌什么啊。"纪琼给他倒了杯水,笑话他,"你真是不像我,也不像你爸。我俩年轻的时候天不怕地不怕,心比天大。"

林西顾看了看表小声说："这有什么好炫耀的……我要真像你俩似的，你们就不能像现在这么放心了，整天在学校惹事儿，让学校给你们打电话。"

纪琼笑起来说："你要真那样还好了，那样才像个你这个年纪的男生。"

林西顾跟他妈妈聊了几句还不那么紧张了，但因为等的时间越来越长，心也就又跟着提了起来。

时间都已经超过了二十分钟，林西顾拿出手机给库潇发短信，问他到哪里了，但库潇没回。

过了十分钟林西顾又发了一条，还是没收到回复。

他心里突然开始打了鼓，有种不太好的预感。

"怎么了？"纪琼问他。

林西顾看着她，摇了摇头说："我不知道。"

"他人呢？"她问。

林西顾回答不上来。不守时会让人觉得不礼貌、不尊重。但库潇不是不准时的人，他从来都会比自己先到。林西顾开始担心，是不是有了什么情况？

是不是那个人又回来了？

他很久都不在家了，不知道去哪儿了。

库潇身上唯一能出现的状况只有这一个，林西顾拨了库潇的电话，但也一样没人接。他现在只担心库潇别出什么问题，别受伤。

"他应该是有什么事儿了……"林西顾皱着眉跟他妈妈解释着，"他情况有点特殊。"

"怎么特殊？"

林西顾抿着唇说:"我晚上回去跟你说行吗?"

纪琼点了点头。

等到后来林西顾觉得库潇不会来了,他现在已经不在意他来不来了,只希望他能好好的,千万不要受伤。

吃饭的时候林西顾基本上食不知味,他满脑子都是库潇爸爸可怕的脸。林西顾问他妈妈:"你会不会怪他啊?"

"看原因了。"纪琼知道林西顾有事瞒着她,他有话没说全,纪琼用纸巾沾了沾嘴唇,"只要有正当原因就不会。"

林西顾点头说:"肯定有原因的。"

纪琼笑了下安慰他说:"那你就不用担心。"

林西顾其实更担心的是库潇那边的情况,这会儿工夫他已经脑补出了无数种库潇那边会发生的意外。他甚至想等会儿去库潇家楼下转一转。

不过让林西顾意外的是库潇最后竟然来了,当时他和他妈妈已经吃完饭要走了,纪琼看着他背对的方向,林西顾顺着她的目光看过去,就看见了走过来的库潇。他脸色不太好,但看起来也还可以,至少行动正常。

他安静走过来,站在桌边,冲纪琼弯了下腰,无声地说抱歉。林西顾看见了他赶紧站了起来,问他:"你怎么了?有什么事吗?"

库潇冲他摇了摇头。

林西顾给他让了座,让他去里面坐。库潇坐下之后林西顾问他:"你手机掉了吗?"

库潇点头:"嗯。"

他又看着纪琼,说了声"对不起"。

纪琼对他笑了下,说:"没事儿。吃东西了吗?"

库潇没有过这种经验,他不知道应该怎么去面对这种素不相识的长辈,他甚至叫不出口一个称呼。他点了点头:"吃过。"

"那叫点东西喝吧,之前以为你不来了我们也没等你,你看看想吃点什么还是喝点东西?"她招手叫来了服务生。

林西顾抢着帮库潇点了东西。

服务生下去之后林西顾小声在库潇旁边跟他说:"这是我妈妈,你叫阿姨就可以。"

库潇点点头说:"阿姨。"

纪琼一直盯着他看,库潇就又重复了一次,垂着眼睛说:"对不起。"

纪琼笑了下说:"不用一直对不起,说一次就行了。"

库潇不说对不起就什么都不说了,他不知道说什么。他穿着牛仔外套,显得整个人都很帅。但林西顾现在顾不上欣赏,他很想知道库潇厚厚的牛仔外套下面到底怎么了。

他一定受伤了,林西顾确定。因为他的脸色随着时间越来越差了,连嘴唇颜色都很淡。

"他……又喝酒了吗?"林西顾问他。

库潇看他一眼,点头说:"嗯。"

"那你们……"

库潇又看了眼坐在对面的纪琼,还是"嗯"了声。

"他打你了?"林西顾瞪大了眼睛,吊着的心狠狠沉了下去,"你伤哪儿了?"

库潇说得轻描淡写:"没伤。"

"不可能。"林西顾看着他的唇色,不知道怎么形容自己的情绪,担心、愤怒、心疼,乱七八糟都有。

库潇没再说话，直直地坐在椅子上，眼神始终在落地窗外。他看着外面开始渐渐变黄飘下来的树叶和外面小姑娘手里拿着的Hello Kitty气球。

服务生送来了林西顾给库潇点的果汁，放在桌边。纪琼递过来放到库潇面前，库潇低声说："谢谢。"

纪琼一直看着他，这会儿轻声问他："谁打你？"

库潇看着她，还没开口，林西顾先替他出了声："他爸爸。"

纪琼挑起眉说："他为什么动手？"

林西顾小心地问库潇："我可以说吗？"

库潇低低地"嗯"了声，然后继续看着窗外。天气转冷，秋末冬初是最荒凉的。

林西顾的视线跟他妈妈对上，说："我回去跟你说……"

纪琼眼神在他们俩身上来回看了几眼，然后点头说："好。"

库潇却突然开口："我说吧。"

林西顾有点惊讶地看着库潇。

库潇喝了口果汁，沾了沾嘴唇。他的声音向来是哑的，跟他的长相不符，其实单从声音上来讲，他的声线不好听。林西顾有想过，他原本的声音应该不是这样的，是不是小时候把声带哭坏了。

库潇那天对着这个素不相识的阿姨，吃力地说了很多。包括林西顾都不知道的内容，库潇全都说了。其实林西顾没想让他说这么多，他怕自己爸妈会担心。

他盯着纪琼的眼睛，沉沉地叫了声："……阿姨。"

林西顾第一次听库潇说这么多话，但他现在恨不得自己从来没听到过。

他叫了声"阿姨"，纪琼的眼泪一下子就落了下来。她拿起纸巾按了按眼睛，吸掉水分。

她坐在椅子上很久没说话。

最后她长长地吐出口气，对库潇说："咱们先去趟医院，把伤处理一下。"

库潇垂着眼"嗯"了声。

林西顾从库潇开始说话的时候就已经僵了，他现在没法开口，也不想说话，他怕自己一开口就要失控。

他木然地跟着走出去，神经都麻木了。他挨着库潇一起坐在后座，车上三个人谁都不说话。

库潇的脸始终是平静的，看起来几乎有些冷漠了。但是林西顾知道他不是的，他在发抖。他的掌心也冰凉。

林西顾闷声叫他："库潇……"

纪琼从后视镜里看了他们俩一眼。

库潇的声音还是温和的："嗯？"

林西顾叫完一声不知道还能说什么。

从医院出来库潇直接就走了，连纪琼说要送他都没接受。林西顾不想让他回那个家。

那天回去林西顾和他妈妈谁也没提这件事，互相没就这个事说一个字。他们绝口不提，连林西顾他爸问起来他们都没说。

林西顾没力气说，不愿再回想，他猜他妈妈也是。

有些事情需要消化，那些经历提起来都让人绝望。

第二天林西顾准时出门，看到库潇在每天站的树下等他。悬着的一颗心终于放下了，昨天库潇的反应让林西顾以为他又想消失了。

林西顾走过去抓着他，哑着声音问他："不是说好让我陪你下吗？"

一个晚上林西顾的喉咙全坏了，嗓子哑了。

库潇在他面前笑了下，轻声问他："怕不怕？"

林西顾摇头说："不。"

库潇点了点头。

放学回到家，林西顾很严肃地跟林西顾说："只要你健康你能好好长大，那你怎么做反正你能开心就行。"他说这话的时候林西顾一直看着他，心里是感动的。

他爸妈给的爱从来就不少。

林西顾他爸这么多年说话向来直来直去，开门见山，所以他干脆就没给林西顾适应的时间，上来几句都是狠的，"谁都有自己的命。那是他的命不是你的命，你生来无忧无愁要什么有什么，爸妈有能力也愿意让你一辈子都过这种生活。你不能把自己往那里面扔，那不是你能掺和的，你也对抗不了。"

林西顾知道他爸说的都对，但他不能接受。

他看向他妈妈，目光里还是带着点希冀的。

纪琼尽管揪心，但还是皱着眉冲他摇了摇头，她清了清嗓，说："不是我们心狠，宝贝。哪怕他有别的缺点，他成绩差，家里穷，或者别的什么，这都无所谓。他很好，妈妈也看出来了，也感觉到了。但是这件事在爸妈这边没有商量余地，我不能让你跟着个炸弹做朋友。有一天你把自己炸了爸妈就都不用活了。"

林西顾哑声说："我保证可以好好的，不受伤不受牵连，行吗？"

"你怎么保证？"他爸盯着他看。

林西顾眼睛都烧红了，他咬着嘴唇内侧，觉得身上的绝望压得他喘不过气，他深吸了口气哑声问："妈妈……你们不能帮帮他吗……"

他问出口的时候也知道不可能。

纪琼眼睛也红了，她声音也哑："成年人不能凭冲动做事，我多少年不在国内了，你爸他再有能力也管不着别人的家事。那是人家的家事，他凭什么管，他怎么管。"

她说出口的话让林西顾觉得整个世界都黑了。

"人各有命，宝贝。"

人各有命。

林西顾眨了下眼睛，眼眶尖锐地疼。他用手腕揉了下眼睛，低声说："可是他是我朋友啊。"

林西顾觉得短短一段时间，怎么生活一下子变了样。家里面他爸妈工作全放下了，就在这儿盯着他。

林西顾不想这样，他不想让自己影响他们生活，他妈妈那边还有家，家里的小宝贝虽然不是亲生的但也一样亲，前一天晚上视频的时候小天使还哭了。

林西顾十七年来没跟他爸妈闹过这么大的矛盾，他们面对事情无法达成一致，他接受不了他爸妈的意见，他们那边也毫无转圜余地。

他父母从来不是替他决定一切的人，他们家向来民主平等，他有绝对的自由和发言权。这次是第一次，林西顾反对他们，不再聊。为了怕他们再提这件事，他甚至不跟他们对视，不说话。

他这样做不对，他心里清楚。这样愧对他爸妈平时给的爱和自由，但是他没办法。

他知道他爸在给他运作转校的事了，但是高三转起校来几乎不可能，高考档案备过底就几乎动不了了。林西顾做梦都希望他运作不了。

他中午不回去吃饭了，跟库潇去餐厅吃过午饭，然后回教室趴着。短短几天林西顾就很明显地瘦了，也没精神了。

教室里只有他们两个，库潇看了看他。他浅浅地笑着，眼神温和的，柔软的。

林西顾两只手都垂在桌下，放在自己腿上，他脸贴着桌子，是颓废的姿势。他这么侧趴着，脸都变了形。他盯着库潇看，眨了眨眼，眼泪突然就顺着流了下去。

"库潇，"他抖着睫毛问着，"……你为什么要跟我妈妈说啊？"

他声音还是那样软软的，带着哭腔，听起来让人心里不舍，也疼，想揉揉他的头，想哄他。

库潇没说话，林西顾又问他："你为什么说那些，你在想什么呢……"

他有想过要把库潇的事情告诉他妈妈，但是他不想让她知道那么多。任何一对父母知道这种情况都不可能放任不管，库潇说那些的原因是什么？

林西顾的眼泪顺着眼角走了一条绝望的轨迹，落在桌上，沾湿了他挨着桌面的那一小块皮肤。他看着库潇漂亮的下巴，低声问："你不想跟我做好朋友了吗……"

库潇闭了闭眼，一个字都不说。

林西顾趴在那里吸了吸鼻子，鼻尖红红的，说："我可以的，我说了，我要陪你长大。"

"我们早晚要长大的……"又一滴水珠沿着刚刚的轨道滑了下去，滑过林西顾的鼻梁，很痒，"辛苦一点也会长大的，你自己说过的话就不算数了吗？"

库潇也趴了下去，用胳膊垫着下巴，他伸出指尖擦了擦林西顾湿着的眼角，说："不哭。"

林西顾消沉了下去，这周围的人都看得出。

李芭蕾小心地问他："林西顾你怎么了？"

刺骨

林西顾摇了摇头,他身上的忧郁把他整个人都罩了起来。

"你……不开心?"李芭蕾碰了碰他的胳膊。

林西顾看了看她,说:"我爸妈可能要让我转学。"

"转学???"李芭蕾更焦虑了,"不要啊!"

李芭蕾自己坐那儿愁了半天,然后抬眼去看林西顾,小声问他:"那你……会走吗?"

林西顾看着前方,摇头说:"不会,我也不会走。"

李芭蕾不知道林西顾爸妈是什么样的,她不敢想林西顾在面对什么,在她的想象中林西顾现在的生活一定很可怕。她紧皱着眉帮他考虑着:"要不你先……听他们的吧?别硬着来了,父母可能都受不了孩子硬碰硬,你先听他们的,过后再想办法,会不会好一点?"

林西顾想都不想就摇头。

他爸还在给他办转学,他在家里打电话根本就不瞒着自己。林西顾听见他和教导主任打电话,可能主任在那边问原因,他爸说是他自己家里的事儿。

他挂了电话之后,林西顾走过去跟他说:"酷爹,我真的不会走。"

他爸揉了下他的脑门,说:"那你看看是你犟还是你爸犟。"

林西顾也不再多说,回自己房间。

他现在不想面对他爸妈,他当着他们的面说不出太叛逆的话。但这件事他也不会妥协,不知道是不是少年时期的义气都这么刻骨浓烈。

库潇那边的状况也开始变得糟糕。

那个人发疯的周期是波动的,一段太平日子过去了就代表一段恐怖时期又要开始了。他妈妈离开的时间已经到了那个人能接受的极限,这代表着库潇几乎不会有一天是平静的。

他的脸色又开始变得苍白,他身上开始带了越来越多的伤。

周成又一次找库潇谈话，问他有没有什么困难。他问得很委婉，说有困难他可以试着去协调，或者有需要的话可以去他们家找家长谈谈。

库潇还是沉默，他比以往还沉默。

库潇说话慢，讲话有停顿，这不是生理性的，是心理问题。所以他有时候说话是顺畅的，比如他们在一起那天，自己在他家见到库潇他爸的那一次，库潇盛怒之下说话又急又快。

但这让林西顾更心疼，这么多年都没有痊愈的心理创伤，那在发生时会有多痛苦。

全校都在备战一模，这是他们第一次高考标准的模拟考试。但库潇和林西顾却没有这种紧张的情绪，成绩在他们俩这里是次要的。

有一天的放学路上，林西顾跟库潇说："你最近晚上都不回我短信了，你要回啊……让我知道你是安全的。"

库潇看看他，说"好"。

林西顾很想跟他回家，和他一起面对。他知道自己很弱，但是两个人总比一个人力量大一些。但是他不敢，他现在不敢受伤，他不敢让他爸妈知道他冲动之下敢跑到库潇家里。那样估计他们一天都不会让他留，马上就得走。

林西顾絮絮地在他旁边小声说着话，一些嘱咐和担心，很细碎，但很温暖。

走到林西顾家小区门口，路上一个人都没有，每天晚上到家的时候都是这么安静。

高中生是真的辛苦，早出晚归，为了备战最后那次考试。

库潇看着林西顾，轻声开口："你……走吧。"

林西顾点头："好的，那你到家了要给我发短信，睡觉之前也得发，不管几点。"

库潇站着没动,眼角带了点灼人的笑意,他又重复了一次:"走吧。"

林西顾顿了一下,他眨了几下眼睛。

林西顾的心突然开始剧烈地跳起来,情绪里夹着愤怒,他瞪着库潇:"什么意思?"

库潇还是浅浅地笑着,低着头对他说:"走吧。"

林西顾的愤怒涌上来,他推了库潇一把。库潇被他推开,往后退了两步。

那天林西顾带着满身的愤怒,跟个小公牛一样拎着书包走了。

库潇站在每天等林西顾的树下发呆了很久。

他的确是说话不算话。是什么样的人就要回到哪里去。

唯一的光源他舍不得放手,但是如果让他跟自己一样永远沉入黑暗,他更不能接受。

第四十章 ○ 寄读

转学肯定是不能实现了，但林西顾知道这根本难不住他爸。他爸给他找了个学校，让他寄读，高考还在这边考，但他要在那边上课。

林西顾几乎是连摇头的力气都快没了，他坐在沙发上，腿曲起来脸枕着膝盖，蔫蔫地说："亲爸爸……饶我一命……"

他爸让他逗笑了，坐到他旁边，看了在厨房的纪琼，回过头来小声跟林西顾说："都会过去的。"

林西顾无力地缩在那里，问他爸："我要是不听话了，你们会不会很失望？"

他爸说："失望不失望的事儿先不说，问题是你就算不听话你也犟不过我，白费劲。听话点儿，让你妈放心她才能回去，要不她一直在这边待着也不是个事儿，你觉得呢？"

林西顾点头说："我也觉得她一直留这儿不好。我希望她回去正常地过日子，你也是。把我留这儿，我能好好活着。"

"这就不用想了，不可能。"他掏出手机"咔嚓"一声给林西顾拍了个照，然后放他眼前给他看，"看看你现在这副蔫巴样儿，好像只小鸡崽儿。"

林西顾扫了一眼，他这短暂的小半生中这么没精神的时候还没有过几次。他拿过他爸的手机，把照片发到自己手机上。然后直接转发给库潇。回自己房间画了个苦兮兮的表情，拍下来也发给了库潇。

他以为库潇不会回，结果过了会儿手机竟然响了。

林西顾打开看了一眼，库潇只发了一个字："乖。"

林西顾放下手机，去厨房找他妈妈。他过去拣了一块她刚切好的西红柿吃了，然后长长地叹了口气说："妈妈你们能不能再惯着我一次……"

他妈妈看了他一眼，又往他嘴里塞了一块西红柿，说："我不敢。我怕我惯着你一次让我一辈子都后悔。"

库潇的脸色越来越难看，他眼睛甚至都是充血的。林西顾怀疑他是不是整夜整夜不睡觉。

之前那段时间他已经养回来点了，现在又开始迅速瘦了下去。

林西顾想不到他在经历的生活，他想问库潇还能不能扛得住。扛不住怎么办呢？把他妈妈找回来跟他一起扛？

无解。

那天林西顾把桌斗上窗台上所有他常用的笔记本收了起来，都装在了书包里。

他有很久没有动过给库潇打分的小本子了。

林西顾把小本子揣进书包里。剩下的书他都没拿，他那天指着自己的座位跟库潇说："我还在这里，我的书一本都不能少，该是我的卷子和练习给我收好放在这儿。"

库潇眨了下眼睛，没有看他。

"我说话呢库潇，"林西顾推了推他的胳膊，"你推开我的，现在我没法反抗，我必须得走了，但是我走了也还在这儿，你听明白了吗？"

李芭蕾和方小山都猛地回过头看他，李芭蕾本来就大的眼睛这么一瞪就更圆了。

她转过来了林西顾就直接跟她说:"芭蕾少女,我的东西都放我桌上,缺了记得帮我要,我交学费了的。"

李芭蕾的眼圈迅速就红了起来。

他盯着林西顾看,慢慢抿起了嘴。林西顾小声跟她说:"如果有人欺负厍潇,你要及时告诉我。"

李芭蕾一眨眼睛眼泪就掉了。

方小山问他:"还回来吗西顾?"

林西顾点头说:"回。"

那天放学林西顾背着自己的书包,他跟厍潇并肩走。

"其实我特别生气,特别特别生气。"他吸了吸鼻子,跟厍潇说,"你非常过分,你不尊重我。但我不跟你计较那么多,我就一个要求,你尽量不要受太多伤,他打你你要反抗。你得等着我,你不能消极。"

厍潇的唇上挂了一滴血珠。

林西顾盯着厍潇的眼睛说:"你再推开我一次,我就自己下地狱。"

林西顾装不下去了,他终究还是红了眼睛:"开始怨恨命运了……"

……

林西顾到底还是走了。

他那天放学了就没再来。李芭蕾第二天早上是肿着眼睛来的,来到座位上看见厍潇自己坐着,没有林西顾,没忍住又哭了。

方小山从她胳膊底下伸手过去递给她纸巾,李芭蕾接过去擤了鼻涕。

林西顾上午的时候给李芭蕾发短信,说:"芭蕾少女,你最善良最漂亮，你帮我。他缺东西你记得帮他要，他睡觉的时候一定把窗户关上。一万个感谢。"

李芭蕾脆弱的情绪都好了，看到短信又一下子崩溃了。女孩子都是感性的，不愿意接受分离。她一边吸着鼻涕一边回他："好的，交给我。"

林西顾又给张封发了条短信。

"小哥儿，厍潇如果跟人打架吃亏，你帮帮他。"

张封回他："？？"

林西顾："谢谢。"

张封过会儿回复他："会的。"

林西顾没再回他。

他又回到了原来生活的城市，但不是原来的学校。他和他爸住在一起，不是以前的家，他爸在他学校附近临时准备了套房。第一天晚上他洗完澡躺在床上，盯着天花板半个小时，然后摸起手机给厍潇发短信。

林西顾去了个全新的环境，所有人都是陌生的。他没有一个认识的人，来到新的学校书包里没带一本书。

他每天晚上都会给厍潇发一条："今天过得还好吗？"

厍潇一次都没有回复过。

他单方面和林西顾断了联系，但林西顾的短信没断过。

有天中午林西顾趴在教室里睡觉，他自己坐靠墙的一张桌，身边没有人。

林西顾趴在桌上，脸埋在胳膊里，他口腔溃疡太多了，连东西都不想吃。这会儿胃突然开始疼了起来，林西顾额头在胳膊上难耐地蹭。

他现在身上穿着这个学校的校服，他要了最大号的外套。

林西顾眼睛很痒，他在胳膊上用力擦过，还是痒。

他叹了口气坐起来，从书包里掏出记分小本子，想给库潇扣一点分了。

扣一点点。

他从第一页翻开，那时候写了个120。上面写："长得很好看啊。"

后来因为他不爱说话，越扣越少了。

林西顾一页页翻着，小本子都记了小半本。他感谢自己的幼稚，因为顺着这条线能记起很多事。

翻到最后一页的时候他突然愣住了。他的手抖了一下，轻轻抚了抚光滑的纸。

那一页有一条违和的蓝色的线。

划掉了那一页所有的文字。

下面还有林西顾万分熟悉的字体，一瞬间林西顾的情绪全线崩塌了——

"0"

"记忆清除"

这几个字像把锋利的刀割断了林西顾所有的神经。他直接趴在自己座位上哭了起来，非常悲伤的哭法，哭到抽气，索性教室里没有人，他放纵自己借着这几个字宣泄情绪。

扛不住了。

他抽着气从兜里掏手机，噼里啪啦按着键盘，眼泪掉在屏幕上盖住了字，他用手指抹掉。

他问库潇："你凭什么划我的本子？"

林西顾的眼泪是很绝望的，他想知道出路在哪里。他可以忍着不见库潇，短暂的分开都可以，但是库潇的出路在哪里。

林西顾其实到现在已经不介意能不能跟库潇考一个地方了，他甚至觉得让他们一直不见面他都可以，只要库潇能解脱，给他出路让他走。

只要给库潇一条路，那真的清零也没有关系。

但是没有，不存在。

库潇无路可走。

纪琼在二十天之后回去了，那天林西顾和他爸并排坐在沙发上，谁都没起来开灯。

林西顾感觉要是夸张点说就得形容自己是行尸走肉。前十几年过得太顺遂了，心里都没别的事儿可愁，所以一旦有了点事情就能把所有思想占满。

他开始整夜整夜地不睡觉。闭上眼睛就是库潇的悲惨经历，他不知道为什么总是能想到这个画面，这个画面冲击力太强了，他甚至觉得能听到一个孩子哑着声音在自己耳边尖锐地哭。

林西顾想擦擦他脸上的血，想把他藏起来，跟他说别哭别怕。

他依然每天给库潇发："今天没有分开。"

在有一天他看着书上的字突然发现大脑一片空白，一个字都不认识了的时候，发现自己好像不应该这样。

他在钻牛角尖。

他要出问题了。

林西顾回家之后瘫在沙发上跟他爸说："酷爹，我咋办？你帮帮我。"

他爸问他："你怎么的了？"

林西顾说："你让我转回去呗，我感觉我精神好像有问题了。"

"你折磨得我精神也要出问题了。"他爸揉揉他的脑袋，"人生还有很多事，你那点小小心思先放一放，先好好准备考试。"

林西顾看着他说得很认真:"爸让我回去吧,我好像真的要出问题了。"

他爸当时挑着眉盯着他看,最后伸手搂过林西顾,抱了他一下,在他后背捶了捶:"给你一个男人的拥抱,像个男人一样去面对这件事儿,这是你人生中很短的一小段,走过去了还有几十年等着你,我们不再就这个事儿纠结了,行不儿子?"

林西顾当时没再说什么,回到自己房间,把灯开到最亮。

他连睡觉都不敢关灯。

林西顾把手机放在枕头底下压着,他深吸了几口气,闭上眼睛尽量不去想。

第二天中午他去药店买了两盒安神补脑液。

他发短信给李芭蕾:"芭蕾少女,他怎么样?"

李芭蕾秒回:"他还行,不迟到不早退。"

林西顾问:"我的卷子给我留了吗?"

李芭蕾说:"我都留了,但是他没给你留。我想起来了就留一份放你桌上,我想不起来他就不放。"

林西顾心口又被刺了一刀。

李芭蕾还在继续说:"他整天睡觉,所以这边窗户我都不让别人开了,有一回我看他好像冷,我就拿山子外套给他盖,他扑棱一下坐起来瞪我,吓我一跳,我再不给他盖了。"

林西顾回她:"辛苦了辛苦了,那就别给他盖了,让他睡吧。"

李芭蕾说:"好的。你放心吧……我尽我所能。"

林西顾笑了下:"大恩不言谢,老铁。"

李芭蕾:"客气了,老铁。"

林西顾揣起手机,他能想起库潇睡觉被惊醒的样子。那样的时候林西顾总想胡噜胡噜毛,告诉他别怕,没事儿。

他神经又开始紧绷了吗?因为自己不在他旁边坐着了?

那晚林西顾睡前喝了他买的安神补脑液,他睡得还算安稳。

这个冬天是个寒冬。酷寒。

每天都觉得漫长但时间还是过得飞快,眨眼间圣诞节就要到了。林西顾看到班里互相送苹果的时候才注意到,原来这就要圣诞节了。

去年的圣诞节,他们在滑雪场。

林西顾搓了搓出去值日冻僵了的手,回到教室里,拿出个小本子,十几秒就能画出个可爱的小人。小人可爱到不像话,他笑弯着眼睛,旁边写着:"库潇哥哥。"

他拍下来给库潇发了过去。

发完之后马上给李芭蕾发短信:"仙女!偷偷帮我看库潇!"

李芭蕾瞬间回复:"收到!"

过了两分钟,李芭蕾发过来:"他手机振动我听见了!然后他一直看手机,到现在也没抬头!"

林西顾没忍住在手机这边笑出了声:"谢谢仙女!打扰你学习了,辛苦!"

李芭蕾:"OK!有指示随时呼我,我跟你讲林西顾,现在收到你短信我就开心,不管说啥。"

林西顾回了个拥抱的表情包。

库潇没回复,但无所谓。他知道库潇收到了,并且看了两分钟没抬头就足够了。

库潇上课从来不玩手机。什么东西能让他看两分钟不抬头。

林西顾深吸了口气,感觉自己回了点血,有劲儿了。

圣诞节是个周五,那天整个学校都在欢腾。卖苹果的在学校门口摆了长长的摊，一个苹果要卖十块。林西顾穿过他们，觉得这个气氛衬得自己特别孤单。

他收到很多条短信，祝圣诞快乐。

林西顾一一回复，还跟李芭蕾说："仙女，给库潇买个苹果。"

李芭蕾飞速回复："买了买了！挑了个最大的！他竟然！跟我说谢谢！我的妈吓死我了！"

林西顾："哈哈，感谢！"

他现在的班主任是个严肃的中年女子，非常非常严肃，可以说是不苟言笑。她把班里但凡是摆在明面上带包装的苹果全没收了，拿到办公室给老师们分了。

还给班里所有人骂了一通，说他们不务正业，心太浮躁。

林西顾缩在角落里玩着手机，老师说什么他自动屏蔽了。

他收到李芭蕾的短信："小西顾……"

林西顾："？"

李芭蕾的下一条消息让林西顾看了心里很酸也很甜："库潇把我给他的苹果摆你桌上了，摆得可正啦，还动了动上面的蝴蝶结。咋办啊小西顾……我突然觉得他很可怜……真的我第一次觉得他可怜……"

林西顾这边的学校比起之前的更可怕，之前还有个周日能放假，来到这边之后周日都没了，周日跟平时唯一的区别就是下午三点钟下课，并且不用上晚自习。每个月月末放个小月假，可以有两天。

但这次的月假没有了，因为要跟元旦合到一起放。

太狠了。

晚上九点二十铃声准时响起，林西顾站起来拎着书包就跑了。

他以最快速度跑了出去，在校门口打了个车。

司机问他："去哪儿啊？"

林西顾粗喘着报了个地名。

"哪儿?"司机从后视镜看他。

林西顾又重复了一次。

"长途啊你这是。"

林西顾点头说:"对,现在就去,打表还是你直接定价都行。"

司机想了下说:"六百。"

林西顾指了下前方,说:"行!可以!走!"

林西顾给他爸打了个电话,听见他爸接了起来林西顾一口气说完:"酷爹我今晚突然叛逆了!我不回家了今天!早点睡!我绝对安全!明天见!"

然后不等他爸说话直接把电话挂了,还关了机。

明天还有课,他还有作业得写。这些林西顾现在都不想了。

第四十一章 ○ 微光

林西顾觉得自己很疯狂，下着大雪的夜里随便叫了个车，跑了三个多小时。

好像每走一公里心就要往上提一点点。

从高速口出来，林西顾突然降了车窗，冷风呼一下灌满了车厢，雪盖了他满脸。

司机一下子就爆炸了，说："关上关上！你疯啦小伙子？开空调我腿都冻麻了呢你还开窗户！关上关上关上，快点！"

林西顾笑着说："好的，我就是有点激动，我冷静冷静。"

这一路上俩人都没聊过，林西顾是因为心太乱，太期待快点到，司机是心里没底，怕林西顾中途跑了不给钱。

这会儿已经到了市里，他顺着指的路给送到地方就行了。刚才出高速口的时候林西顾已经把钱给了，他也放心了，所以有了聊两句的心情。

"这是干啥来了小伙子？"他从后视镜看林西顾。

林西顾想了想说："回家。"

"这么晚回家？家人知道不？"

林西顾笑了笑说："不知道，就突然挺想回家的。"

"哎现在这小孩儿都任性，"大叔晃了晃头，"我跟你说啊，你下次可不能这样了，你一个小孩子，你知道遇上的都是啥人？半路管你要一千,要不就给你扔路上,你说你怎么办?"

林西顾说:"嗯,好的好的。"

这会儿街上连个车都没有,路灯也只有黄灯在闪,整个城市都是黑的。林西顾开了手机,上面跳出了两条他爸发过来的短信:"你算是长能耐了小崽子,我像你这么大的时候让你爷爷打断条腿,我看你也想试试了。还关机,等你回来的,咱爷俩碰碰。"

"注意安全,必须。"

林西顾看着短信都能想起他爸瞪他又拿他没办法的样子,他爸根本不会打他。

他给他爸回了一条让他能放心:"非常安全,爸爸!"

"直走啊?还是拐弯儿?"司机问。

林西顾抬头一看:"拐拐拐!小回五百米就到了!"

他到库潇家小区了。

林西顾跟司机道谢下了车:"谢谢叔,回去开慢点,路滑注意安全!"

"哎我还不知道高速通不通,咱们过来的时候不就封了吗?行了你不用管我了,快点回家吧,大半夜的。"

林西顾手里拎着书包,他都不知道自己能跑这么快。他站在库潇家楼下,库潇的房间关了灯。

他打库潇的电话,也没指望他能接,但是是开机的。

林西顾给他发了条短信:"你在家吗库潇?我在楼下。"

他发完短信抬头看着窗户,希望库潇能看见吧。也不知道是冻的还是紧张的,整个人都在大雪寒风里打着摆子。

林西顾用一只手捂着耳朵,唉耳朵都冻硬了,今天早上出门穿的外套没帽子。

如果厍潇没看见或者没回应的话林西顾打算就在这儿蹲一宿，反正厍潇明早总要上学的。

但是他看到单元玻璃门后面的灯亮了。

林西顾整个人都猛地一激灵。

灯亮了啊！灯亮了说明电梯响了有人出来啊！

他第一次感觉到原来两三秒钟这么长。

以至于他真的透过玻璃门看到厍潇的时候，还不敢确定是不是真的。

厍潇开了门出来，满脸的难以置信，震惊里当然还透着愤怒。林西顾却突然觉得很想笑，好像厍潇每一次在这里看到他都是愤怒的。

林西顾用一双水汪汪的眼睛看着厍潇，觉得语言太苍白了，厍潇现在就站在他面前，但是他找不到一个字能表达自己的情绪。

厍潇也在发抖，林西顾心痛地发现他瘦得快脱相了，他比自己以前见到过的任何时候都瘦。

他红着眼冲厍潇笑，然后突然伸手用力抓住厍潇，一句话不说，拉着厍潇就跑。

雪花落在睫毛上，眼前的视线就带了斑，好像是视频特意做的效果。林西顾攥着厍潇，一口气不停地带他跑回了自己原来住的小区。

电梯就在一楼，他拉着厍潇钻了进去。

厍潇这时候才皱着眉开口问："你……怎么过来？"

林西顾贴着厍潇站着，盯着他的眼睛，恨不得就直接钻进他的眼睛里，说："再不过来我就要疯了。"

这句没说完，他声音就抖了。

电梯到了，林西顾攥着钥匙串开了门。

林西顾眼泪就流了下来，觉得难过，觉得委屈。他跟厍潇嘴唇分开，低着头站在厍潇面前，带着哭腔说："厍潇……你怎么不回我短信啊……"

"你不回我短信,不跟我说话。"林西顾小声地跟他说着,像是抱怨,像是诉苦。

库潇一个字也不解释。

林西顾总觉得眼前的库潇是自己幻想出来的,是假的,是自己一个梦。他怕一开了灯幻象都消失不存在。

从进了门库潇一个字都没说过。

林西顾跟他较着劲,后来他愤怒了,他们就这么倔强又执拗地僵在那里。

林西顾喉咙里发出一声委屈的低哼,软软的,带着哭腔。

库潇蹲下去,和林西顾平视。他看着林西顾在黑暗中都那么亮的一双眼睛,说:"乖,别闹。快去洗个热水澡。"

家里久没人住,热水器也没开。林西顾去洗手间把热水器开了。

库潇过了半天才慢慢说:"我妈……回来了。"

林西顾瞪着眼,心猛地一咯噔说:"那、那你这么出来,让她自己在家……能行吗?"

库潇安抚地捏捏他手心说:"他……不在家。他的酒店……出了问题。"

"他有酒店?他是开酒店的?"林西顾才发现这么久他还不知道那人是做什么的。

库潇说了个名字,然后说:"他跟别人……一起。"

林西顾是真的有些惊讶了,算得上本市挺有名的一家了。

林西顾轻声问:"那阿姨……还好吗?"

库潇点头说:"还好。"

林西顾不知道说什么好,整颗心都沉沉的。下巴搭在膝盖上,不说话了。

厍潇揉揉他的头发，说："不担心，不怕。"

林西顾点了点头。

天亮了，他答应了他爸今天会回去，所以天黑之前他就要走了。临走之前林西顾一遍一遍地跟他说："不可以不接我的电话，不可以不回我的短信，不然我还来找你。"

厍潇当时答应了他，给他拉了拉衣领，说："不要乱跑。"

林西顾抓着他的手说："那得你跟我保持联系我才能不乱跑。"

厍潇点了头，说："知道了。要……好好吃饭，好好睡觉。"

林西顾揉了揉鼻尖，点头说："好的，好的。"

再怎么舍不得他还是得走了，林西顾红着眼睛，觉得两条腿有千斤重，他迈不动步子。

厍潇笑了下说："走吧。"

林西顾闷声答："好的。"

厍潇弯下身，跟他对视，轻声慢慢地嘱咐他："要听话。"

林西顾他扭过头一声不吭快步走掉了，钻进一辆车里，头也没回。

到家都晚上了，他爸刚吃过饭，正歪靠在沙发上看手机，电视开着，不知道什么台在放广告。

他爸撩起眼皮，扫他一眼，没理。

林西顾笑嘻嘻的，走过去直接坐他旁边的地上，盘着腿，跟他爸说："酷爹我回来了。"

他爸淡淡说："我看见了。"

"看见了咋不跟我说话呢？"林西顾从茶几上拿了颗橙子，在皮上咬了个缝，然后慢慢剥着皮。

"我怕一跟你说话就忍不住想揍你。"他爸还在看手机，不怎么看他，"小崽子，你爸没打过你不代表你爸脾气好。"

"我知道我知道，"林西顾抠着橙子皮，卖着笑脸，"我爸脾气特别暴躁特别急。"

林西顾剥完橙子掰出一瓣塞他爸嘴里："酷爹别跟我生气，你不一直希望我像别人家男孩子似的那么叛逆吗？甜吗橙子？"

"甜个屁，"他爸嚼了嚼咽下去，"你回来连手都没洗就往我嘴里塞，不咸就不错了，还觍脸问甜不甜。"

林西顾"嘿嘿"一笑，接着往他爸嘴里塞橙子："反正你就别跟我生气，看在咱们俩相依为命多年的分上。"

他爸瞪他一眼，没搭理他。

林西顾也不再说话了，安安静静递橙子给他吃。直到一个橙子要吃完了，他爸才挑眉问他："心里有气吧？"

林西顾摇头说："没有。"

"没有就怪了，"他爸嗤笑一声，弹了他脑袋一下，"怪我跟你妈。"

林西顾低着头挠了挠鼻尖说："真没有。"

"我再不了解你可完了。"他爸把手机放一边，坐直了点，看着林西顾，"因为这事儿跟我都不亲了，咱俩现在隔着一层，你天天别别扭扭的小样儿真当我看不出来呢？"

林西顾摇了摇头，没说话。

"咱俩今天谈谈吧，你把你那点儿怨气发泄发泄。"

"没有怨气……"林西顾认真地又摇了摇头，"真没有，你们为我好，我知道。"

他爸笑了声，突然伸手摸了摸林西顾的脑袋，说："挺圆的脑袋，里边就一根筋。"

林西顾眨了眨眼，小声说："我随谁啊？还不都是随你……"

他爸"啧"了一声，问他："你随我什么了？"

林西顾看了看他，别过头问："那你怎么不再找人结婚呢？怎么不给我找个阿姨？"

他这一问直接把他爸问住了，林西顾接着问他："你怕谁过得不好？你给谁兜着底呢酷爹？"

他爸看着他，没说话，过会儿突然笑了，叹了口气："你是真变了不少。"

林西顾抿了抿唇，其实他一直都知道他爸在想什么，所以他总是催他找个女朋友，找个人重新过日子。但他没说出来过，假装不知道他爸后悔离婚，不知道他除了前妻之外谁也看不上。

他总觉得感情这事儿他不懂，他参不透，所以也不说，不多话。但现在他知道很多时候也可以隐而不发，也可以我希望你好，所以我得让你走。这种情感太伟大了，林西顾觉得自己一辈子也不可能这么伟大。

那天他爸揉乱了林西顾一头短发，没就刚刚的话题继续聊，又把话转到林西顾身上，跟他说："我比谁不希望你开心？但是在我自己儿子身上我肯定是自私的，我只希望你好，你找个喜欢的地方去上大学，或者你去你妈那边念，都行，只要你喜欢。"

林西顾安安静静低头听他说，时不时点点头。

他爸说："那地儿咱们不待了。我惯着你这么多年，我也想一直惯着你，你还不会说话那时候一骑我脖子上就尿尿，尿完咯咯儿笑，后来有段时间给你惯得，看见我就憋着不尿，你妈不让你骑脖子了你还哭，我就接过你往我脖子上一放，说尿吧臭崽子，你就龇着你那四个小牙乐得直打嗝，尿得我满大襟都是。"

他爸说这话时脸上带着回忆初为人父旧时光的喜悦和岁月过去眨眼儿子都长大了的恍惚。林西顾跟他对视着，突然在他眼睛里读到了一个强大的父亲的无能为力,"你睡不着觉,我也睡不着。我也想给你送回去,让你天天笑呵呵的,但你爸胆儿再大也不敢拿我儿子赌。他们家我不是没查过,不是你爸妈冷血不帮你,这事儿我帮不着,我也帮不了。别说你爸怕谁,你爸谁也不怕。他们要是敢动你一个手指头我把所有砸进去也得让他们看看你是谁儿子,这条命不要了我也得先弄他。但那前提得是他们伤着我儿子了,你伤着了我才跟他们碰碰,但明知道那是个坑,我睁眼看着你往里跳,那不可能。你在那儿我拦不住你往坑里跳,我只能带你走。"

林西顾鼻子已经酸了,他胳膊拄着沙发,看着他爸,第一次觉得自己任性了,自私了,他爸说:"你现在就在我眼皮底下,谁也伤不着你。我只箍着你这半年,等你高考完,我就什么都不管了,只要你能顺顺利利离开那儿,后面我懒得管。但现在,你给我老老实实上你的课。"他在林西顾肩膀上点了点,说,"上课,考试,一样你都不能给我耽误了。要在这时候因为别的乱七八糟的事儿影响高考,或者弄出一辈子挽回不了的什么事儿,我这后半辈子都有阴影,我得怪我自己是不是对你太宽松。你别让我背着这个负担过后半辈子,听没听懂?"

林西顾红着眼睛,吸了吸鼻子,点头说:"听懂了,爸。"

他爸站起来,按着他的脑袋晃了晃,说:"我希望直到我死,你都平安,你都开心,你一切都好。"

这句话里的情感太重了,这是一个父亲对儿子最本真的念想。

从你出生直到我死,我尽我所能给你最好的生活,我希望你能有个平安顺遂的人生。

这句话砸在林西顾头上,他坐在那里半个多小时,没能说出话来。

他不说话坐在那儿都想什么了,过后他也想不出来自己当时脑子里装的是什么。但他很久都不敢再去那个城市。

林西顾比起他爸来说还太嫩了。他爸那天说的话没有一句谎话，都是从心底掏出来的真话，甚至没有一个字是夸张的，都实打实地真。但他说这些没有目的吗？

有的。

从那之后就会想起他爸那句，'直到我死我希望你平安一切都好'。

他不敢再去了，只要有这个念头都觉得对不起他爸给的厚重的爱。

好在从他那次去过之后厍潇没有再不理他，厍潇会回他的短信，还会接他的电话。每天晚上放学林西顾都戴着耳机，跟厍潇聊十分钟。

厍潇听他说话，偶尔给点回应。

林西顾问他好不好，厍潇说都好。

他问厍潇有没有受伤，厍潇总是说没有。

但是林西顾隔几天就会从李芭蕾那里知道，厍潇哪里又包了纱布，厍潇手背还是脖子还是哪里又有伤了。

李芭蕾说厍潇一直在瘦，她问林西顾，厍潇会不会是生病了，他看起来怎么那么不健康呢？

林西顾又开始在小本上给厍潇打分。他看到本子的时候想起他上次去见厍潇的时候忘了问，你凭什么划我的本子，你又怎么能清除我的记忆。

下次有机会他见到厍潇的时候，要塞他手里一支笔，让他按照自己原来写的记录，原原本本重新抄一遍。你划掉了所以你得亲手抄回来。

但是林西顾一直没找到见厍潇的机会，见了那一次之后很久都没再见过。

眼看着就过年了，还有两天放寒假，林西顾对假期一点期待都没有。

这次过年晚，二月份才过年。

他在电话里问厍潇："过年去哪里过？"

库潇说:"在家。"

林西顾小心地问他:"爷爷奶奶家……或者姥姥家,你不去吗?"

库潇当时声音清清冷冷的,一点情绪都不带地说:"不。"

时间久了林西顾已经摸清了他对家人的情绪,摸得越清,他心里越难受。

库潇的世界其实很小,原本他的世界里只有他妈妈,一个不怎么有力量但是在他痛苦害怕的时候唯一尽力保护他的人。

他从来不去爷爷奶奶家,从小到大也没有见过几面。库潇没有说原因,但从库潇和他妈妈被他爸迫害成这样都没人管过也可想而知了,那也不会是什么正常人。

能冷眼旁观自己孙子被弄成这样,林西顾想想这样的人都觉得浑身起鸡皮疙瘩,觉得可怕。

至于姥姥家,林西顾猜库潇心里应该是恨的。虽然他不说,他冷漠看待一切,但是在他心里那一家人才是导致他妈妈跳进这个火坑的原因,导致他出生在这样的家庭里,让他的人生一片黑暗。

在库潇的角度是不能理解他们所谓的苦衷的,他们怎么为难怎么痛苦跟他都没关系,在他的角度只能看到他们为了儿子把女儿推出去了。

库潇没有一个正常的家庭,他感受到的情感有限,所以他面对这个世界能回馈的情感也少得可怜。

他恨这个世界,他觉得所有都是错的,包括他妈妈。他小时候心里会恨他妈妈为什么把他带到这个世界上,他的存在是不是只因为能够分担她的痛苦?所以直到现在,库潇虽然保护她,对她有感情,但没有依赖,没有一个孩子对母亲该有的依恋,只有责任和分担。

别人的世界里可以有十几个人或者更多,库潇的世界勉勉强强只有两个。

林西顾是一道劈开他黑暗世界的光,强势不可抗拒地冲进来,照亮他,尽管光芒很弱,但这是库潇从出生以来见到的第一道光。

美好,炙热。

他想冲着光去,但他满身都是泥。

"那我放假了去找你?"林西顾问着。

"不,"库潇想也不想就拒绝了,"别来。"

"为什么?"林西顾在电话这边有点失落。

库潇只是说:"好好在家,别来。"

林西顾也不坚持,好像这个世界上就没有一个人想他去见库潇,包括库潇本人。他们都想让自己离库潇远远的,原本每天都能见面十几个小时的两个人,现在都快忘了见面是什么滋味了。

库潇那里有林西顾原来住的房子的钥匙,林西顾跟他说:"库潇你去我那儿,我抽屉里有个观音,李芭蕾去年送我的,你拿走戴上。"

库潇说:"不用。"

"用,"林西顾在视频里小声劝着他,"我早想跟你说了,但我总忘,你去戴上它,芭蕾仙女说是她奶奶专门去开过光的。"

库潇还是没有要去的意思,林西顾看着视频里库潇瘦削的脸,心里有点难过:"我之前走得太急了,什么都没能给你留,你戴着它,行吗?"

库潇看出林西顾不太开心,安抚地对他笑了下说:"好。"

其实林西顾最近只是有点心慌,因为快过年了。去年库潇就是年前这段时间开始变得沉闷不说话,整个人的状态都迅速消沉了下去。

林西顾每天都担心他过不好,有天他突然想起了年初李芭蕾送他的那块玉,其实林西顾本来对这些东西也没有很信,但总归也是个寄托。

过年那几天林西顾跟着他爸去了奶奶家,他一年回不了几次老家,每次回来这一大家子人都热情得不行。林西顾那几天的状态就是一直吃，一直收红包。

除夕夜，林西顾早早回了房间，他守着时间，提前编辑好短信，到了十二点整准时给库潇发出去："新年快乐，库潇。希望你开心，希望你平安，希望你高飞。不管你走多远我都在。"

希望你早日脱离苦海，希望你不再惊慌痛苦，希望你的明天是坦途。

——希望你不要再瘦了。

库潇在十二点零五分回复了他，只有六个字："永远快乐，谢谢。"

林西顾看到的一瞬间就烧得眼眶疼，他把脸埋在膝盖上，手机藏在自己弓起来的身体里，用柔软的腹部贴着它。

收起情绪之后他把收到的红包拍了个照片给库潇发了过去，配文："我收到的，都给你。"

库潇也给他拍了个图，上面是一个红包。

林西顾突然很心酸，他能收到几十个，但库潇只能收到一个。

他跟库潇说："以后我所有的都给你。"

库潇过会儿回复他："给你准备的。"

林西顾看着那条短信瞬间就开心了。那是库潇给他准备的，库潇还给他准备红包了。

他爸推开门进来了，问他："叫你出去吃东西呢，去不去？"

林西顾赶紧摇头说："不去，不去了，实在吃不下去，爸你看我是不是胖了？"

他爸让他逗乐了，过去坐他旁边，瞄了眼他的手机，说："跟谁说话呢？"

林西顾老老实实没打算说谎，直接说："跟库潇。"

他爸"嗯"了声，没说什么。

林西顾看看他说："爸你进来干啥？"

他爸笑着说："我也吃不下去了，进来躲会儿，人太多了，我觉得我脑袋都要炸了。"

林西顾给了他个眼神，凑过去一脸坏笑，小声问："我看你是受不了我奶奶手里的资源了吧？咋样？有没有好看点的阿姨？"

他爸当时用手捏着眉心，摆摆手："别说这事儿，我脑袋疼。"

林西顾"哈哈哈"乐了半天，觉得他们爷俩现在都挺惨的。他们俩在房间里躲清静，还能听见外面熊孩子们嗷嗷喊，爷俩时不时对视一眼，很有种同病相怜的味道。

他爸眼睛扫了两下林西顾的手机，问他："库潇家过年怎么过？"

林西顾低着头说："他爸去他奶家，他妈跟他在家。"

他爸点了点头，没再说话。

第四十二章 ○ 体检

开学了一切如常，大致看来和上学期没有什么变化。林西顾依然每天上学放学。时间久了其实他也适应了这种相处模式，因为始终有个方向在前面，别人做高考倒计时，林西顾也做。他看着黑板旁边的数字一天一天减少，每天的期待都会多一点。

他也比原来努力多了。以前因为家里不给他高分压力，他自己也没什么太大追求，所以一直都是能拿多点分挺好的，拿不上也无所谓。现在的林西顾每天晚上学习到十二点多，想尽量拿多点分，这样库潇去哪儿上学的话他也好有更多选择。

但其实林西顾已经隐隐猜到了库潇的心思。

他猜库潇是不想出省，他想在本省上个大学，这样方便他有事情能及时回家。他身上的枷锁太多，以至于他走不远，也不敢走远。

可惜肯定是可惜的，但是在库潇的角度看来，他别无选择。

三月下旬的二模，林西顾拿了自己高中以来最好的成绩，过了模拟一本线三十多分。他跟库潇之间的距离又拉近了一点，还没等他发短信跟库潇分享一下这个有点让人开心的消息，他就从李芭蕾那知道库潇被周成叫去谈话了。

因为库潇二模成绩不理想，在学校都没拔尖儿，别说市里省里了。

李芭蕾说库潇这次考试在全校排十二。

十二……从林西顾认识库潇以来他没考过这么往下。

他问李芭蕾："你看到成绩单了吗？他哪科低了？"

李芭蕾说："除了数学满分以外别的都不太理想吧，他状态不怎么好，我跟你说过的。"

李芭蕾的确是说过的，但林西顾尽管有心理准备也没想到库潇能滑出前三，十二更是想都没想过。

李芭蕾每天都习惯性观察库潇，时间长了也能看出点门道了。这人尽管不说话，但他的情绪和状态如果看久了还是能发现的。

李芭蕾跟林西顾说："我觉得他现在天天上学都没什么精神，除了睡觉就是看窗户发呆，他心思根本就没在学习上，他现在连作业都不写了。"

林西顾回她："你考怎么样？"

李芭蕾说："我一直那样呗，二本足够了，一本上不去。"

林西顾还想再回她，结果班主任在后门的窗户上敲了敲，林西顾回头看了眼，正好跟她对上视线，于是赶紧把手机揣起来了专心听老师讲评试卷。

说专心，但也只是摆个样子，让记什么记什么，老师在前面说什么林西顾根本就没往脑子里听。他在想库潇状态这么差到底要怎么才能调整回来，但是他也不敢说得太直接，怕自己不当心给库潇压力了。

晚上视频的时候林西顾没提这事，当自己不知道。他跟库潇视频的机会其实不多，库潇很少接他的视频，只有那个人不在家的时候他才偶尔会接。所以每次林西顾都特别珍惜，尽可能地多看看他，多说话，不说那些不开心的事儿。

林西顾说："库潇，今天我被我们老师骂了，骂超惨，还要收我手机。"

他说这个的时候笑嘻嘻的，躺床上举着手机对着自己，虽然这样看起来脸有点大，但还是很可爱，说："因为我上课玩儿手机让她抓住了，她在后门一直看我，我后桌踹我凳子我都没反应过来，她气得骂了我半节课。"

库潇淡淡笑着看他，低声说："你还挺……骄傲。"

"啊，反正挺好玩儿的，"林西顾看着视频里笑着的库潇，舔了舔嘴唇，"因为我其实上学这么多年挺少挨骂的，不知道为啥我成绩一般但是老师们都挺喜欢我的，可能因为我听话？这个老师不咋喜欢我，毕竟当时我是被硬塞到她们班的。"

库潇问他："当时……脸红了吗？"

说起这个林西顾又笑了："脸红什么啊，我发现我现在就没脸没皮的，她说我说得其实挺狠，要放以前我就恨不得从空气中消失，但我今天干脆都没往心里去，她说我的时候我差点笑出来！库潇，你说我是不是变了？"

库潇看着屏幕，说："嗯，挺好的。"

林西顾举着手机笑得挺傻："脸皮贼厚，都不知道啥叫脸红。"

库潇看着他问："是吗？"

林西顾眨眼说："嗯哼。"

库潇突然笑了下，就那种唇角勾起一抹笑，看着林西顾。其实笑得没多大幅度，就刚刚有了点笑的意思，轻挑眉毛道："脸皮……贼厚？"

林西顾这才反应过来库潇这是故意逗人的。

怎么就这么坏呢！

希望他每天都能这么开心。

他的声音喑哑，但神情温柔。林西顾已经把库潇考了十二的事儿给忘光了，也压根儿不想提。

倒是库潇自己主动提起来了："我这次……考了十二，失望吗？"

林西顾迅速地摇头说："不！不失望！"

库潇说："你希望……我第一。"

"不，我没有。"林西顾盯着手机，盯着库潇的眼睛，认认真真跟他说，"你是最好的最棒的，第一了我很骄傲，十二我也一样骄傲。"

库潇不知道当时在想什么，他沉默了会儿，然后说："其实我……没有你以为的……那么厉害。"

"那无所谓，"林西顾眨着眼睛对他说，"真的不重要。你考多少都是库潇，就像你也不会因为我偶尔物理不及格瞧不起我，这真的不重要。"

林西顾没说谎，成绩在他们俩身上是最不重要的一环，他当然希望库潇能成绩好，能当状元。但是如果零分能换走他身上套的这些枷锁，他愿意。

没有自由，拿再多分能有什么用？

那次看过他之后林西顾又有十多天没有跟他视频过。库潇就像有意控制着和他之间的距离，就算那人没回家，就算他什么事都没有，他也不会接。

林西顾有意调整自己。他得以最好的状态面对世界，面对自己的爸妈，面对强大的库潇。

"哈喽，酷爹。"林西顾在晚休的时候接到他爸的电话，当时他正在操场上一圈圈走。

他爸在电话里说："晚上我有个饭局，回家晚，不用等我，你先睡。"

林西顾答："好嘞，忙你的吧，我回家收拾收拾就睡了。"

他爸说:"别忘了喝安神的。"

林西顾"嗯嗯"两声:"不能忘,你少喝酒。"

挂了电话之后林西顾又在操场上走了两圈才回教室,他不怎么愿意在教室待着,教室里没有他想看见的人是一回事,还有个不太好说出口的原因就是,他前桌的男生有点狐臭,闻多了头疼。

这周他们刚好换到靠墙那行,没有窗口,南边窗户的风也吹不过来,所以这周林西顾过得尤其艰难。

那个味儿一天一天闻下来,林西顾觉得自己脑子都是糊的。

好不容易晕着熬完了晚自习,林西顾拎着书包出了教学楼,清爽的空气猛地扑了一鼻子,那一瞬间林西顾觉得自己的肺整个都活了。

一路上都觉得空气特别甜,只是这依然是一个库潇没接电话的晚上。路上他接了个别人的电话,是他以前的好友方之远。

自从他回来方之远一直想约他出来吃个饭,林西顾没心情,就一直拒绝了。但是对方打电话的频率多了起来,林西顾看到了就接,也不会故意躲着他,不过肯定不会出去跟他吃饭。

他对方之远不讨厌,但像以前那样相处肯定是不可能的。

最主要的是他也真的没有心情,也没时间。一周就那么几个小时的休息时间,林西顾只想瘫床上放空大脑,让自己短暂地休息一会儿。

他挂了电话之后看到手机上有条短信,是库潇发来的,就几个字:"早点睡,晚安。"

"好的,晚安。"

这样发过去基本上就不会得到回复了。

林西顾揣起手机,手插在兜里慢慢走回家。

到家之后洗澡睡觉,没什么例外。

前桌的味道还在,那个味道闻久了是真的晕。林西顾半宿没睡,让这味道一熏直接就趴桌上睡了过去。中间班主任过来敲了次他的桌子，林西顾抬头看了一眼就又睡了。

班主任瞪了他一眼，转身走了。高跟鞋敲在地上"当当"地响，林西顾皱了皱眉，觉得刺耳。

那天班主任又在自习课点名说了林西顾，这次说的时间短，也就说了没几句。林西顾不痛不痒，他发短信给库潇："我又挨骂啦，脸不红气不喘，脸皮贼厚。"

库潇晚上的时候回复他："为什么批评你？"

林西顾实话实话："我上课睡觉，她敲我桌子，我没理。"

库潇问他："晚上没睡好？"

林西顾回他："没，睡挺好的，就是语文老师声音小，太困啦。"

库潇说："嗯，早点睡。"

林西顾非常配合地说："好的晚安，今天没有分开，要开心。"

倒计时从三位数变成两位数之后林西顾就觉得过得飞快。

之前还是99，一眨眼就88了，然后77……他恨不得每天都在那个日子上圈一下，那是支撑他每天睁开眼睛的动力。

四月末的时候他需要回学校一趟。

回之前的学校，去做体检，高考要求的，谁也不能缺。

其实像他这种寄读的学生在这之前已经回去好几次了，因为高考是个挺繁杂的事儿，乱七八糟要填的表总是有，别人都趁这时间跑跑原来的学校，趁机获得短暂的休息。

但林西顾不能，不需要他本人回去的他爸都找人代他办了，需要他填的表就让人过去取，填完再送回去。

不过这次不行了，体检总不能找人代他。

林西顾提前跟他爸说："酷爹，这次我好像必须得回去。"

他爸点头："我听说了，有点上火。"

林西顾让他逗笑了："上什么火啊，你脸上那大疙瘩明明就是吃海鲜吃得，你别往我身上推。我就去一天，所以不用担心我。"

"早上去下午回，没得商量。"他爸坐在沙发上一边吃水果一边跟林西顾说，"我都安排完人送你了，办完事他再给你拉回来。当天的课咱就不上了，给你自由活动，但是晚上必须回来，你看你爸是不是挺够意思了？"

林西顾用力点头，能有半天的活动时间他挺满足。

林西顾给李芭蕾发短信："芭蕾少女，这周四我要回去体检了。"

李芭蕾回复他的时候隔着屏幕都把自己的激动传递过来了："啊啊啊啊啊啊啊啊啊啊啊啊啊啊！！！这是真的吗林西顾？！"

林西顾笑着回他："真的啊。"

李芭蕾可能激动得不知道回什么了，好半天都没说出话来。

林西顾是上课偷着给他发的短信，李芭蕾再回过来的时候都下课了："啊啊啊我太开心了！用我告诉库潇一声不？他睡着呢，等他醒了我告诉他？"

林西顾想了想，发过去："不用了，别跟他说。"

他也不知道自己为什么阻止李芭蕾，潜意识觉得自己是想给库潇个惊喜。但往深了挖，林西顾是觉得心里没底，怕库潇知道了之后不去学校。

真不知道这种想法是怎么来的，林西顾感觉自己都被现实给虐魔怔了，小心翼翼地过生活，干什么都不敢放肆。

晚上，林西顾从躺到床上就一眼都没闭过，他知道自己不用尝试了，试了也睡不着，白搭。后来干脆不躺了，起来学习。

学一会儿就看眼时间，算算大概还剩几个小时他能见到老同学。

体检时间是上午十点，以班级为单位去校医院。也就是说最晚九点半也该到学校了，那差不多六点过就该走了。

送他的司机是个熟人，还不到三十的年轻人。好几次林西顾放假都是他去接的，所以林西顾跟他聊起来也没压力，路上一直在催他："哥你尽量快点哈。"

"你爸不让我超过一百二，咱就一百二跑着，俩半点儿绝对能到。"

林西顾点头说："好嘞。"

司机承诺两个半小时，结果他们两个小时刚过点就出了高速口。林西顾看了眼时间，才八点半。

第四十三章 ○ 泪崩

进校门保安问他哪班的,这是惯例,因为迟到要扣分的。

林西顾说自己去外地寄读回来体检的,保安还特意核实了一下才让他进校门。

林西顾一脚踩进去,这是他跟库潇在无数个早晨一起迈过的大门。

他绕过前楼,走过操场,踏上北教学楼台阶的时候呼吸开始变得有点急了。

之前在路上的时候已经问过李芭蕾了,库潇在学校没有。

李芭蕾说:"在在在在在!"

林西顾手揣在兜里,手心都是汗。走上他们教室所在的楼层,走廊里有各班老师上课的声音。他们班这节是语文课,语文老师独特的催眠嗓音在絮絮地念叨着。

林西顾从后门弯着腰进去。

看到他的几个同学都小声跟他打招呼,李芭蕾听到声音回过头,看见林西顾的瞬间她差点直接蹦起来。林西顾用口型跟她说:"嘘!"

李芭蕾这才急急收了音。

库潇陷在自己的世界里,教室里什么样跟他都没关系。林西顾本来弯着腰进来想神不知鬼不觉的,但是老师已经看见他了,于是林西顾直起身冲老师点了点头。

然后他偷偷吸了口气，直接走到自己原来的座位，一屁股坐下了。

库潇皱着眉回过头来，被打断了沉思满脸都写着不耐烦和不高兴，但他看到林西顾的瞬间，表情就僵在了脸上。

林西顾对他笑着，还稍微歪了点头。

库潇的脸上有点吃惊，还有点茫然，就像无数次他趴在桌上睡觉醒过来的样子。林西顾心里酸胀，这种酸胀感一直传到眼睛，酸酸的，很痒。

库潇孤孤单单坐在这里看着窗户的样子，很单薄，也很消沉。

"嗨，早上好。"林西顾小声跟他说。

库潇连眉毛都稍稍挑起了一些，看着他没说话。

林西顾接着问他："我桌子怎么这么干净，我的卷子呢？"

库潇才有点回过神，他问林西顾："回来……体检？"

"是啊，"林西顾点头笑着，看了眼周围除了李芭蕾和方小山没有在看他的人了，于是小声问库潇，"有没有点惊喜？"

库潇好像到现在神经才通上电，他的眼尾开始一点一点地柔软下来，眉梢唇角都散出了愉悦。

林西顾那天还特意穿了校服。校服袖子有点长，林西顾把手从袖口伸出来，捏着一个小纸条。

库潇把手拿到桌上，展开纸条。纸被林西顾手心的汗浸湿了，打开的时候上面的笔迹稍微有些晕染开了，上面有两句林西顾刚才在车上写的话。

"今天见了，我就还能再坚持很多很多天。加油。"

给库潇加油，也给自己加油。

"林西顾你能不能看看我！我都看你半天了！"李芭蕾终于受不了了，她和方小山脖子都要扭酸了都不看她们一眼！

林西顾这才把眼睛从库潇身上挪开，跟李芭蕾说："芭蕾仙女，老师一直瞪你呢，不然咱们下课再叙旧！"

李芭蕾回头看了眼语文老师，正好跟老师对上视线，她于是回头瞪了林西顾一眼小声说："你等着！"

她转过去之后林西顾趴在桌上。这对现在的林西顾来说这很奢侈，很难得。

下了课好多人围了过来，跟他打招呼。林西顾人缘一直不错的，整个课间他都没能抽出身来。

上课铃响，周围人都回座位了，只剩下李芭蕾还在不停地跟林西顾说着话。

物理老师走进来了，李芭蕾恋恋不舍转了回去，林西顾看着库潇，小幅度地噘了下嘴巴。

库潇眼神温柔，对他笑了下。

"咱们这节课只能上一半，等会儿你们就得体检去了，白瞎了我一节课，我就说跟你们老班换换，死活不跟我换。他成天占你们自习还舍不得这二十多分钟，这人抠的啊。"

物理老师站前面用他洪亮的嗓音絮絮叨叨说了能有两分钟，因为挺好的一节课就被体检给耽误了。

库潇手上有个小伤口，林西顾指了指，问他："怎么弄的？"

库潇看了眼，不太在意地说："没注意。"

林西顾从库潇书包里翻出个创可贴，给他贴上了。

"后面两位小同学搞什么小动作呢？"物理老师的一句话，又把班里人的目光都带他们俩身上了，"哎这不是林西顾吗？你回来了老师非常欢迎，但是你也不能打扰我尖子生听老师讲课，你说对不对？"

林西顾笑着点头："好的老师！我注意一下！"

物理老师人很好，林西顾挺喜欢他的。

九点五十五，周成过来敲了敲前门："同学们咱不上这破物理了啊，来都出来啊，排好队咱们上校医院，队一定要排好，谁班是谁班的，过去了你们检查结果就送别班去了，听见没有？"

物理老师又跟周成顶了两句嘴，林西顾站起来和同桌俩人出去站在了队伍最后面。

林西顾小声跟库潇说："我今天就得回去的……"

库潇看看他，"嗯"了声。

林西顾抬眼看他，库潇稍微低了点头，小声说："下午……我不来了。"

按照班级顺序体检，周成把表给林西顾送过来，还跟他聊了能有十多分钟，问他在那边怎么样，能不能跟得上。

林西顾在这边两年周成对他一直很照顾，林西顾看见他觉得特别亲切。

他是班里倒数第二个体检的，最后一个是库潇。林西顾按顺序测身高、体重、肺活量，量视力、握力，最后是抽血。

他脱了外套，露出自己的胳膊，安静地伸胳膊过去让护士抽血。库潇一直在他后面，林西顾抽完血之后跟护士道了声谢，然后站在一边等着库潇。

库潇坐下之后抬眼看了看林西顾，跟他说："我……有点渴。"

林西顾笑着说："那等会儿体检完咱们去买水。"

"你去吧。"库潇又说。

林西顾眨了眨眼，虽然觉得挺奇怪的但是库潇说的话他基本不会拒绝，他点了点头说："那你一会儿回教室等我吧。"

库潇说"好"。

林西顾转身走了，直到他出了这个房间，库潇才撸起袖子，让护士抽血。

护士看见他的胳膊很明显吃了一惊。

库潇整个小臂都缠着纱布，厚厚的一层。

"胳膊怎么了？"护士问他。

库潇淡淡道："没怎么，抽吧。"

护士把他袖子又往上扯了扯，露出肘窝的血管，库潇胳膊缠成那样，她都没法下手去握了。她皱着眉问："那只胳膊呢？"

库潇说："一样。"

护士抬起眼看他，打量了半天。

库潇催她："快点。"

后面排队的是其他班的女生了，一眼一眼扫在库潇胳膊上，小声议论着。

护士后来让库潇把胳膊放在桌面的垫子上，针头插进去了半天没抽出来血。她来来回回试了三回，都没抽出来。

"那只胳膊给我，试试那只吧。你血管状态不怎么好，太瘪了，贫血啊平时？"

"没有，"库潇迅速把袖子扯下来换了另外一只胳膊，又催了一次，"快点。"

"我也想快啊，你这血管抽不出血来我有办法吗？"护士也有点心烦，年纪轻轻的估计也就刚实习，再抽不出来她就得去换别人了，这多少有点丢人。

库潇没再跟她说话，就冷眼看着护士在自己胳膊上摸摸按按看血管。

直到他听见林西顾的声音在他身后响起来："我就猜你没完事儿，我正好在门口碰见小山了他刚买……"

库潇下意识胳膊一缩,被护士抓住了,皱着眉:"我针都插里了,你乱动什么啊。"

林西顾盯着库潇胳膊缠满的纱布,站在他旁边说不出话了。

库潇抬头看他,看见林西顾的眼睛以极快的速度红了起来。

库潇叹了口气,一言不发坐在那里,看着护士抽完血,然后随意拿棉签按了两秒就放下了袖子。

上午还有一节课,林西顾和库潇一起回了教室。他始终红着眼睛。

如果库潇好好的,他怎么都行,因为前方有希望。但是如果库潇过得不好,林西顾就也会觉得很艰难。

李芭蕾小声地问:"小林西顾你怎么啦?"

林西顾吸了吸鼻子,摇头说:"没事儿,穿秋裤了吗今天?"

李芭蕾本来还挺担心他的,结果林西顾这么一问"扑哧"一声就乐了:"林西顾你烦不烦人。没穿,冻死我了!"

是昨晚李芭蕾跟他说的,因为最近长胖了,为了体检的时候念出来的体重别让人笑话,所以打算今天体检的时候里面少穿点,外套里穿个短袖,也不穿秋裤了。

刚才林西顾还真的看见李芭蕾把外套脱了,站到体重秤上的时候就只穿了个短袖。

林西顾说:"那你中午回家穿上吧,别感冒。"

"好的,"李芭蕾看着林西顾的眼睛,在心里叹了口气,"哎你有需要我做的,你就说。"

"嗯,好的。"林西顾对着她笑,真诚地说,"谢谢仙女。"

"不用客气,本仙女一直这么善良。"李芭蕾冲他挥了下胳膊转了过去,绑着的头发有两根落下来挂在肩膀上,林西顾伸手帮她拿了下来。

中午放学,库潇直接背走了书包。他走在林西顾旁边,安安静静地跟着走。林西顾低着头，时不时抬头看看库潇的脸。

他每次抬头的时候库潇都会跟他对视，然后对他笑一下。那是让人安心的笑。我就在这儿，什么事儿都没有。

但明明不是这样的。

两人吃过饭才回家，回林西顾原来住的地方。林西顾心里沉沉的，本来很多话要说，现在都不想说了。

他坐在沙发上，低着头开了口："你胳膊是怎么了，他是怎么把你两个胳膊都伤着了？"林西顾看着库潇，嘴里呢喃着，"怎么你想好好活着就这么难呢……"

库潇摇了摇头，没说话。

林西顾哑声问他："除了胳膊还有伤吗？"

库潇摇头说："没有。"

"写字会疼吗？"林西顾问。

"不。"库潇说。

他说谎了，但林西顾也没有戳穿他的话。两个人就这么在沙发上坐了一下午。

时间太短了，感觉干什么都不够用，那就什么都不干了，就只是挨着坐。

"库潇……"林西顾叫了他一声。

库潇"嗯"了声。

"这样下去也不是办法……"林西顾嗓子有点哑，他清了清嗓子，继续说，"要不还是想想别的方法？"

库潇猛地站起来，不让他继续说。

"闭嘴。"库潇死死皱着眉，冷声说，"收回……你的话。"

林西顾张了张嘴没出声。

"以后不许……再说。"库潇的眼神很吓人,林西顾很久很久没见过这样的库潇了。

库潇的声音冷到让人听了心里发颤,他手上力气还是一点都没收,盯着林西顾:"听见了吗?"

林西顾没反应,不回答。

库潇的眼睛里带着愤怒,说:"问你话呢……说话!"

林西顾看着他,眨了下眼睛,代替了点头。

五点刚过,司机给林西顾发了短信,说他们该走了。

林西顾看过了,把手机放在一边。

他抱着膝盖,下巴抵在膝盖上,恨时间过得太快了。

库潇的声音在耳朵偏上的位置响起来,林西顾听见他说:"有些念头……不能有,想一下……都不行。那不该是……你想的。你要永远……天真,而且开心。"库潇很少说这么长的句子,他说得很慢,有点吃力。林西顾听得很认真,库潇哑哑的嗓音在他每个梦里都会出现,他现在听着库潇说这些话只觉得眼眶酸疼。

他那么痛苦,却对自己说,你要天真,要开心。

接下来听到的那句话是以后每当他痛苦艰难要挺不住的时候都会瞬间浮在脑子里,然后他就能变得更坚强勇敢。

库潇说:"活着很难……很痛苦。只有你好,我才能……活着。"

他话音落下的那一刻,林西顾的眼泪洇进了衣领。

以后无数个深夜,无数个狼狈不堪筋疲力尽的时刻,林西顾都靠着库潇的这句话给自己力量——

"只有你好,我才能活着。"

只有你好,库潇才能活着,林西顾。

第四十四章 ○ 奖励

林西顾带着这句话，离开了那个有库潇的城市。

他现在上学的地方才是他十多年来生活的地方，可是他现在却觉得那边才是他的家乡。

他坐在车上，感受着那个城市离自己越来越远，难过肯定是有的，但也还算平静。

高考倒计时，说长也长，说短其实很快就过去了。

小哥儿给他开了广播，放着本地的音乐电台。广播里放着首林西顾没听过的歌，他在心里想，刚从这里走的时候觉得度日如年，现在回头再看，一百多天都过去了。

他到家的时候他爸正盘腿坐地上拆遥控器，林西顾问："干啥呢爸？"

他爸看看他，然后接着低头摆弄手里东西："刚我摔了下，遥控器不好使了，我修修。"

林西顾看着地上摆的工具箱，笑着问："没有备用了吗？这费劲的。"

"没找着，"他爸拆开遥控器，把小螺丝放在一边，"晚上吃饭了吗？"

"没，不想吃，"林西顾脱了校服外套，搭在沙发上，"你吃过了吗?"

"我吃过了,我没你那么多愁绪,胃口非常好。"他爸说。

林西顾笑了:"你这听起来像是气我。"

"你说是就是吧,"他爸抬头看了眼他的眼睛,挑了挑眉,"掉金豆了?"

"啊,"林西顾摸了摸眼睛,"这么明显吗?"

"嗯,"他爸空出手来摸了一下他的头,"哭什么?怎么了?"

林西顾没打算瞒着他,在自己胳膊肘和手腕上比了两下:"这儿,到这儿,胳膊快烂了。"

他爸手里动作顿了下,然后叹了口气才接着低头拧螺丝。

那天之后,林西顾的状态竟然比原来好了不少。可能是因为见了库潇一面,补了点能量。也可能是库潇给他的那句话,让林西顾不敢睡不好,不敢出任何问题。

李芭蕾还继续当他的小眼睛,每天汇报库潇的情况给他。库潇变化不大,多数时间都在睡觉。他依然不接林西顾的视频,偶尔接了电话会聊几分钟。

短信倒是回得比较多。

林西顾已经知足了,只要他健康就行。

墙上倒计时的数字越来越小。

时间慢慢在减少,天气也越来越热了。周围的同学渐渐也都熟悉了起来,但每天的气氛都很压抑,大考前夕,所有老师和学生身上都背着这么大的一个压力,看起来都心累。

林西顾成绩很稳,按自己感觉现在他的成绩已经能稳在一本线以上了。

他把这归功于同桌,学霸脑会传染。

刺骨

晚自习林西顾做了套理综卷，做完自己对了下答案，做的时候觉得没什么把握，有些题根本就是瞎猜的，不确定思路对不对。结果一看答案解析还真的是对的，这么难的一套题最后分数还挺高。

林西顾有点开心，拍了照给库潇发了过去。

库潇回复他："很棒。"

"快三模啦，三模我要是考好了有什么奖励吗？"林西顾说起这个来就又想起了刚刚那两个亲，笑出了声。

库潇也在笑这说："想要什么？"

林西顾眼珠转了转，他笑着问："考前十？"

库潇说："好。"

林西顾踢了颗小石头，小石头顺着他的力道往前滚了会儿撞在马路边，很轻的一声响。

林西顾就是随口说的，他在他们班考前十是不现实的，最好的成绩是十三，那次已经是超常发挥了。

他没心没肺地笑着，对库潇说："我昨晚梦见你穿了件牛仔外套，要带我去滑沙。不过最后没滑成，下雨了。"林西顾絮絮地说着，在这样的春夜里有种温暖的聒噪，很可爱。

最近出去学习的艺术生们都回来了，林西顾也有了同桌。他的同桌是个美术生，非常酷的一个男生。

长得挺高，也算得上好看。他早上去教室的时候他同桌正坐在位置上吃早餐，小笼包和甜粥。他看见林西顾过来，站起来让了座。

"吃饭了吗？"他问林西顾。

林西顾点头说："吃过了，你吃吧。"

"嗯，嫌有味儿就说，我出去吃。"同桌说。

"不用不用，吃吧，没事儿。"林西顾说完就拿出题出来开始做。

他现在也是个小学霸了。

"有纸吗?"林西顾正做着题,听见同桌问。

林西顾从桌斗里拿出纸抽,说:"有,你自己抽。"

"谢了。"同桌抽了几张纸擦了擦嘴,然后收拾了包装盒出去扔了,再回来的时候嚼着口香糖。

其实自从他坐过来之后林西顾都没跟他说过几句话,因为突然有人坐他旁边他不太适应,心里还挺抗拒的。

他做完了一道大题,收起题准备等会儿上课要用的书。同桌这时候问他:"你喜欢画画?"

林西顾眨了眨眼,看着他说:"嗯?"

他耸了耸肩说:"我在地上看见过你画的。"

那肯定是自己画的小纸条了,林西顾突然有点不好意思。在鲁美过了线的考生面前画小人这实在有点羞耻。

林西顾"啊"了声,笑了下说:"我就瞎画着玩的。"

他同桌也点了下头,然后说:"你要是愿意画画我可以教你点简单的,你画着玩儿。"

林西顾点头笑了说:"好啊。"

所以那天林西顾给库潇画的小人就变得复杂了些,长相也变了。毕竟有专业的给指点过,人物变得更好看了。

林西顾画了个笑着的小人,旁边写:"我今天有没有变好看?"

库潇回他:"好看。"

林西顾笑着趴桌上偷偷回短信:"我同桌是个美术生,画画超厉害,他教我的。"

这条短信库潇隔了五分钟才回复他,就一个字和一个符号。

"嗯?"

好多天没碰过记分小本了,林西顾又给小本子掏出来加了200分。

库潇那条短信他都忘了回。等他回复的时候都过去两节课了,林西顾发过去一个小人。

库潇回短信问他:"画了两节课?"

库潇太可爱了。两节课过去了他还在继续。

林西顾这次不敢再不回了,马上发:"没有!没画两节课!刚才做题了!"

库潇接下来没再说什么了,林西顾不知道他那小小的别扭劲儿过去了没有,反正之后都没再提过。

三模之前其实还有个需要回学校填的表,但是林西顾没能申请成功,最终还是别人取了给他填的。不过林西顾也没太挣扎,都三模了呢,真的快了。

考试前两天林西顾拼命做题,这个时候该复习的全都复习完了,只要有时间就多做题,提高做题速度,相同题型也能有个印象,考试时能相对轻松一些。

就连跟库潇联系的时间都少了,其实林西顾心里还是记挂着那个奖励的。要是真的超常发挥考了前十,等他看到库潇的时候就能用这个换点别的条件了。

再看到库潇的时候可能就真的是高考前夕了。

林西顾手机上收到他之前的邻居谢扬的消息,问他哪儿去了,敲他门都没人开。

林西顾跟他聊了两句,说他转校了,不在那边了。问他最近怎么样。

谢扬说:"我啊,我反正就还行吧。"

这人自从上了大学就很少回家了,林西顾得有大半年没见过他了。

跟他约了回去见一面，然后又聊了会儿，林西顾才接着做题。

他偶尔收到那个城市的朋友的消息都会觉得挺怀念的，那个城市给他留了很深的记忆，虽然回头去想他除了每天上学放学也没做太多事儿，可是印象很深。他喜欢和那个城市的人联系，他们能带给他一种宁静和一种归属感。

当然李芭蕾得除外。因为他们俩基本上每天都联系，李芭蕾话那么多，林西顾对她已经免疫了，什么感觉都没有。

李芭蕾给林西顾打电话说："小林西顾！咋办啊啊啊啊啊他约我出去吃饭！啊啊啊他说考完试有话想跟我说！咋办？我快不能呼吸了我紧张死了！"

林西顾也挺惊讶的，说："吃饭？就你们俩吗？"

"应该是吧我不知道啊！"李芭蕾声音都抖了。

她说的人是她一直很崇拜的那个打篮球的帅哥。

"那你去吗？"林西顾问她。

"我我我不知道啊！"李芭蕾站在原地来回蹦，"林西顾你快帮我想想主意，我是去还是不去啊？"

林西顾想了想，小声说："要不……要不咱还是别去了？"

李芭蕾顿了下说："嗯其实我也没太想去，因为我实在不知道他要跟我说点啥，我俩根本都不熟，而且他也不可能喜欢我。他刚跟那个啥璟闹掰，我别去了。"

李芭蕾这么理智其实有点超出林西顾的预料了，因为她喜欢那个男生很久了，从高一第一眼看见喜欢到现在。

"反正我就是给你个建议，具体你自己考虑，芭蕾。"林西顾的笔在纸上随意点着，他说，"快高考了，我不想这时候你分太多心，他要真有想法或者什么的话，高考之后也一样，你说呢？"

"我说也是,那行吧,我不去了!"李芭蕾拍拍桌子,说,"不去!"

林西顾特别喜欢李芭蕾这一点,表面上她大大咧咧的头脑挺简单,其实是是非非在她心里门儿清。她从来不会真的做什么傻事儿,就算今天自己不劝她,林西顾猜她也不会去。

喜欢归喜欢,但是那男生是学校里校草级别的人物了,林西顾真的不觉得他刚结束就能对李芭蕾有什么意思。真有的话都认识这么长时间了,早干什么去了?

估计就是眼下闲得慌,没事儿瞎撩。

也是够损的,又是三模又是高考的,搞这一出。

林西顾是真不想让她去,除了高考之外其实他也有私心。方小山喜欢李芭蕾,这个时候李芭蕾要跟那男生有什么进展了不光影响李芭蕾考试的情绪,就连方小山也受影响。

三年都过去了,最后这一哆嗦,他是真的想大家都平平稳稳的。

三模考试那两天林西顾基本没跟库潇联系,全心投入考试。不过理综太难了,他感觉答得不怎么好,其他倒是都还行。

最后一科下课铃一响,林西顾检查了一遍准考证号和姓名都填好了,交了卷。

出了校门给库潇打电话,他没接。

他经常不接电话,林西顾也没怎么往心里去。

他直接回了家,跟他爸出去吃了个饭,然后回家洗了个澡收拾了书包,等着明天上学。

时间太紧张了,考试之后一天假期都没有。

他是晚上九点接到电话的,是李芭蕾的号码。

林西顾接起来:"哈喽仙女。"

但是那边说话的是方小山:"西顾,我。"

"啊，小山，"林西顾笑着问，"怎么啦？"

方小山的声音听着有点沉，林西顾莫名地有些紧张。方小山说："西顾，我们现在在医院呢，库潇下午晕了，不过你别急，没什么大事儿。"

林西顾手一哆嗦，猛地站了起来说："他怎么了？？"

"你等会儿，我出去跟你说。"方小山那边好像在下楼，声音有点喘，直到他走到外面才接着说，"你别着急，其实我不想跟你说的，但还是得告诉你一声。"

林西顾尽量让自己的声音听起来平静，别发颤，说："好的，你说。"

方小山把事情跟林西顾转述了一下，林西顾听完之后想立刻冲过去，去看库潇，也去安慰李芭蕾。

下午考完最后一科李芭蕾在学校大门口碰到了那个篮球男生，那男生约李芭蕾出去，李芭蕾当时摇头说不去。有路过认识那男生的都在起哄，李芭蕾想脱身有点脱不了。

她考试在北楼，库潇也在北楼。库潇出来的时候李芭蕾已经生气了，但那男生当她是装的，搭着她肩膀就要带她走。周围也都是在闹的，让她有点难堪。

库潇走过的时候突然伸手扯了一把李芭蕾，拽到自己身后，然后两个人针锋相对。

那男生只是胳膊碰了一下他的头，库潇直接就倒了。

直挺挺倒了下去，脑袋磕地重重的一声，头也流了血。

送到医院到现在都还没醒。

医生说他没什么事儿，就是贫血，而且休息不好，所以突然晕了。头磕的那下虽然挺重的，但是倒下的时候先坐了一下有个缓冲，也不至于有什么问题。

李芭蕾一直在哭,她不知道应该怎么跟林西顾说这事儿,她觉得都是因为她,说自己是个事儿精。

所以这个电话是方小山打过来的。

林西顾听完之后跟方小山说:"小山你回去,把电话给她。"

"行。"方小山吐出口气说,"你别太担心,在医院打了点营养液,医生说他醒了之后想回家就能回家了。"

"嗯好,"林西顾声音听起来还挺平静的,"没事儿。"

李芭蕾接电话的时候还在哭,跟林西顾说:"怎么办啊林西顾,你是不是恨死我了?"

"你哭啥,"林西顾笑着说,"你还能不能行了,多大个事儿啊。"

"他平时都不跟我们说话我没想到他能管我,"李芭蕾哭得声音都哑了,鼻音重重的,"呜呜呜怎么办这怎么说晕就晕了呢?"

林西顾知道库潇虽然平时不怎么说话,但该有的事他心里都有的。自己走了之后李芭蕾一直帮他照看着库潇,帮他接水,拿卷子,要是他睡觉睡冷了还让方小山把衣服脱了给他盖。

库潇只是不说,但他不是看不见。

林西顾笑了声说:"你快别哭了行吗?他不是贫血晕的吗?跟你没关系啊少女,赶紧洗洗脸回家。"

李芭蕾说:"我等他醒了再回家吧,我现在非常难受,我就不该摊上那么个人,长得好看有啥用啊,这人品渣得呜呜呜呜。"

李芭蕾哭得这么厉害,一方面因为库潇,一方面因为她欣赏了三年的人一旦近距离接触就全幻灭了。

林西顾安慰她半天,最后跟她说:"别多想,真跟你没关系,别哭了,这算什么事儿啊哪值你这些眼泪。"

李芭蕾哭着"嗯嗯嗯"地答应着,听着特别可怜。

林西顾笑着说:"真别哭了啊,他没那么脆弱,咱俩的感情也没那么脆弱,这么点事儿还不敢给我打电话,你是真尿啊。"

李芭蕾吸着鼻涕说:"我怕你怪我。"

"怪个屁,赶紧回家。"

林西顾挂了电话,坐在床上发了很久的呆。

其实李芭蕾没说错,库潇的确就是个战斗狂魔,要不是身体真的不行了,他不会倒下的。

库潇真的只是贫血,加上不好好吃饭不好好睡觉,所以身体给他发出了一个信号。

考完三模库潇有几天没去上课,他不去李芭蕾每天都在自责,就盼着他什么事儿都没有,赶紧回来上课。

有一天,孟童也就是他的艺术生同桌,问林西顾:"你怎么了?不舒服?"

"没,就是有点困。"林西顾笑了下说。

"站起来活动活动。"孟童推过来瓶水,让他喝。

林西顾拧开喝了口,晃了晃头,让自己能清醒。

孟童说:"成绩出来了。"

林西顾眨了眨眼,问:"哪儿呢?"

孟童指了指前面,老师手里拿着一沓成绩单。

成绩单一桌一桌传下来,林西顾很清楚自己应该在的位置,眼睛从左边那页中间开始扫下来,但是没看到。

他有点惊讶,又重新看了一次,看到自己名字前面的数字还有点不敢相信。

竟然是第10名。

理综分没他想的那么差,语文和英文超出平时水平了。林西顾愣愣地拿出手机,拍了下自己的成绩,发给了厍潇。

厍潇回复他:"很厉害。"

林西顾问李芭蕾:"仙女,厍潇成绩?"

李芭蕾瞬间回他:"咱们这边还没发,你们发啦?考怎么样!厍潇为什么还不来上课!"

林西顾说:"我考得还行,没事儿你不用担心,他没怎么。"

李芭蕾:"发成绩了我告诉你!"

林西顾:"好的。"

其实林西顾拿了这个成绩,开心是有点的,但是也没太激动。因为他很明白自己的水平,这个成绩的确是超常发挥了,可是高考不能指望着超常发挥,不能因为一次成绩好了就对高考抱太大期待。

"你多少分啊?"林西顾过了挺久才想起他同桌来,问了句。

孟童的成绩单都不知道塞哪去了,正拿着手机玩着连连看:"三百多分吧,没注意。"

"你得多少分能够用啊?"林西顾问他。

"三百多就够了,我专业分高。"孟童看他一眼,笑了声,"心情好了?"

晚上下课之前林西顾收到李芭蕾短信:"报告!成绩出来了!厍潇回第一了!可酷了!不过是咱们学校第一,据说在市里是第三。"

林西顾一下子就笑了出来,回她:"好的收到!"

揣起手机林西顾跺了跺脚,其实这个成绩要是按原来的厍潇来看林西顾是不满足的。厍潇的分可以更高,而且不吃力。他原本该是更有光芒的。

不过林西顾现在也不在意这个,只要厍潇状态好就行。上次一下子掉到十二是因为胳膊疼写字有障碍,这次胳膊好了成绩就又上来了。

没回到他最佳状态,但林西顾知足了。保持这样就可以了。

晚自习下课,林西顾收拾了书包,跟他同桌说:"明天见。"

同桌说:"嗯,明天见。"

林西顾背着书包出了教室。

他拿手机给库潇发短信:"恭喜你又第一啦!"

库潇没回他。

林西顾边下楼边拨了号过去,他现在迫不及待想跟库潇说说话。实在是心情好,他自己考好了都没有库潇状态好能让他开心。

库潇刚刚没回他短信,但是这会儿的电话却接了。

林西顾高兴地说:"晚上好库潇!"

库潇那边的声音听起来有点吵,说:"晚上好。"

林西顾边说着话边走路,跟着人潮步伐轻快地往校门走,直到他听见电话里库潇带着笑意的声音打断了他:"抬头。"

林西顾顿了下,下意识抬起头,然后就僵在了原地。

校门口站着个人。

很高,很瘦。穿着黑色的牛仔外套和休闲裤,那么帅。

他安安静静站在那里看着自己,他的脸上有着笑意,他的眼睛那么漂亮。

林西顾鼻子突然酸了。

库潇在电话里说:"过来。"

林西顾吸了吸鼻子,低着头走了过去。站在库潇面前,把手机揣了起来。

库潇那么显眼,周围的女生很多都盯着他看。林西顾顾不上那些,他现在都不敢抬头,一抬头就该泄露自己马上就哭了的事了。

"你怎么过来了啊……"林西顾低头用手背推了推鼻子,瓮声瓮气问他。

库潇笑着小声说:"前十……奖励。"

林西顾眨了眨眼,完球,更想哭。

旁边有人走过吹了声口哨,林西顾抬头看了眼,是他同桌孟童。他挑着眉看着他们俩,林西顾跟他摆了下手。

林西顾缓过神来,俩人就跑出了校门。他的心随着每跑一步渐渐放飞。库潇来了!

跑到胡同,林西顾抬手上去摸库潇的头,轻声问:"上次磕着哪儿啦?"

库潇仰了下脖子不让。

那天林西顾带着库潇回了家。

他们回去的时候他爸还没回来。林西顾给他爸打了个电话,他爸在外面吃饭,估计是出来接的电话,问他:"怎么了儿子?"

林西顾在阳台小声吼着说:"酷爹!亲爸!"

"干啥!"他爸笑着问他,"有事儿说。"

林西顾抠着阳台的墙,小声说,"我带个同学回家住了,你那么多房子随便就近去睡吧!"

他爸叹了口气,过会儿说:"行吧。"

他的声音是有点严肃的,林西顾说:"我明白!谢谢酷爹,你是最酷的!"

挂了电话之后林西顾先是站在原地长长地深吸了几口气,然后才钻回房间进了自己的卧室。

他站在门口看着库潇,库潇已经换了衣服,正看着自己桌上的笔记。台灯晕黄的光斜斜照着他,库潇整个人都那么温柔。

这应该是他跟厍潇高考前最后一次见了，下次见面估计就是去拿准考证照和毕业照的时候了。

第二天厍潇送他道校门口，跟林西顾说："好好学习……好好考试。"

林西顾点头，低声说："你也得好好的。"

厍潇笑着应他："好。"

校门口人来人往，他问厍潇："可以顺利考完试吗？"

他的眼神太难过了，浓浓的担心和惆怅都含在了里面。

厍潇点头，说："会的。"

他这两个字让林西顾每天都在不安的心变得安定了一些，厍潇摸了一把林西顾的头："进去吧。"

林西顾跟他摆了下手，转身进了校门。

他进了教室，从窗户看到厍潇刚刚转身离开的身影。

他还是那样的，骄傲也孤单着。

孟童早上又拎了一盒小笼包和一盒甜粥。他几乎每次来教室吃早餐的话都是吃这两样。他加了林西顾QQ好友。

林西顾QQ里人还挺多的，他还不习惯给人备注，经常就记不住谁是谁了。

只有厍潇不一样，厍潇有自己单独的分组。厍潇的昵称只有一个短短的下划线。后来林西顾才知道厍潇的QQ好友里面只有他自己。

厍潇回去之后就按时上学放学了，李芭蕾提着的一颗心这才放下了。她跟厍潇说："那天谢谢你！我我我无以为报了，以后你有什么需要我做的你就说！"

厍潇淡淡地说："不谢。"

这人太酷了，尽管李芭蕾有心多跟他说几句话，但是厍潇冷冰冰的也不带个能闲聊的气场。

时间真的就是飞快了。

林西顾虽然状态没有到之前最差的程度，但也没多好。其实就是一口气咬牙撑着，在等高考，等命运能给他们一个什么样的结果。

库潇他看不透，但既然库潇说他可以顺利高考林西顾就相信，暂时放了点心。

这中间有一次库潇的妈妈住了院。

那会儿林西顾其实非常担心，怕库潇那边出状况，怕他不能考试。

但还好，库潇除了一天没上学之外一切正常，第二天就去学校了，因为第二天他妈妈就出院回了家。

林西顾在电话里问他："阿姨怎么样？"

库潇说："没事，不担心。"

当时外面下着雨，他爸坐在沙发上抽烟看着电视。林西顾听着外面雨点打在窗户上的声音，突然有了一种感觉。

他觉得现在好像所有人都在扛，都是在咬牙硬撑。

所有人。

高考就像一条终点线，每个人都在等着迈过这条线。不只是学校的那些同学，还包括为了陪他连公司都不怎么管的他酷爹，包括库潇那个坚强的妈妈。

林西顾每天抽时间跟他妈打个电话，他妈为了不让他紧张故意不怎么提高考的事儿，只是说让他暑假过去住，弟弟妹妹都很想他。

甚至还笑着说带上库潇也行。

林西顾当时心里软了一下，他也很想能带库潇走，去那么远的地方，不用管家里的一切。

到了这时候了，学校里各科老师们也觉得着急，该讲的都讲了，只能一遍遍重复着重点，重点题型反复强调，做专项，做拔高冲刺。

　　林西顾很能适应现在的快节奏，差不多的题他也都解得出来，最后面大题的最后两个小问他都不碰，就把公式都摆上，然后不做了，除非最后真的剩了不少时间。

　　反正不指望着满分，这些小题扔掉就可以了，费大把时间也不一定解得开，不如把这时间用来好好做前面的。

　　这些拔尖儿的小题本来也不是给他们出的，是给库潇那种高智商留的。

　　每次上课老师说"后面小题太难了放弃吧"的时候，林西顾都在心里想，这种程度的小题放在库潇身上跟玩儿似的。

　　库潇认真解题在草稿纸上写过程的时候特别特别帅，他握笔的时候骨节突出，中指下面那条筋会凸起，写字的手格外好看。

　　林西顾晃了晃头，觉得命运其实也在尽量公平着。

　　世上永远有幸运和不幸的人，库潇身处不幸中，但命运尽可能地在弥补他。给他完美的样貌，给他惊人的智商。

　　不幸的小孩会成长，恶魔总要渐渐老去。

　　早晚有一天，库潇会诸事顺遂，自在安康。

第四十五章 ○ 转折

天气燥热，人心也躁动。

教室的吊扇吱吱嘎嘎一转就是一天，窗户外面一点风都吹不进来，高热的温度让疲惫的高三学生每个下午都昏昏欲睡，但只要趴桌上几分钟就满头的汗。

林西顾发短信给李芭蕾："仙女，湿巾和冰水都放他桌上，大恩不言谢了！"

"放了放了，这不用说！"李芭蕾回复他。

林西顾发自内心地感谢她，她从很大程度上缓解了自己当初从那个城市离开的焦急和无措。林西顾说："你一辈子都是我挚友。"

李芭蕾很快回复过来："大兄弟，太热了别煽情。"

林西顾笑着收起手机，心说世界上怎么有这么善良的仙女。

同桌孟童在笔记本上画画，林西顾瞄了一眼，画得特别抽象一个怪兽。林西顾在心里"啧"了一声，你看人随手画的，再看看你画的那些小胖人。

然后一想，反正库潇喜欢看我画小胖人。

林西顾也掏出本子来几笔画了个小胖人，写字："库潇哥哥，加油！"

拍照给库潇发了过去。

李芭蕾的短信几秒钟之后过来了:"他看手机笑了哦。"

孟童看了他一眼,问:"你以前同桌学习好吗?"

林西顾顿了一下,心说这得让我怎么跟你说呢。他是状元候选人之一,这话我要是说出来你会觉得我在臭显摆吗?

他低调地点了点头,"嗯"了声。

"比你好?"孟童好奇。

林西顾抿了下唇笑得挺收敛的:"他,嗯……他考B大可以加三十分,因为他竞赛拿奖了。"

"What?"孟童本来腿撑着椅子,连椅子带人都趴在桌上,结果一下子椅子后腿落地了,挺响的一声,"这么酷的吗?"

"啊,不一定,"林西顾摸了下鼻子,淡淡说,"他不一定会报B大,专业不太喜欢,如果发挥正常的话考什么都够了。"

孟童看着他,张了张嘴不知道说点什么,回去接着画画了。

林西顾心里一阵暗爽,这种炫耀的感觉怎么这么开心!

一沓一沓模拟题发下来,林西顾现在做题速度非常快了。他现在特别喜欢做题,如果投入进去做一套卷子,等做完之后三个小时就过去了。

做题会让他察觉不到时间的流逝,做完一看时间,真好,过了那么久。

考前十几天的时候,林西顾远在国外的妈妈突然出现在了家里。

林西顾开门一进来又吓了一跳,问:"你怎么来啦妈妈?"

纪琼笑着说:"我儿子高考了我能不来吗?"

"你又请假!"林西顾虽然开心,但还是皱着眉,"不用担心我啊,我状态挺好的,我天天都跟你视频你有什么不放心的啊?"

他很不想因为自己影响到他妈妈的生活,毕竟她已经有自己的家庭了,有丈夫有孩子,上次因为他的事他妈妈在这边留了将近两个月,这已经让他很过意不去了。

"那不行，我儿子高考我必须得陪，"纪琼接过他的书包放在一边，说，"我把能用的假都用了，你考完那天晚上我就得走，等你报考完就去我那儿，家里都准备好了，小妹妹天天期待得睡不着觉。"

"嗯好的，"林西顾笑起来，"好的好的。"

已经是他在这个学校的最后一周了，班里要统一订班服，班长统计人数的时候林西顾跟他说："不用带上我，照毕业照的时候我已经走啦。"

班长点头说："好的。"

林西顾转头给李芭蕾发短信："订班服的时候带我一个。"

李芭蕾回复他的时候说："用你说，钱我都交完了。"

林西顾把自己的定位摆得特别准确，他在现在这个班里都没有特别熟悉的同学，也就最后这个月跟他同桌孟童还行。他始终都当自己是个寄读生，只是在这边教室蹭个椅子听课，书都是临时的，以前的书还都在厍潇旁边的窗台上放着呢。

林西顾在家里跟他爸妈说："我在这边得提前离校，我得回去拿准考证照、毕业照，这个可以吧？"

他妈妈答应得特别痛快："可以，我陪你回去。"

林西顾笑着说："好的。"

最后这几天林西顾根本都不知道是怎么过的，就记得脑子里周一刚过，转眼就周六了。

他已经跟这边的班主任打好招呼了，明天上课他就不来了。

孟童跟他说："今儿我给你画幅画吧，好歹同桌这么长时间了，没什么送你的。"

林西顾笑着点头说："好啊，给我画帅点行吗？"

孟童当时扬了扬眉毛说:"你本来就挺好看的。"

林西顾笑了下,他其实到后来还挺喜欢这个同桌的,如果早点认识的话可能是个很好的朋友。

那天孟童用铅笔给林西顾画了个素描,林西顾问他:"用我摆个姿势吗?你们画画是不是都得需要个静止的模特?"

孟童一下就笑了,问他:"谁跟你说的?"

林西顾问:"不是吗?"

孟童说:"你该干什么干什么吧,不用盯着我看。"

"好的,"林西顾回头接着做题了,时不时瞄一眼孟童的纸,然后跟他说,"画好看点。"

孟童不理他。

林西顾看了一圈这个教室,到了离开的时候,但是一点也不觉得伤感。他的确是变了很多,变凉薄了。这个教室的每一处他都不觉得怀念,因为他在这里的每一天都在期盼着快点走。

他怀念的不是这里。

最后孟童把画给他的时候,上面画着林西顾低头浅浅笑着的样子,长长的睫毛画得格外清楚,画面里他笑得很温柔。

林西顾问:"我这么帅的吗?谢谢。"

那天林西顾把自己所有东西都收拾走了,桌面桌斗里都干干净净。他爸在校门口等他,林西顾背着大书包,手里也抱着一摞书,快步走了出去。

他爸问:"都收拾好了?明天不来了?"

林西顾当时长长地舒了口气:"再也不来了。"

他爸被他逗笑了,问他:"这怎么读一年读得苦大仇深的呢?"

林西顾拍了拍书包,说:"明儿咱回去了吧?我现在迫不及待,要不是太晚了我恨不得今晚就回。"

他爸弹了他脑袋一下,叹了口气说:"我儿子马上就解放了,小崽子都长大了啊,你爸马上就圈不住你了。"

林西顾当时看着车窗外头,低声说:"要是看你跟我妈,我恨不得我永远都是小孩儿,让你们永远不老,永远年轻。"

外面路灯一排排一晃而过,林西顾眼里映着它们黄色的光点,抿着唇说:"可是我现在真的希望立刻长大,跟你一样有力量。"

他爸趁着红灯的空摸了摸他的头,跟他说:"我的力量也都是你的,你爸护着你平安到老。"

林西顾吸了吸鼻子,看着他爸略显刚硬的侧脸,感念命运对他的偏爱。

他想把这种好运分给库潇一点。

那天晚上林西顾在床上撒着欢儿打滚,给库潇发短信:"等着我!"

库潇回复他:"等着你。快点睡。"

当时都快两点了,林西顾还是睡不着,他一想到明天就要回去拿准考证照和毕业照了,最主要是明天就兴奋得睡不着觉。

高考近在咫尺,或者都可以说已经到了。

这段时间他心上的弦每天都绷到最紧,这时候只要有一丁点的小磕碰直接就能断掉。他很怕李芭蕾跟他说库潇没去上学、库潇受伤了、库潇写不了字了。

第二天早上五点半,林西顾出来在他爸跟他妈的房间分别敲门:"亲爸亲妈别睡了!醒醒了起床了!起床了起床了!咱们早点走啊,早上不堵车!"

他拧开他爸的房间门,被他爸一个枕头扔过来。林西顾去拍他爸:"酷爹,酷爹醒一醒了!不要再睡了!"

他爸踢他一脚说:"你等你考完,咱俩算算账。"

"行,行,算算算!快起来算账,别睡了!"

六点半,一家三口已经都坐在了车里。纪琼还打着哈欠,林西顾坐在副驾上不停给库潇发着短信。

现在正是毕业季,学校保卫处都不怎么查人,知道高三学生来来去去的事多,也不追着问哪班的扣分了。

林西顾心脏怦怦跳,跑到教室从后门钻进去。

教室里乱糟糟的没有老师,每个人脸上都带着笑,一小伙一小伙地聊着天。只有少数几个学霸还在低头学着习。

"林西顾!"李芭蕾一眼看见他,冲他招手。

林西顾说:"仙女今天很漂亮!"

"谢谢!因为我瘦了!"李芭蕾穿着班服,大家都一样的白色T恤,她头发散着垂在肩上,一双大眼睛活泼灵动,真的很清纯很漂亮。

林西顾跟她聊了半天,把库潇晾在一边不看他。直到李芭蕾和方小山都转回去跟前桌聊了,林西顾才努力控制着自己不要脸红,然后看了库潇一眼,笑了下。

林西顾把李芭蕾给他留的班服直接套在短袖外面,他们班出去照毕业照的时候周成看见了他。

笑着跟他说:"回来了啊林西顾?"

林西顾点头说:"周老师。"

"考试有信心没?能不能给我努努力撑个一本率?"周成笑着问他。

林西顾点头说:"放心吧!OK的。"

周成拍了拍他胳膊,往前走了。

照相的时候林西顾很努力地想站在库潇旁边,但身高实在差太多了。最后林西顾站在库潇前面一排,又串了好几个人,最后将将贴着库潇站在他前面。

库潇的指尖还是那么凉，这么热的天他手都暖不起来。

别人的准考证都发下去了，周成单独把林西顾的考试用品和准考证给了他。又多嘱咐了他几句，让他好好考，别紧张，别有压力。

林西顾跟他说话觉得特别亲切，一直点着头说"好的好的"。

那天所有人把还要的东西都收拾回家，就算彻底毕业了。正常是要吃顿散伙饭的，但是毕竟还没高考，没办法真正放松，所以约好了考完试第二天一起出来吃散伙饭。

林西顾把留在这里一年的书都装箱子里带走，连带着库潇的也都收了。

他们还有几天才考试，最后这几天不上课了，给他们时间自己复习，不想学习了就放空了躺在家调整，总之是不用再去学校了。

林西顾这时候才真正觉得伤感，跟之前那个学校不一样，他现在看着这个学校的每一处都觉得有点不舍。

走出校门的时候有人在他身后喊了一声。

他回头去看，是五班的张封。

张封跑过来，搭着他肩膀："什么时候回来的？"

"今早。"林西顾对他笑了下，"在哪儿考试？"

"就在这儿，分本校了，嗨反正我在哪儿考都无所谓。"张封看看他，也看看他旁边的库潇，扯起嘴角笑了声，说，"行了走吧，好好考试，有事儿打我电话。"

林西顾点头说："嗯，加油。"

再回过头的时候库潇淡淡皱着眉，没看他。

林西顾轻轻碰了碰他胳膊，库潇看他一眼，没说话。

林西顾小声跟库潇说："你不要生气……"

库潇瞄了他一眼。他问库潇："这几天我们能一起复习吗？"

库潇淡淡地说："先……好好考试。加油。"

"你也加油，最后几天了，"林西顾抠了抠箱子边缘，垂下眼睛说，"一定要好好考完试。"

库潇"嗯"了声，答应了他。

虽然最后林西顾回来的结果跟在那边并没有太大的区别，说好了先不见面，他依然见不到库潇。尽量让自己专心学习不去想他跟库潇十分钟就能相见的距离。但他还是很满足，因为他就站在终点线前，迈过去就是曙光。他已经看见曙光了。

好好做题，好好复习。

他也很想打个高分，让爸爸妈妈开心，库潇也会开心。

他不知道库潇那个酗酒的爸爸这段时间有没有安静一些，但从库潇说过的几次他能知道库潇的妈妈非常艰难地在维持家里的平静，不去招惹那个人，让他的情绪能稳定一些。别发疯，不要影响库潇考试。

林西顾暗自希望她能撑住，让库潇考完试。

最后这几天林西顾没有太多地联系库潇，后面有大把时间，他不想在最后这一关头松了劲儿，也不敢打扰库潇。他想让库潇拿个高分，什么都不为，只为他自己。

他有能力，他应该有光芒。

考试前一天晚上，林西顾把所有书都收了起来。

该看的都看完了，剩下的时间调整一下状态，在脑子里捋一下框架，不再看书了。

他妈妈在客厅叫他："出来吃水果了宝贝。"

"好的。"林西顾应了声出去。

"你知道的，爸妈不求你拿多高的分，你能顺顺利利考完试就行。"纪琼看着林西顾,眼里有些怅然,叹了口气说,"咱们家你没有压力,至于其他的,顺其自然吧。"

林西顾点点头说:"放心吧妈妈,我不怎么紧张。"

那天晚上林西顾给库潇发了条短信:"加油,库潇,我等着你。"

他们考试见不到面,考场都不在同一个学校,不过没关系,最后这两天了,见不见面无所谓了。

他的一切情绪都含在那条短信里了。

库潇回复他,只有一个字:"嗯。"

林西顾看着那个字,长长地呼出一口气。

——我等你,库潇。

考试第一天林西顾他爸送他去的,没开车,父子俩早上吃过早饭散着步一起去的学校。

林西顾跟他爸说:"你都多余陪我来,考个试而已,你怎么这么紧张。"

"其实我也不咋紧张,就是感觉应该陪着你,"他爸笑了笑,"别人家爹都送,我也得送。"

林西顾笑着说:"等会儿你不会也得跟别人家爹站门口等我吧?"

他爸点头说:"是这么想的。"

"你可快算了吧!"林西顾受不了了,拍拍他爸胳膊,"快醒醒,爸!你可别逗了啊千万别傻等我,太傻了你那么睿智怎么会做这种事儿!"

到了校门口,他爸拍拍他肩膀:"我也觉得傻,那行吧我还是回家等你。"

"好的,快回去!"林西顾跟他说完就拿着准考证和考试用具进了校门。

提前看过考场了,林西顾找到教室坐了进去。

他坐在自己位置上的时候是从容的。

不紧张,也不忐忑。

甚至有种一切都尘埃落定了的感觉。多难呢,他撑过来了,库潇也撑过来了。

这一年的考题出得非常难,林西顾胜在做题多,速度很快,但两天下来还是有很多没答上的题,也有很多题没把握。但是试卷出得难他特别开心。

题越难库潇就会越拔尖儿,我们库潇就不怕难题。

最后一科考完铃响的时候,林西顾放下了笔。他看着老师一份一份地收走试卷,他走出考场的时候心里竟然是平静的。

平静到没有一点波澜。

甚至有种一切都结束了的空虚。

这种空虚感刚开始只是冒了个头,在他一步步走出校门的时候逐渐疯狂地生长,弥散到他的四肢百骸。

林西顾从他爸那里拿到手机的第一时间开了机,他给库潇打了个电话。

库潇那边接了起来,林西顾轻声问他:"题难吗?"

库潇说:"不难。"

林西顾睫毛轻轻颤着,接着问:"都不难吗?"

库潇回答他:"都不难。"

林西顾笑了下,提了一年的心安安稳稳落在原位。

他考完了,库潇也考完了。

经过二十天的等待,成绩公布了。

库潇的分数毫无意外稳稳等着学校来抢人,林西顾竟然也过了C市一所名校的录取分数线。

林西顾迫不及待打电话告诉库潇："我考上了X大！你是不是要去C大？"

库潇回答他："他们……有说给我奖学金，让我去他们学校。"

"去去去！我们在同一个城市还能互相照顾一下！！到时候你可以把你妈妈也接过去！从此不回来都行了！"

库潇也想过这个，原本是看看林西顾能考上哪里，自己再去看看那边的学校。能考上C市的学校当然更好了，C市离这边远，没意外的话，以后也不会再回来了。

挂了电话,林西顾把这个好消息告诉了父母，已经开始帮库潇看看C大附近的房子了，按照库潇的智商，就算奖学金到时候不够，他还能出去做一下家教。也许属于库潇的人生才刚刚开始。

然而林西顾想象中的生活并没有真正来临。库潇也没有迎来他新的人生。

有人生下来就是幸运的，他们平安快乐过一生，偶尔因为一点不顺利抱怨命运不公。

但很多人不是。他们在污泥中翻滚挣扎，做梦都想摆脱恐惧和痛苦。

不幸的人不会永远做傀儡，他们想反抗。

如果从来没有看到过光，就不会那么渴望太阳。

库潇说："林西顾。你得等着我。你记住。"

那是库潇第一次叫他的名字，原来库潇叫自己的名字听起来是这样的。

库潇的嗓音很低沉很哑，但林西顾听清楚了。

也都记住了。